ラブオールプレー

小瀬木麻美

ポプラ文庫ピュアフル

Contents

目　次

風の影響を極力小さくして戦うバドミントンのコート。
しかし、時にそのコートには、信じられないほどの強い風が生まれる。
恐れることなく向き合い、その風をつかみ上昇気流に乗った者だけが
見ることができる景色があるという。

第一章　15歳 夏、進路

「水嶋(みずしま)、ちょっと来い」

　明日から中学最後の夏休み、だからといってどうということはないホームルーム終わりに、担任の荒木(あらき)が声をかけてきた。

「お前、なんかやらかした？」

　静雄(しずお)が、にやにやしながらそう尋ねる。

「いや、別に」

「期末の成績が酷すぎて、夏休みに特別補習とか？」

　まさか。

　胸を張るような成績ではなかったが、個別にお説教をくらい補習を受けないといけないような点数の科目もなかった。

「わかんないけど、とにかく行ってくる。先に帰っててもいいけど」

「待ってるよ。暇だし」

　静雄は、しんみりとした口調でそう言う。

　こいつも俺と同じなんだな。

　暇だし。そんな言葉が自分たちの口から出る日が来るなんて、静雄も俺もこの二年半、考えたことがなかったはずだ。

物心ついたころからの幼馴染で、保育園、小学校が同じ静雄とは、中学に入って同じクラスになれたことで、入学式から一週間目には連れ立って部活見学に出向いた。

俺はとりあえず部活はやるつもりだったけれど、特に希望があったわけではない。ただ、走ることだけは得意だったので陸上部か、それとも運動部にピンとくるものがなければ趣味でもある囲碁部で、はんなり過ごしてもいいかとさえ思っていた。

そんな俺とバスケット部に入部希望だった静雄が揃ってバドミントン部に入ったのは、静雄に引っ張られてバスケット部に仮入部するつもりで足を向けた体育館で、その日は卓球部とバドミントン部が練習をしていたという、俺たちの単純なリサーチ不足と、それにもまして、そこにとても魅力的なものを発見したから、というのが理由だ。

俺はその人の美しい立ち姿に、静雄はその人の魅力的な笑顔に心をつかまれた。

「バドミントン部に仮入部？」

当時、女子バドミントン部の部長だった篠原(しのはら)さんにとびきりの笑顔でニッコリ微笑まれた静雄は、「よろしくお願いします」と、催眠術にかかったように頭を下げた。

「バスケはいいのかよ」

俺は、一応、静雄に確認する。

「いいんだよ。とりあえず、仮入部はバドミントン部にしよう。なっ」

「いいけど」

自分も舞い上がっていたくせに、どっちでもいいけど、そんなに言うならバドミントンでもいいかなという体(てい)で、俺はバドミントン部への仮入部に同意した。

篠原さんは、きれいなだけでなく、グラウンドを囲っている金網に「祝関東大会出場、バドミントン部篠原美優(みゆ)さん」と横断幕を張られるほどの実力者で、校内外でちょっとした有名人だった。なので、俺たちのように不純な動機でバドミントン部に仮入部した男子一年生は、結構な数に上る。

後で静雄とダブルスを組むことになる博人(ひろと)も、篠原さんにつられて仮入部した一人だ。けれど、仮入部も二週間が経つと、競技経験のない人がバドミントンに持つイメージ、たとえば芝生のきれいな公園でののどかな羽根の打ち合い、などとはかけ離れた過酷なトレーニングに音(ね)をあげ、一人二人と、練習に顔を出す仲間は減っていった。

俺も静雄も、バドミントンの経験は全くなかったけれど、二人とも走ることは得意で苦ではなかったので、基礎トレーニング中心の仮入部期間をなんとか生き延びることができた。

正式にバドミントン部に入部すると、最初は基礎トレーニングの他には、素振りとステップ練習ばかりだった。けれど、素振り練習などでは、篠原さんに手取り足取り教えてもらう機会もあり、俺たちのモチベーションはそれほど低くならなかった。

そして何より、コートでシャトルを打ち合う先輩たちの姿を見ながら、俺は、バドミントンが想像以上にハードで複雑で、その分とても魅力的なスポーツだということを感じ始めていた。

のめりこむほどにバドミントンの魅力は大きくなり、もはや最初の動機など忘れ去り、俺たちは部活に熱中していく。そしてその熱は、一秒たりとも冷めることはなく、つい最近まで、俺たちはバドミントンだけに全精力を傾けてきたと言っても過言ではない。

部活の時間以外にも、スポーツセンターでコートを借り、あちこちのサークルに参加して、夜も土日も、部活や試合のない日も、試験勉強で部活が禁止されている期間も、とにかく、俺たちはシャトルを打ち続けてきた。

そのおかげなのか、俺が部長に静雄が副部長になった二年の夏からは、チームワークの良さもあり、それまでは市大会を勝ち上がるのも難しかったチームが、県大会の16強、8強と、どんどん力をつけていった。

最後の公式戦では、県大会の準決勝で敗れ、三位決めでも敗れ、四位という結果だった。これは、それまでで一番良い成績だった。だけど、次に進むにはあと一歩及ばなかった。

その時点で三年生は部活を引退、俺たちは居場所を失った。

おまけに、やっと一緒に下校できると、ちょっと照れながら半年ほど前から一応お付き合いしていたはずの彼女を隣のクラスに誘いに行ったら、同じクラスの男子と肩を並べて帰った後で、俺の知らない間にとっくに俺は振られていたらしい、ということを彼女の親友に教えてもらった。それが三日前のこと。

もちろん、それなりにショックだったけど、それでも部活ができないという現実に比べればどうということはないと感じてしまう自分が、切ないといえば切なかった。

高校が決まるまであと半年、俺はどこに居場所を探せばいいんだろうか。

早く高校に行きたい。部活がしたい。もしすぐにそれができるなら、勉強だってなんだってもっと必死でやるのに。

そんなことを考えながら廊下を歩いていくと、職員室の扉の前で、担任の荒木と一緒に部活の顧問の島村（しまむら）が俺を待っていた。

いったい何事だ。俺、何をやらかした？

頭が不安でいっぱいになる。

ドギマギしている俺を尻目に、呼び出した荒木は、「応接室にお客さんだ。礼儀正しくしろよ」とそれだけ言うと、島村に目礼をしてさっさと職員室に入っていってしまった。

「俺、なんかヤバイんですか？」

しかたなく、小声で島村に聞いてみる。

島村は、「まあ、ある意味、お前も俺も相当ヤバイな」と言うと、ろくに説明もしないで、職員室ではなく、その隣にある応接室の扉をコンコンと二回ノックして先に中に入っていく。

こわごわ後に続くと、応接室には、なんとなく見覚えのある、それほど大柄でもないのに、妙に知的かつ威厳のある中年男性が、ゆったりと椅子に腰掛けていた。

「お待たせしてすみません」

島村がその人に、今まで見たこともないほど丁寧に頭を下げたので、とりあえず俺も、いつもより深く頭を下げておく。

「いやいや、こっちが約束の時間よりずいぶん早く来たもんだから、かえって気を遣わせてしまったね」

誰だったかなあ。どこかで見たことがあるんだけど。

「水嶋、こちら、横浜湊高校、バドミントン部監督の海老原先生だ」

横浜湊高校、バドミントン部!!

聞いたとたんに心臓が跳ねるようにバクバクしてきた。

横浜湊高校は、もともと、いつも県のベスト8には残る強豪校だったけれど、この海老原先生が監督になって本格的に指導にのりだしてからは、県大会の優勝を逃したことはない。そうバドミントン雑誌の記事で読んだことがある。

去年中学を卒業した先輩に誘われ、今年のインターハイ出場が決まる、県大会の決勝戦を見に行ったのは、一ヶ月ほど前のことだった。その時、横浜湊のベンチにドンと構えていた顔は、確かにこの人だった。

試合は一方的だった。もう一つの優勝候補だった法城高校が準決勝で敗れるという波乱があったためなのか、決勝戦なのに、横浜湊高校は、あっさりとエースシングルスの登場を待たずに勝利をものにした。

島村が、挨拶を急かすように俺の背中を軽くつつく。

「はじめまして、水嶋です」

俺はあわてて、自分の名前を言って、もう一度頭を下げる。

この時期、ここに海老原先生がいるっていうことは。

いや、でもそんなこと、あるはずがない。

確かに、横浜湊は県内からの選手を中心にメンバーを集めることで有名だ。けれど、団体ではみんなの力で四位になったけれど、個人では8強が精一杯だった俺に声がかかるはずがない。

「海老原です。よろしく」

海老原先生は立ち上がって、俺に挨拶をしてくれた。島村が、俺と同じぐらい緊張した面持ちでもう一度頭を下げてから、海老原先生に椅子をすすめ、俺にも腰を掛けるように促す。

「島村くんは私の教え子でね」

腰を下ろした海老原先生は、俺にそう言った。

島村は、三人いる顧問のうちの一人で一番の若手だが、バドミントンの競技経験がないと言っていた。だからなのか、島村は練習にはほとんど顔を出さなかったし、他の先生の都合が悪く仕方なく試合に同行する時も、ルールブックを抱えてしぶしぶやって来るというスタンスだった。初めて俺たちの試合を見た時などは、「お前たち、意外に強いんだねえ」などと感心していて、俺たちのモチベーションを一気に引き下げた。おまけに方向音痴なのでよく試合に遅刻し、もう少しで試合に出ることができないところだった、なんてこともあった。俺は、こっそり島村の字体を真似てサイン練習までしていたほどだ。

というわけで俺が首をひねると、「いや、バドミントンではなく数学のね。まさか中学の先生になるとは想像もできなかったよ。悪ガキで、反抗ばかりして」と海老原先生が、皮肉な笑みを浮かべて島村を見た。

「海老原先生、勘弁して下さい」

島村は、頭をかきながら顔を赤くしている。

「まあ、それでも島村くんが、名ばかりとはいえ、この学校のバドミントン部の顧問だったので助かりましたよ。なるべくなら、フランクな雰囲気で君と話をしたかったから」

「はい」

とてもフランクな雰囲気とは言えなかった。が、そこは頷くしかない。

「水嶋くん、進路は決めていますか？」

「まだです」

はっきり言ってどこでも良かった。バドミントン部さえあれば。

もし可能なら、できるだけバドミントン部が強い公立高校の中で俺の成績でも無理をせず、いやバドミントンのためなら多少の無理はして、行けるところに転がり込むつもりだった。が、正直にそう答えるわけにもいかない。

「うちに来ませんか？」

海老原先生は、まっすぐに俺を見つめたまま、あっさりとそう言った。

すぐには返事ができなかった。

もしかしたら、とほんの少し期待していたのは事実だ。だけど、だからといって、ありがとうございますとすぐに頷けるわけもない。

横浜湊高校に誘ってもらえるレベルにないことは、自分が一番よくわかっていた。

「俺ですか？」

とりあえずそう尋ねてみる。正直、夢か現か、半信半疑の自分がいる。

「水嶋くんに、来てもらいたいと思っています」

海老原先生の眼差しはまっすぐで迷いがなかった。

まあ、わざわざこんな所まで出向いて冗談を言う必要もないだろうが、それでも今の状況がにわかに信じられない俺は、本気ですか？　何かの間違いか勘違いでは？　と何度も心の中で海老原先生に問いかけてみる。俺は助けを求めるように島村を見ると、島村はその視線に苦笑いを浮かべる。

「水嶋、俺も再三、海老原先生に尋ねたよ。何かの間違いじゃないんですかと」

で？　俺は島村を見たけれど、答えたのは、海老原先生だった。

「ここのバドミントン部は、水嶋くんも他のメンバーも、中学で初めてラケットを握った子たちばかりだそうですね。島村くんの話では、指導者はいないも同然だとか。それでも君たちは、いつもベスト8以上まで進んできた。君は部長としても選手としても、とてもよくやっていたと、私は思っています」

「はい、でも、いや」

だけど、いつも次のステップには進めなかった。

バドミントンの試合は、通常、二ゲーム先取の三ゲームで行われ、ゲームで21点を先取した側がそのゲームの勝者となる。ただし、どちらも20点となった場合は、その後最初に2点をリードした側がそのゲームの勝者になる。

中学最後になった公式戦で、俺は三ゲームをフルに戦うこともできず、ストレートで負けてしまった。

だけど、ゲームの内容はそれほど悪くはなかった。緊迫した雰囲気の中、最後の最後までどちらがゲームをものにするかわからない、とても競ったものだった。

ファーストゲーム、20－22。セカンドゲーム、19－21。

相手が、県大会、個人戦のシングルスでも優勝している岬省吾（みさきしょうご）だったとはいえ、俺があとほんの少し踏ん張れば、みんなで次に進めたかもしれない、そんな悔いが残る試合だった。

「あと一歩を勝ちあがれなかったのは、経験の差です。最後の最後に、相手にというより、自分に負けた。そう思いませんか？」

海老原先生は、口ごもる俺の気持ちを察したようにそう尋ねる。

「よくわかりません」

正直にそう答える。

試合中、不思議なことに、負けると感じたことはなかった。自分の方が強いと感じた瞬間さえあった。

だけど、結局は負けた。気がついたら負けていた。その敗因が経験の差だったのかどうか、今の俺には判断できない。

「心と技のバランスを保つのは、経験です。しかし、経験は強い者にしか積むことを許されない。勝たなければ、次がないからです」

島村が、なるほど、というように頷く。つられて俺も頷いた。

「横浜湊へ来てくれませんか？　うちなら、十分な経験が積めます」

横浜湊高校には、今、絶対的エースの遊佐賢人がいる。

遊佐賢人はピカイチのサラブレッドだ。全日本で三度の優勝経験のある父親の指導の下、幼い頃から順調にその才能を伸ばし、全国中学生大会では、シングルスで二連覇を成し遂げていた。高校に入ってからも着々とその力を伸ばし、一年生エースとして、横浜湊高校を初のインターハイベスト8に導き、自らは個人戦で、シングルスは準優勝、ダブルスでも組んだばかりの横川祐介とベスト4に入り、次の大会では、まだ二年生なのに優勝候補筆頭らしい。俺にとっては、雲の上どころか、宇宙の果てにいる選手だ。

その遊佐賢人のプレーを間近で見ることができる。いや、遊佐だけじゃない。ダブルスで遊佐と組んでいる横川も、遊佐と同じ一年生ながら、県の個人戦シングルスでもベスト

8に名を連ねていた。試合に出てこない選手の中にも、県下の他の高校ならエース級の人たちが、何人もいると聞いている。そんな人たちと切磋琢磨し練習できる。想像するだけで、ワクワクしてくる。

「前向きに考えてみます。でも、一つだけ教えて下さい」

「何ですか？」

「いったい俺、いや僕のどこが？」

海老原先生は、俺のふくらはぎのあたりを見ながらこう言った。

「その足だよ。その足、ケガをしない足だ。いいふくらはぎだし、足首が柔らかい。それに長さもいい」

褒められているのに、残念な感じだった。バドミントンには、短足の方が向いているらしいぜって、いつか静雄が言っていた。自分ではそんなことはないと思っているのだがやっぱりそうなのか。

「ゆっくり考えて下さい。正式な話は秋口になりますから。ご両親ともよく相談して下さい」

俺は、海老原先生に、今度は自発的に丁寧に頭を下げた。

教室では、静雄がぼんやりと、窓から体育館を眺めていた。

「おまたせ」

「長かったな。で？」

うん、と俺は頷いてから、口ごもる。

「なんだよ、そんなヤバイ話？」

「まあな、ある意味かなり」

「なんだよ、言えよ。力になるから」

静雄は、俺と同じ公立に行きたがっていた。もちろん、一緒にバドミントンを続けるためだ。第一候補の恵那山高校には、なるべく早く一緒に、できたらバド部の練習も込みで見学に行く約束もしている。

同じ高校に進学できたら、今度こそ関東大会に、できればそこよりもっと上に行けるよう一緒に頑張れたら、と俺自身も思っていた。

「横浜湊高校に、誘われたっぽい」

「はあ？」

静雄は、同情するような目で俺を見てから、ほら吹くなよ、という声を出す。まあ、正しい反応だけど。

「マジだから。応接室に横浜湊の海老原先生が来てた。インハイの県予選の決勝で、お前も見ただろう？　あの人だったから、間違いない」

「なんでお前？　いや、お前は凄いけど、横浜湊はもっと凄いじゃん」

そのとおりだ。静雄の言うことは、たいてい正しい。

「わからん。足が気に入ったとか言ってたけど」

俺と静雄の間に、微妙な雰囲気の沈黙がしばらく広がる。

「マジかよ。じゃあ、亮は、横浜湊に行くんだ」

次に口を開いた時の静雄は、がっかりした顔を隠そうともしなかった。

静雄の家はひとり親家庭なので、私立は無理だとずっと言っていた。

まあ、その点は、俺も似たようなもんだけど。

家を買ってから、やりくりが大変なのか、両親が家計簿を挟んで難しい顔をしている場面も時おり見ている。

三年になってからは、こうも言われた。できるなら公立に行ってちょうだい。お姉ちゃんみたいに、私立でも特待生で授業料免除だっていうなら話は別だけど、と。

別に俺も私立に進学することは考えていなかった。もちろん、県内でバドミントン部が強い学校は私立ばかりだけど、そこは自分たちが頑張って上がっていけばいいんだしな、中学でもそうやって階段を上って行ったんだから、と静雄とも話し合っていた。

「それも、まだわからん。親とも相談しなきゃいけないし、問題は姉貴だ」

静雄が、はっとした顔をした。

「里佳さん、横浜湊じゃん」

俺は頷く。

私立高校にはよくある話だが、バドミントンだけでなく、野球やバレーボールでも県下有数の強豪校の横浜湊高校は、進学校としても有名だ。

　姉の里佳は、その横浜湊の特別進学コースの三年生だ。しかも成績は常にトップ。受験に特化した特別進学コースの期待の星だ。

　俺が入学する時には卒業しているわけだから、関係ないといえばそうなんだけど。俺が気にしないからといって、里佳がどう出るかはわからない。

　水嶋家では、里佳の意見はかなり尊重されている。家の末端にいる俺はもちろん、父も母も里佳の言葉には賛成することが多い。二人とも、優秀な里佳が自慢で仕方がないという側面もあるが、共働きで俺の面倒を姉の里佳が幼い頃から一手に引き受けてきたということもその理由だろう。

　何事にも平凡な俺にはその分ほとんど無関心で、姉の足を引っ張る真似だけはするなと、それが両親の口癖だった。まあおかげで、俺が勉強はほどほどに、バドミントン三昧の中学生活を送っていても、黙認されてきたわけだけど。

「えっ、じゃあ今回の話って、里佳さんの七光り?」

　まさか。

「でも、いくら里佳さんでも、バド部とは無関係だろうな」

　たぶん。

「けど、なんか特別な力、発揮してそうじゃん?」

　かもしれん。

静雄は俺の心の声が聞こえるように、一人会話を続けている。

「バド部の部長の首根っこ、押さえてるとか？」

里佳なら、学校中の男子の首根っこを押さえていても驚きはしない。

「だからって、俺がバド部に誘われるか？」

今回のこの誘いはスポーツ推薦だから、入試も、入学金も、授業料も免除される。そんなことに一生徒が口を出せるはずがない。

ようやく、俺が声に出した言葉に、「だな」と言って、静雄は、またさびしそうな表情に戻る。

「決まったら一番に話す。でも正式な話は秋になるらしい。それまでゆっくり考えるよ」

静雄に対しては照れもあったし多少の気遣いもあったので、そんなふうに言ったけれど、俺の胸の中は、応接室を出た時から、横浜湊に行きたいという想いでいっぱいだった。

行き先を早く決めて、一日でも、いや一秒でも早くバドミントン漬けの毎日を送りたかったし、遊佐賢人というスーパースターへの強い憧れもあった。

けれど、それより何より、俺は、海老原先生という指導者に強く惹かれていた。この人の下でバドミントンを続けて、もっと強く、もっと大きな選手になりたい。そんな気持ちの方が大きかった。


夜のランニングから戻り、シャワーを浴びた後で、リビングでお茶を飲みながらお笑い番組を見ていた親父に、横浜湊高校からスポーツ推薦をもらえそうだと話しかけたら、親父はテレビを消し、めずらしくまともに俺と向かい合った。

「それは、正式な、信用できる話なのか？」

「今日、学校に横浜湊高校のバドミントン部監督の海老原先生が来て、うちに来ないかって言われた。正式な話は秋口にって言ってたけど、それまで親とよく相談しておいて欲しいって」

「そうか」

親父は頷きながら、それでもまだ疑り深い表情をしている。

「俺としては、考えるまでもないって感じなんだけど。受験もパスできるし」

照れ隠しもあってそんなふうに言ったけれど、本当は、受験をラクしたいなんてこと、思ってもいなかった。ただ、横浜湊に行きたい。厳しいだろうけど、競争だらけの場所で、今よりもっと練習がしたい。強くなりたい。それだけで、頭も胸もいっぱいだった。

「お前なあ、そんな気で進学したら痛い目にあうぞ。あそこにいるのは、勉強でもスポーツでも、県下でもトップクラスの優秀な子どもたちばかりなんだ。やっていく自信あるのか？　お前が考えている以上に、スポーツ推薦は過酷だぞ。ケガや病気で競技続けられなくなったらどうする？　それ以前に、お前にその才能がなくてものにならないこともある。公立なら逃げ場もあるけれど、私立は逃げ場がないぞ」

「わかってるよ」

わかってる、そんなこと。

それでもやってみたいんだ。逃げ場がない場所で、少しでも上に行ってみたい。逃げ場のない場所に立ててるだけでも、今の俺には奇跡的なチャンスなんだ。

そこへ、お袋もやって来た。親父が事情を説明すると、あからさまに顔をしかめる。

「亮、無理して高校でバドミントン続けても、その先ってあるのかしら？　大学に行けるの？　就職はあるの？　中学の勉強だって、部活ばっかりでちゃんとできてないのに、この先また三年間部活ばっかりじゃ、大人になって何が残るのか、母さん心配だわ」

そうだろうな。俺自身もそう思う。

そんなに部活ばっかりやって、少しも上に進めなかったら？　上に進めたとしても、その先に何がある？　何が残る？　一生懸命頑張りました。それがなんだっていうんだ？

いつだってそんな不安はあるし、考えてもいる。だけど……。

「今を頑張るっていうのじゃ、ダメなんだ？　ずっと先のことも考えて、今できることや好きなことをあきらめないとダメっていうこと？」

「そうは言ってない。けれど、バドミントンは、はっきり言ってメジャーなスポーツでもない。お前クラスで、頑張ってちょっとした結果を残しても、将来、何の保証もないということだ。中学生にこんなこと言うのは父さんも嫌だけど、現実というのは、そういうものなんだ」

「じゃあ、野球やサッカーだったら、頑張れって応援するわけ？」

「同じだよ。将来スポーツで食っていける人なんか数えるほどなんだから。ましてってということだ」

「つまり、適当な公立に行って、帰宅部になって、将来に少しでも有利そうな大学に入れるように勉強しろってことが、父さんや母さんの意見ってことだね」

俺がふてくされた顔と皮肉な声色でそんなふうに言い返すと、親父は口ごもる。

横浜湊への憧れと希望で溢れていた自分の胸を、いきなり否定モードでペシャンコにされムカついていたことは確かだ。だけど、実は不思議なことに、俺にはくすぐったいような別の思いもあった。親父やお袋がそれなりに俺の心配をしていることが新鮮だったのだ。今まで、俺の部活にも勉強にも、二人はほとんど関心がないように見えた。試合の結果どころか学校の定期試験の点数さえ聞かれたことはなかった。それなのに、俺ごときがやっていけるのかとそれぞれに言うってことは、多少は俺の今までの部活での成績を知っているということだ。

「亮の好きにさせてやればいいと、私は思うよ」

俺たち親子が黙り込んで視線を逸らし合っていると、突然、里佳が話に割り込んできた。

いつのまにリビングに？　突然のその気配に驚く。

「里佳が、一番よくわかっているでしょう？　あの学校で、推薦をもらってやっていくのがどれだけ大変かっていうこと」

お袋の言葉に、里佳はフフンと鼻をならした。

「私は、別に」

「だから、里佳は特別出来がいいけど、そうじゃないと、大変じゃない」

「亮も特別かもよ。今は、わからないだけで」

なんか、里佳はいつも一言多いから、素直に喜べないんだよな。

「それに、バドミントン部は海老原先生がしめているから大丈夫だよ。勉強だってしっかりやらせてる。バドの子は、みんな成績いいよ」

「あら、そうなの」

お袋は、もう里佳に丸め込まれ始めているようだ。

「うん。けど、そんなに心配なら、スポーツコースじゃなくて、進学コースに行かせればいいんじゃない？　そうすれば、お父さんたちもちょっとは安心でしょう？」

「そりゃ無理だろ」

俺より先に、親父がそう答えた。

「進学コースならなんとかなるでしょう。内申点が基準を満たすか、もし足りない時は後の試験で基準点をクリアすれば、スポーツ推薦でも、スポーツコースか進学コース、どちらか好きな方が選べるはずだから」

「内申もきっと足りないし、試験なんかなおさらダメだよ」

できないことは、この際、はっきり伝えておく方がいい。

「遊佐なんか、私と同じ特別進学コースにいるよ。それでもダメだって、亮は言うんだ？」

　里佳がにやりと笑う。

　俺は心底驚く。

　里佳の話によれば、実は、遊佐さんはスポーツ推薦ではなく、一般入試で受験をして横浜湊高校特別進学コースに入学してきたそうだ。いくつも全国レベルの高校からスカウトが来たらしいが、それを全部蹴ってスカウトのなかった横浜湊に来たのは、横浜湊が自宅から通学圏内にあったことと、遊佐さん自身はもちろん遊佐さんのお父さんが、たまたま知人を介して知り合った海老原先生の人柄に惹かれたからだそうだ。一方、なぜ、海老原先生が遊佐さんを誘わなかったのかというと、あのレベルになると、やっとインターハイに出られるようになったとはいえ、そこで勝ち進んでいく力はまだなかった当時の横浜湊には来るはずがない、と最初からあきらめていたかららしい。

「遊佐さんのこと、知ってるの？　学年違うよね」

「後輩だけど同じ特進だから、勉強のことでは色々相談にのるよ。それにあの子は私に惚れているしね。今度インターハイで優勝したら、デートして下さいだって。可愛いでしょう？」

　頭痛がしてきた。

　静雄の冗談は、冗談じゃないかもしれない。

「念のために聞くけど、今度の話、姉貴はかんでないよな」

　里佳は首を傾げる。

「もしかして、亮のスポーツ推薦のこと？」

「ああ」

「まさか。海老原先生とは仲いいけど、弟がバドミントンやってるってことも、一度も話したことないよ。まあ、推薦のためにあんたの資料を揃えたとしたら、今は知っている確率は高いけど」

「海老原先生とも仲いいの？」

「だって、数学、習ってるし。まあ、最近はどっちが習ってるかわかんなくなってきたけどね。ちょっと小難しい質問受けたら、水嶋、お前やってみろって、すぐに私に振るんだから」

　本格的に頭痛が。俺はこめかみを押さえる。

「じゃあ、そういうことで、亮、行くよ」

　里佳が俺の背中を押す。

「どこに？」

「亮の部屋に決まってるでしょう。とりあえず、今日は亮の実力を確認しよう。それに見合った問題集を貸してあげるよ。私の貴重な勉強時間を割いてあげるんだから、さぼったら容赦しないからね」

「はあ？」

「夏を制する者は受験を制す。頑張れ、今は凡人」

里佳に引きずられるように、俺は自分の部屋に戻る。

里佳もいったん自分の部屋に戻ったけれど、すぐに数冊の問題集を抱えて俺の部屋に乗り込んできた。

それらをドサッと俺の机の上に置くと、一番上の数学の問題集を広げ、「とりあえず、数学からね。この八ページからの実力問題をやってみて。それでだいたい亮の学力がわかるから」と言った。

「今？」

「もちろん」

「じゃあ、やっておくから、明日チェックしてよ」

里佳は椅子に座った俺を見下ろすようにして腕を組む。

「この分量なら、三十分かな。もちろん、ここで見張ってるから」

やれやれ、俺は、ふうっとため息をつく。

うちの両親はずっと共働きだった。父は司法書士事務所に、母は、大学を卒業してすぐに勤めた化粧品会社の研究所に今も勤めている。

結果、保育園にいる頃から今にいたるまで、里佳は常に俺の母親代わりであり、時には父親代わりだった。里佳に保護してもらう代わりに、里佳の言うことには服従するという俺の習性は、物心つく前からのそういう家庭環境にあるのだろう。当然、里佳は年齢以上にしっかりとした気の強い人間に、俺は、里佳の陰に隠れて無口で依頼心の強い人間に育っていった。

静雄と親友になり、ひとり親家庭で経済的に苦労していても文句も言わず幼い頃から母親を助けて家事や妹の面倒を健気にこなしている静雄の姿をそばで見ているうちに、俺も自分の不甲斐なさを自覚するようになり、ようやく里佳から自立しつつある今日この頃ではあるけれど。

とはいえ、長年培われてきた里佳への服従の習性は心身に染みついていて、未だに、理に適っていても理不尽であろうとも、俺はほぼ里佳の言いなりだ。

「亮、バドミントンを続けたいなら、勉強も本気で頑張りなさいよ」

里佳の言葉のトーンは厳しかったけれど、表情はそれほどでもない。

「わかってるよ」

「わかってないよ。亮は、お父さんたちが、なんでスポーツ推薦にあんなに過剰に反応するのか知らないでしょう？」

「将来が不安だっていう親心だろ？」

もちろんそうだけどと頷いてから、里佳はこう続けた。

「でもね、ただの親心じゃないの。お父さんが陸上やっていたことは知ってるよね」

「まあ」

俺も里佳も走ることが得意で、小学校の運動会では、ずっとリレーの選手に選ばれていた。確か初めて選ばれた時、嬉しくて誇らしくて大威張りでお袋に報告したら、「お父さんの血かしらねえ」とお袋はつぶやいた。けれど、それがそんなに嬉しそうなニュアンスじゃなかったこと、ため息交じりだったことも覚えていた。子ども心にも、そこはあまりふれちゃいけない場所なんだとわかった。

「中距離の選手で、高校生の時は県の四百メートルの記録保持者だったのよ。インターハイにも国体にも出てたんだから」

マジか？　あの親父が。

俺が知っている親父は、司法書士という仕事柄なのか、いつも何やら法律関係の本を読んでいるか、趣味の数独の問題を解いているか、どちらかといえばインドアのイメージだった。部活で陸上をやっていたことはなんとなく知っていたけれど、そんな凄い選手だったとは想像したこともなかった。

「大学にもスポーツ推薦で入学したんだ。でもね、二年生の夏に大きなケガをして、活躍するどころか、競技を続けることさえできなくなったんだって」

「うん」

その後親父は、競技のできない悔しさを引きずったまま、肩身の狭い思いにも耐えながら、なんとか大学だけは卒業したらしい。しかし、ずっと走ることしかしてこなかった親父にはすぐにはまともな就職口さえなく、大学を出てから何年も苦労して、資格をとって、今の仕事に就いたそうだ。その間、経済的にも精神的にもずっと親父を支えていたのが、学生時代に出会ったお袋だったらしい。

「だから、同じ苦労を亮にさせたくない。スポーツ推薦って聞いて、お父さんたちの頭はそのことでいっぱいだったんだと思うよ」

そんな里佳の言葉に、親父たちに皮肉たっぷりに応えた自分の姿を思い出し、俺は恥ずかしくて返す言葉もなく、ただ黙々と目の前の数学の問題に取り組んだ。


翌朝、昨日のうちに教えてもらっていた島村のスマホに連絡を入れ、バドミントン部の夏休みの練習日程を教えてもらった。

当然、俺は、初日から引退したばかりの部活にのりこんだ。

よほど海老原先生が怖いのか、島村にしては物凄い熱意と速さで、バドミントン部の後輩たちに、俺の練習参加への理解と協力を徹底していた。とはいえ、いくら島村に言い含められてはいても、やっと自分たちの天下になって一番ノビノビする時期に、元部長に出戻ってこられて無言の圧力をかけられては、後輩たちも面白くなかったはずだ。

それでも俺は後輩たちにうざがられながらも、それ以上のバドミントンをやりたいという強い意志で、練習に参加した。

初日の練習が終わってから、また、島村に呼ばれた。

「親御さんには、話をしたのか?」

「秋口に正式な話があると思うけど、自分としては決めていると話しました。俺で大丈夫なのかと、二人揃って心配していました」

「そうか」

　島村は苦笑いする。

「昨日お前が帰った後、俺も海老原先生に、もう一度水嶋でやっていけるのかと聞いたよ。水嶋をバカにしたわけじゃない。俺なりに心配だったんだ。分不相応の場所に行けば、辛いだけってこともあるから。だけど、海老原先生は俺のそんな心配を、お前は相変わらずセンスがないなって、一言であっさり切り捨てたんだ」

　バドミントンで強くなるために必要なことって何だと思うかと、海老原先生は島村に聞いたそうだ。技術力と体力ですかと、島村が怖々答えたら、そんな当たり前のことを言うなと、ふうっと嫌みなため息をつかれたらしい。

「去年の県のベスト16を集めた強化練習で、海老原先生は、お前を初めて見たそうだ」

　なるほど。

　あれは、結構きつい体験だった。でも、とても有意義で楽しくもあった。あんなふうに技術的なことをちゃんと指導してもらえる機会はそれまでの俺にはなかったし、ゲーム形式の練習では、普段の試合ではなかなか当たることのない強い選手ばかりとの対戦だったので、貴重な経験にもなった。

　ただ、海老原先生に直接練習を見てもらったわけでもなく、海老原先生がいたかどうかも記憶になかった。だから、どのタイミングで海老原先生が、俺のことを目に留めてくれたのかは全くわからなかった。

「中学生には相当ハードなメニューだったのに、お前は、最初から最後までそれを淡々とこなしていて、見ようによっては物足りないのかと思うほどだったそうだ。しかも、出された食事を朝昼晩、残さず平らげていたんだってな」

「はあ？」

俺が首をひねると、水嶋は昨日の俺と同じ反応するなあって、島村が笑った。

「俺も、海老原先生が何を言いたいのかさっぱりわからなかった。水嶋がよく食うことは知っているけど、そんなことがバドミントンに関係あるか？　だろ？」

あの状況でしっかり食えるのは凄いことだ。初日なんか、他の子は、食欲がないどころか食事を見ただけで吐き気を抑えるのに必死だったと、海老原先生は答えたらしい。

「まあ、そう聞けば、お前ってタフだなって思うけどな」

俺は、はあ、と今度は頷いた。

「それで市大会では、ゆっくりと時間をかけてお前を見たそうだ。尋常じゃない吸収力に、とても驚いたそうだ。お前は、一試合ごとに、というより一打ごとに経験を力に変えていくことができるタイプなんだってさ。身体能力の凄さもあるが、一番いいのは、なぜそうなるのか、どうしてそうなったのかを、よく考えて自分のものにしていくところだそうだ。先を読む力に優れているし、理に適った潔さもある。足りないのは、経験とちゃんとした指導者だって、最後には睨まれた」

身に余る褒め言葉に、ほてりで顔が熱くなっていくのがわかる。

「先を読むっていえば、囲碁部の奴らが、誰も水嶋には勝てないって言ってたから、そういうのって関係あるのかなあ」

島村が、独り言のようにつぶやく。

「けど、囲碁や将棋は、先を読むのにある程度考える時間があるけど、バドは、一瞬で判断しなきゃいけないし、また違うんじゃないですかね。それに、自分の方が強ければ、先を読みながら配球するのは、みんなやってるし」

「みんなやっているとしても、水嶋のはレベルが違うってことなんだろう。だって、あの海老原先生があそこまで褒めるって、本当にないからな。俺なんか、ただの一度も、褒められたことはない。お前が個人では8強止まりだったのも、俺の責任らしい。お前がボンクラだったからだと言われたよ」

「すみません」

なんだか、島村がかわいそうになってきて、俺はとりあえず謝った。

いやいや、お前に謝られたら、こっちは余計に切なくなるからやめてくれと、島村は首を横に振ってからこう続けた。

「横浜湊でやっていけるかどうか？　全国に出ていけるかどうか？　そんなことは問題じゃない。あの子にあと三年かけて教えたいのは、どうやって世界で戦うかだって、海老原先生は、おっしゃっていたぞ」

さすがに、それには、俺も苦笑するしかない。

「本当だって。海老原先生は、世界ってそう言ったんだ。笑うなよ。お前のことなんだぞ」

「けど、世界って。ありえないし」

俺の真顔に、今度は島村が苦笑を返す。

「まあいい。念のための確認をするけれど、他からの誘いを待たずに、お前は、早々に、横浜湊に決めてしまっていいのか？」

「他から？」

「県大会の準決勝でお前の試合を見て、面白い子だなとつぶやいていたのは私だけじゃなかったと、海老原先生はおっしゃっていた。未成熟な部分が多いからこそ、教え甲斐もあるんだってさ」

「他からの誘いは断ってください。あれこれ考えるより、パッと決めて、練習に専念したいから。それに……」

俺は口ごもった。

「どうした？　何か心配事か？」

俺は、首を横に振った。

「心配というか、お願いです。俺、横浜湊には、スポーツコースじゃなくて、進学コースで行きたいんです。内申を上げるために勉強も頑張るんで、その辺もよろしくお願いします」

　そう一気に言って、頭を深く下げた。

　顔を上げると、島村は驚いた顔をしていた。

「スポーツ推薦は受けるが、スポーツコースではなく進学コースで入りたいってことか？　それだと、二学期の内申点をかなり頑張って上げないとだめだが？」

「はい。その通りです。入学を決めた後で、コースは勉強を頑張った結果で選ばせて欲しいんです」

「まあそういう仕組み自体はあるから、結果を出せば問題はないだろうが、大丈夫なのか？　頑張った結果、内申点が足りずスポーツコースへの進学ってなった時のメンタルとか、まずいことにならないか？　スポーツコースはスポーツコースで、正直、お前以上のエリートばかりなんだ。そんな仕方なくこっちに来ましたなんてスタンスではクラスメイトと上手くやっていけるのか？」

「大丈夫です。それも含めて覚悟はありますから。結果は結果としてちゃんと受け入れて、そこで頑張ります」

「そうか。けど水嶋、お前は、本当に意外性のかたまりだな」

　そう言って俺の肩をポンとたたいてから、島村はこう続けてくれた。

「お前の意思は、俺から海老原先生に伝えておく。部活の練習や勉強も、できる限りサポートはするよ。だから、頑張れ」

俺は軽くもう一度礼をしてから、「島ピー、サンキュウ」と言って、踵を返して走り出した。

「水嶋、調子に乗るな。島ピーって言うんじゃない」

俺の背中を島村の声が追いかけてきたけれど、俺は、右手を高く上げて二、三度大きく振ってから、そのまま一気に家まで走って帰った。

第二章　新しい出会い

バドミントンだけでなく、里佳の叱咤激励を受けて受験勉強にも必死で取り組み、俺の夏休みはあっという間に終わった。

九月の半ばには、とりあえず横浜湊高校への進学が正式に決まった。

俺は、その間、何度も両親と話し合った。海老原先生が、話し合いと説明のために俺の両親の元へ足を運んでくれたおかげで、親父もお袋も、俺のバドミントンに賭ける想いを理解してくれたようだ。進学コースかスポーツコースかは、最終の内申が出るまで未定だけど、どちらになっても、横浜湊でお前のやりたいこと、できることを一生懸命やればいいと言ってくれた。

進学への環境もある程度整い、明日から、横浜湊の練習にも参加できることになった。

期待と不安が折り重なって、俺は落ち着かない夜を過ごしていた。

何をしてどう過ごせばいいのかわからず、とりあえず携帯ゲームで気晴らしをしてみる。

「なんか飲み物入れてよ」

そんな俺に、里佳が命令する。

無視をしていると、やや険のある声で、「早く」とせっつく。

仕方ない。俺は、ゲームをいったん中断して、腰をあげる。これ以上無視していると、余計に面倒な事態になりそうだと長年の経験が俺に告げていた。

　口げんかをしても、どうせ言い負かされるに決まっている。体力と時間の無駄だ。

「何がいいの？」

「炭酸系かな」

　里佳は、俺の机で、物凄い集中力で、おそらく数学に取り組んでいる。見ただけで頭が痛くなるような数式が、ノートのあちらこちらに、まるで美しい模様のように散らばっている。でももしかしたら、俺の学力では理解できないだけで、物理ということもあるかもしれない。

　キッチンまで下りて、冷蔵庫からコーラを取り出し、里佳専用のいちご模様のコップに入れる。氷は、二つ。それ以上入れると水っぽくなるからと文句を言われる。

　自分のために、山盛りの氷の中に、コーラを入れる。水っぽくなる前に一気に飲む。これが炭酸飲料の正しい飲み方だと、俺は思っている。両手にコップを持って部屋に戻り、そのために少し開けておいたドアの隙間を足で大きく開いた。

「はい、コーラ」

　里佳はチラッと俺の手元を見ると、お礼の代わりに、一度だけ小さく頷く。

　俺は黙っていちご模様のコップを里佳の傍らに置く。数式に夢中になっている時の里佳は、たいていこんな感じだ。

　途中で中断したせいか、ゲームへの執着心もなくなって、俺はゲーム機のスイッチをオフにした。そして、一気にコーラを飲んだ。

「素振りでも行ってくれば？」

手元から視線を外さずに、里佳が俺にそう言う。

「なんで？」

「なんか落ち着かない様子だから。うっとうしいし」

チッ、なら自分の部屋で勉強すればいいのに。なんでわざわざ俺の部屋で。うっとうしいのはそっちなんだよ、と口に出せない文句を心の中で並べる。

「自分の部屋に帰れば？」

言葉を選んでそう切り返してみる。

「電子辞書を取り返しに来たんだけど、急にここで昨日悩んでいた問題のとっかかりを閃いちゃったんだから、仕方ないでしょう」

自分勝手な屁理屈にしか聞こえない。がしかし、言い返せるはずもない。

「ふうん」

言い返してあの数式の羅列の邪魔をしたら、また色々やっかいそうなので、俺は黙ってバドミントン雑誌を読み始める。けれど、ちっとも活字が頭に入ってこない。

やっぱり里佳の言うとおり、素振りにでも行ってくる方がいいのかもしれない。

里佳が、取り組んでいた問題に答えが出たのか、満足そうなため息をつく。そして少しだけ水っぽくなったコーラを、やっぱり一気に飲んだ。

「姉貴は、何のためにそんなに勉強するの？　模試だっていつもAランクで、東大だって余裕で合格だろ？」

「私の目標は、東大合格じゃないから」

空のコップを机に置くと、里佳はそう言った。

「えっ、そうなの？」

「目先の、ちょっとしたところに目標を置いてもね」

ちょっとした目標って。東大が？

「じゃあ、姉貴の目標ってなんだよ。留学とか？」

「とりあえずノーベル賞かな、なんてね」

里佳は、冗談めかしてそう言ったけれど、目は少しも笑っていない。本気らしい。

こんな時、どんな返事をすればいいんだろう？　適当な言葉が見つからなかったので、黙り込んだ。

「亮、ノーベル賞受賞者の名前を言ってみてよ」

急に言われても、とっさには出てこない。仕方なく、知っている偉人の名前を言ってみた。

「野口英世？」

「残念」

「あっ湯川秀樹？」

「正解、他には？」

俺は、お手上げの万歳をした。

記憶力は悪くない方だ。つまらないことまで覚えてるね、よくそんな細かいところまで見てるよね、などと周りから言われることも多い。ただし、その力が発揮されるのは、興味のあること、好きなことに関してだけだ。俺がノーベル賞に興味を持ったことはない。なんでもかんでも覚えていられるのなら、里佳の通う特別進学コースにだって楽々合格できただろう。

「ほらね、ノーベル賞をもらったって、その分野でしか名前の知られてない人なんかいっぱいいるじゃない」

「で？」

俺には、里佳が何を言いたいのか全くわからない。

「私は、ニュートンやアインシュタインみたいに、歴史に名を遺したいの。目標は高く険しく、美しくよ」

俺は、返事の代わりに、深いため息をつく。里佳の発言のどこからどこまでがはったりで、どこからが本心なのかさっぱりわからなかった。全部マジなら、それはそれで怖いし。

「亮も、とりあえず、世界を目指してみれば？」

県の代表になることさえ叶わなかった俺が？

里佳の、とりあえずの後に続く言葉は、どれもこれも非現実的すぎる。

「俺は、姉貴とは違うから、もっとコツコツやるよ」

「コツコツねえ」

　里佳は、皮肉な笑みを浮かべて肩をすぼめる。

「目先の目標をひとつずつクリアしていくのって、そんなにダサイのかなあ？」

「ダサイかどうか知らないけど、目標が低かったら、伸び率悪いでしょう？　すぐに満足するか早々に挫折するかしかないじゃん。それより、今は口にするのも憚られるようなことを口にして、そこに向かって頑張る方が、やりやすくない？」

　そうかもしれないけど、俺は大言壮語的な、そういうのはしっくりこない。

「だけど、やっぱり世界とか口がさけても言えないな。まずレギュラー、それからインターハイ、その先なんて考えられない」

　つい二ヶ月ほど前までは、インターハイだって俺には現実味のない遠すぎる夢だった。

「今はそうかもね。けど、そのうちわかるよ」

「何が？」

「海老原先生が、きっと、亮をもっと見晴らしのいい場所に連れて行ってくれるよ。その景色を見たら、あんたも高みを目指す勇気が出るかもね」

　高みってなんだ？　勇気ってなんだ？　俺がヘタレだってことなのか。

　無言の俺に、里佳はこう言った。

「亮は、やばい時にもわりと冷静だし、ムカつく時もあんまりカッカしないでしょう？

今もちょっと怒ってるんだろうけど、わかりづらい。顔も中身も薄味なのよ」

　そりゃあ、里佳と俺は、姉弟なのに似ていないねってよく言われる。だけど、それはパッと見の印象の問題なんだ。

　二重のパッチリとした目をした里佳は、見た目、とにかく華やかだ。それにひきかえ、一重のもう少しで切れ長だったかもっていう目の俺は、確かに地味な印象を与える。でも、寝顔はそっくりだって、親は言っている。それなのに、目以外は同じつくりのはずの里佳に、薄味って言われるなんて、あんまりだ。

「そうかなあ」

　そうでもないと思うけど、程度の軽い否定はするけど、口答えなんかしない。弟の立場をわきまえているから。

「そのせいで囲碁では、私は亮に勝てない」

　はあ？　いきなり、よりによってまた囲碁かよ。

　まあけど、小さい頃からなんだって里佳には勝てないのに、碁石を持つと、ほとんど俺は負けたことがないのは確かだ。ごくたまに里佳が、俺の先読みにまったくない手を打ってくることがあって、そういう時は負けることもあるけどね。

　けど里佳が囲碁で俺に勝てないのは、俺が強いというより、里佳が自滅するというか欲張るせいだと思うけど。囲碁は簡単にいえば陣取り合戦だから、終局した時に自分の領土が広い方が勝ちだ。けれど、広げることに夢中になって自陣の守りを怠ると、取り返しがつかない惨状を呈することもある。里佳が負けるのは、たいていこのパターンだ。

「それは、姉貴にやる気がないからだろ?」

欲張りなせいだろうとは、口がさけても言えない。

「違うよ。一番の理由は、私は感情の揺れをコントロールするのがあんまり得意じゃないから。感情に流されだすと、冷静に、次、次の次って、先を読むことができなくなる。それから、悔しいけど、私の空間把握や記憶能力が亮よりやや劣っているせい」

いや、劣ってはいないと思うけど。

「亮って、囲碁と同じように、バドミントンでも、自分のやった試合とか、見た試合とか、みんな覚えてるよね。棋譜を覚えるみたいに」

「ああ」

「けどね、それって棋譜と同じで、手順として覚えちゃってるわけでしょう?」

手順と言われれば、そんな感じかもしれない。音や匂い、その時の感情は全て省かれ、淡々とした映像として保管されている、というのが、自分の実感だ。

「どんなに凄いことでも、それじゃダメなんだよ」

凄いとも思わない代わりに、ダメって言われても納得できない。

「その記憶の中に、特別な一打、忘れられない熱い一打がないとね」

俺は首を傾げる。

「亮に足りないのは、熱さだよ。周りが引くぐらい熱くなったことないでしょう?」

「姉貴だって、ないだろ？」

「私はあるよ。時には、めっちゃ燃えるから。だから言えるんだけど、閃きっていうのは、なんて言うかな、極端な温度差の中から生まれてくるんだよ」

　里佳は独特な言い回しをするので、何を言いたいのか、よくわからないことが多い。だから、何度か具体的に聞き返すしかない。

「温度差って？」

「冷静なだけでも、熱いだけでも、どっちかに偏っていると、起死回生の一発って出てこないんだよ。亮みたいにいつも冷静なだけだと、勝ち目のない相手に対しては、永遠に勝てないってこと。わかる？」

　わかりたくないが、なんとなくわかる気がした。

　水嶋は、本当に淡々と試合するなあって、よく人に言われる。

　勝っている時はクールだけど、負けていると、あきらめているようにしか見えないらしい。もちろん、俺自身はあきらめているわけじゃない。でも、ゲームを見ているだけの人がそう感じるっていうことは、対戦相手にも、そう見られているということだ。

「亮に、もっともっと熱い気持ちが備わって、それがここぞっていう時に気迫としてストレートに出るようになったら、もともと亮は冷静沈着なんだから、とても強力な武器になると思うよ。そうすれば、自然に目標は高くなるし、見える世界も広がってくるから」

　俺は、そんなもんかもしれないね、などと言ってから、結局、ラケットを持って庭に出た。

ラケットを振りながら、記憶から心に残る一打を探してみる。けれど、残念ながら、里佳の言うとおり、どこにもそんな一打は見当たらなかった。


翌日、横浜湊高校での初めての練習に参加した。九月の最後の木曜日だった。

最寄り駅から学校の敷地まではほんの二、三分だ。すぐに鮮やかな緑の人工芝のグラウンドが目に入ってくる。そこでは、大勢の生徒が部活に励んでいた。サッカー部やアメリカンフットボール部、陸上部、チアリーディング部の姿も見える。他にも色々なユニフォーム姿で外周をランニングしている人たちも多い。それを横目に、なんとなく煽られるようにテンションを上げ、部活の邪魔にならないようグラウンドを大きく回り込むように体育館へ向かう。

横浜湊では、木曜日だけ、バドミントン部が第二体育館を全面使用することができるらしい。全国大会の常連校なのに、と初めにそれを聞いた時は意外な感じがした。けれど、よく考えてみれば、横浜湊には全国区の部活が綺羅星（きらぼし）のごとくあるので、週に一度の体育館の全面使用も、海老原先生の並々ならぬ努力の賜物なのだろう。

体育館の前には、俺以外にもすでにここに入学を決めているらしい中学生が何人か来ていた。知っている顔が三人、というか一組と一人。知らない顔が一人。

知っている方は、県大会、個人戦ダブルスでは一年の頃から優勝をしていた双子のダブルス、通称、東山ツインズ。

　その強さに反して、戦いを知らない草食動物のように穏やかで可愛らしい顔はもちろん、少し小柄な背格好もそっくりで、試合中ローテーションを繰り返していると、相手は混乱してどっちがどっちだかわからなくなるらしい。静雄と博人のペアが一度だけ直に戦ったけれど、二ゲームとも二桁まで点数をとらせてもらえず完敗だった。

　この双子の凄いところは、小学生の頃は野球をやっていて、そちらでもかなり有望だったらしいのに、すんなりやめてバットからラケットに握りかえたかと思うと、あっという間に階段を駆け上がり、中学に入って初めて出場した公式戦を圧倒的な強さで優勝したことだ。

　全国大会の常連で、県レベルの大会では負けたことはない。中学では、県下最強のダブルスだった。

　もう一人は、市大会や県大会で何度か顔を合わせたことがある榊翔平。

　榊は、中学生としては大柄で、１８０㎝近い身長と、基礎トレをしっかりやっている感じの、ひきしまった筋肉質の体をしていた。けれど、顔はどこか愛嬌があって、試合中、向き合ってもあまり威圧感はない。勝ったこともあるし負けたこともある。ただ、俺と違って、最後の県大会では、個人戦で三位に入賞したはずだ。

　最後の一人は、まったく記憶にはない顔だった。もしかしたら例外的に県外から来たのかもしれない。中肉中背、俺と似たような体型で、第一印象は、クールでスカした奴、という感じだった。

「今日から、この五人が一緒に練習することになった。右から順に、仲町台中学の水嶋亮くん、希望中学の榊翔平くん、桃浜中学の東山太一くん、同じく東山陽次くん、それから金沢渚中学の松田航輝くんだ」

海老原先生が、先輩たちに俺たちを紹介してくれる。

「よろしくお願いします」

俺たちは、声を揃えて、横に一列になった先輩たちに一礼をした。すると、その何倍もの大きさで、同じ言葉が俺たちに返ってくる。

「色々聞きたいこと、言いたいこともあるだろうが、限られた練習時間だ。すぐに練習を始めましょう」

海老原先生の言葉に、「お願いします」と、体育館にまた野太い声が幾重にも響いた。

先輩たちと一緒に、見様見真似で準備体操の後、体幹を鍛えるためのトレーニングをこなしていく。それから入念にストレッチをした後、ステップ練習に入る。

中学の練習には体幹トレーニングなどなかったし、ストレッチに割く時間はとても長いと感じる。先輩たちは、リラックスした雰囲気で、順番に俺たちにも声をかけてくれたし、笑顔で細かい指導もしてくれた。

「体と一緒に、心もほぐすことが大切だ」

練習が始まってすぐに、海老原先生からそんな一言があったからなのか、先輩たちも俺たちに気を遣ってくれたようだ。

だけど、やっぱりそう簡単に心の方の緊張はとれなかった。見回せば、榊や松田も、黙ったまま少し強張った表情で先輩の声に頷いている。

ただ、東山ツインズだけは、大きな大会を何度も経験しているからなのか、それとも二人の絆で心強いおかげなのか、比較的柔らかな表情で、体をほぐし温めているようだった。

ステップ練習が終わると、先輩たちの表情が一変した。俺たちのごわごわした緊張感とは違って、準備完了、いざ出陣という感じの、キリッとしたいい緊張感が伝わってくる。

その後、先輩たちは、ネットをはさんで向かい合ってアタックの練習を始める。

体育館には、気合の掛け声、キュッキュと床を鳴らすシューズの音、そして汗と熱気が充満してきた。それだけで、テンションがまた一段と上がる。

「君たちはこっちへ」

海老原先生に呼ばれて、俺たちは一番左端のコートに集まる。

今から行う練習の狙いと注意点を、海老原先生から説明を受け、その後で先生は俺たちのコートに遊佐さんを呼ぶ。

憧れの人、遊佐賢人の登場だ。

俺だけでなく他のみんなも少し興奮しているようだ。ただし、松田だけはさほど表情に変化はない。県外から来ているのだとしても、遊佐賢人の名を、その華麗なプロフィールを知らないということはないはずだと思うのだけれど。

一方で遊佐さんは、注目されることに慣れているのか淡々とした表情だ。

俺はひたすら感心する。さすが、バドミントン界のプリンスと言われているだけのことはあるというのか、端整な顔立ちとサラッと風を含んだような髪はまさに王子様だし、この年齢でどれほどのトレーニングを積めばこうなるのかと思うほどの躍動感のある鍛えられた筋肉にも驚く。

男の俺が見ても、惚れ惚れする、逞しくかつしなやかな立ち姿だった。

本当に、この王子様が、里佳にデートを申し込んだのだろうか。

もっと心優しい女子を探せばいいのにと思ったけれど、もちろん口にはしない。というか、この先も弟だということは極力伏せておくつもりだった。

「遊佐くんはうちのエースです。今からお手本を見せてもらうので、よく見て、そして、よく考えて下さい」

海老原先生のこの「よく見て、そして、よく考えて下さい」というセリフは、この後、耳にたこができるほど聞かされることになる。

上手い人を観察して真似る。ただ真似るのではなく考えて真似る。自分なりに納得して真似る。これが上達の早道だ、と海老原先生には何度も教えられた。

俺たちは、声を揃えて、「はい」と返事をする。テンションが上がっているので、自然と声も大きくなる。

ネットの向こう側に遊佐さんが入った。

先生がシャトルを上げ、遊佐さんがスマッシュを打つ。

コートの後方両サイドライン際に置かれた、四本のシャトルケースを狙うようだ。二分間で四本全部を倒すのが目標らしいが、遊佐さんは、狙いを定めたシャトルケースを、確実に素早く倒していった。

俺は、食い入るように、遊佐さんの動きとシャトルの行方を見つめる。遊佐さんの動きは、滑らかでとても素早い。打ち終えた後には、すぐに元の場所に戻り、次の動作のために足を肩幅ほどに開いていて、とてもニュートラルな構えで次のシャトルを待つ。

なるほど、これはいいお手本になる。

知っていてもできないことは多いが、実際にできている姿を見れば、どうすればできるのかのヒントになる。

結局、遊佐さんは二分を待たずにミッションを終了し、息を乱すこともなく、一礼をしてコートを出て行った。そのクールな姿に俺たちは感嘆の声をあげ、先生は満足そうに頷く。

「まあ、あんな感じで。技術的に同じことはできなくても、イメージはつかめましたね？じゃあ順番にどうぞ」

海老原先生の言葉に、まず、松田がコートに入る。

「あいつ、どこの誰か知ってる？」

榊が小声で俺にそう尋ねる。俺は首を横に振る。

どこの中学なのかはさきほど先生が言っていたのでわかったが、名前もそこでの戦績も記憶がない。けれど、かなり上手いことは、コートに入ってラケットを構えただけでわかった。

立ち姿がとても美しいのだ。ラケットを握る手にも余計な力が入っていない。

もともと、俺がバドミントンを始めたのは篠原さんのスッとした立ち姿の美しさに惹かれたからだった。囲碁を始めたのも、祖父に連れられて遊びに行った碁会所で見かけた、見知らぬ誰かの碁石を持つ指先の美しさに見とれたからで、どうもそういうものに、俺は弱いらしい。

海老原先生がシャトルを上げる。右に左に、前に後ろに。

さすがに、遊佐さんのようにはいかなかったけれど、松田は二分間の間に右端と左端の一本ずつを倒した。

「あいつ、上手いね」

また榊が俺に囁く。今度は、その言葉に俺は頷いた。

次に、東山太一、その次に東山陽次が続く。

双子だからということだけでは納得できないほど、二人のフォームは、良くも悪くもそっくりだった。そして、揃って、右側の二本を倒した。

「まああだね」

榊のその言葉に、俺は首を縦にも横にも振らなかった。

このツインズの凄さは、二人が同時にコートに入った時に発揮されることを、俺はよく知っていた。もし、二人でローテーションしながら同じことをすれば、遊佐さんと同じ結果を出していたかもしれない。

その次に榊がコートに入った。

俺は、興味深くその動きを見守る。結果としてはゼロ、一本も倒れなかった。けれど、大きく逸れたシャトルは一つもなく、ほとんどがギリギリのきわどい場所に強烈なスピードで落下していた。コントロールのためにスピードを制御するなんてことは、少しも考えていない打球ばかりだった。

二分が過ぎても、榊は悔しそうな顔をしたまま、しばらくコートから出なかった。海老原先生に促され、ようやくその場を離れる。

俺は、榊のバドミントンっていいな、結構好きかもと思った。

少々強引ではあるが、技術より気迫という感じが前面に出ていて、見ていて気持ちがいい。遊佐さんや松田タイプのクールさはもちろん格好いいけれど、同じぐらい、榊の粘っこさや熱さも格好いいと思った。

里佳が俺に足りないと言ったものが、榊のバドミントンを見ていて、なんとなくわかった気がした。

最後に俺の番がきた。

集中、俺はそっと自分に声をかける。

いつも、試合前や試合中に静雄が、その言葉を俺の背中に呼びかけてくれた。そのせいなのか、今では、なくてはならない、俺にとってはお守りのような一言になっている。

実は、俺は中学でしょっちゅうこれと同じ練習をしていた。ちゃんとした指導者がいないので、雑誌で紹介された練習や、強豪校の練習を手当たり次第に真似をしていたからだ。

俺は、二分が終了する間際に、最後の一本を倒すことができた。

日頃の練習のおかげなのか、それとも遊佐さんの動きを真似て、まずは次の動作に入る前に足を肩幅程度に開きニュートラルに構えることを意識した結果だったのかもしれない。

コートの向こう側から、拍手が聞こえてきた。中学生の仲間が、先輩に遠慮しながら、それでも控えめに拍手をしてくれたようだ。

榊も、さっきまでの悔しそうな表情をひっこめて、笑顔で俺のために親指を立ててくれている。

五分間休憩、と声がかかったので、自分のラケットバッグが置いてあるところに水分補給に戻った。するとすぐに、榊が俺の隣にやって来た。そして、「やっぱり、ここに来て良かった」と、俺に笑いかける。

「おう」と頷いたけれど、俺にそれをわざわざ伝える榊の意図がよくわからない。俺が戸惑っていることに気がついたのか、榊はあわててこう付け加える。

「俺、法城からも誘われたんだ。けど水嶋が、横浜湊に来るって海老原先生に聞いて、ここに決めたんだ」

「えっ」

思わず、飲んでいたスポーツドリンクが気管に入りそうになった。

「水嶋と、ダブルスやりたいなと思って」

「マジ？　俺、シングルスしかやったことないよ」

ダブルスは、同じ高校に進むことがあれば静雄とならって思ったことはある。俺たちの向かい側で仲良くじゃれ合っている東山兄弟のように、双子である必要はないだろうけど、心の通い合った者同士じゃなきゃ、上手くいかないイメージだった。

今日初めて言葉を交わした榊にそんなことを言われても、どんな返事をしたらいいのかわからない。

「俺だってそうだよ。けど、ここへ来たらとりあえず両方やることになるだろう？」

「そう？」

中学では、同じ選手が、シングルスとダブルスの両方に出ることはできない決まりだ。だけど高校では、大会によるけれど、どちらにも出ることができるということを、知ってはいた。けれど今の俺は、できる限り上手くなりたい、それだけで精一杯で、そんなことまで考える余裕はなかった。

「俺の夢は、インターハイ三冠だ」

「すごいね」

俺は一歩後ずさりながらそう答える。榊は、里佳よりは少々控えめだけど、かなりの野望の持ち主らしい。

「そのために、お前とのダブルスは不可欠なんだ」

「松田くんの方が、ずっと上手だよ。考えてみれば？」

俺は、少しだけ離れた場所で一人で水分補給している松田をチラッと見て、そう言う。

松田は、榊に比べれば線が細いけれど、均整のとれた体つきをしていて、ただ立っているだけでも、汗を拭いていても、なにかにつけスマートだ。技術的にも今の俺よりはずっと上だろう。しかも、きっと女子にはモテるんだろうなっていう、なかなかの容姿の持ち主だ。

「いや、俺はお前がいいんだ。なぜなら、俺は水嶋のバドミントンが好きなんだ。初めて対戦した時からそう思っていた。攻撃的でトリッキーだろ？　何をやるかわかんないとこ、タフィーみたいで格好いい」

素直には喜べない。

かつて世界ランキングのトップを争っていた天才を引き合いに出して褒め言葉をもらうほど、俺に高度な技術力はない。ただ、ネット際（ぎわ）のプレーが得意でトリッキーなプレーが好きだということは事実だ。調子が良い時は、柔らかなネットショットでポイントを連取することも多い。すると対戦相手は、たいていネットを嫌がり、ドライブ戦に持ち込んでくる。そこを粘って、球を上げさせチャンスを作る。これが決まるとめちゃくちゃ気持ちが良くて、どんどん調子が上がってくる。この典型的な試合が、初めて榊と対戦した時の試合で、結果だけを見れば俺の圧勝だった。

もしかして、そのせいなのか？　この熱い、いや暑苦しいラブコールは。

「俺、お前と互角に戦えるように、必死で練習したんだ」

そういえば、二度目は勝つには勝ったけれど、僅差だった。それからはいつも紙一重でおきまりのようにファイナルにもつれ込み、結果も勝ったり負けたりだ。

さっき俺も、榊のバドミントンが好きだと思った。

もしかしたら、ダブルスのパートナーって、仲がいいということより、お互いのバドミントンが好きだということが大事なのかも、とチラッと思う。

海老原先生が手招きをしたので、俺たちはおしゃべりを中断して、小走りで先生に駆け寄る。

「次は、5点マッチで、シングルスの試合をします。一番コートには遊佐くんが、真ん中の二番には横川くんが、ここには本郷くんが入ります。ちなみに横川くんはシングルスで県三位、本郷くんは、うちの部長で、ダブルスでは個人戦、県二位、シングルスでもベスト4です。君たちは、どこに入ってもいいです。勝ち残りですから、勝った人は次の人と試合をします。勝てば最後まで試合のやり放題です」

それは、天国なのか地獄なのか、微妙なところだ。でもまあ、俺が勝ち抜くなんてことはないだろうから、そんな疑問も今は関係ない。

俺と榊は、遊佐さんのいるコートを選んだ。松田と東山ツインズはともに本郷さんのコートに入ったようだ。

先輩が次々に遊佐さんの相手側コートに入り、ことごとく負けていった。でも遊佐さんは、やっぱり涼しい顔で、苦しそうな表情はおろかほとんど息を乱すこともない。

ようやく、俺たちの番がやってきた。

俺から入ると勝手に決めていたので、榊を制して先にコートに向かう。

集中、お守りの言葉を小さくつぶやいてから、俺はホームポジションにつく。

審判役の先輩が、「ラブオール、プレー」と宣言し、頑張れよと言うように俺に頷いてくれた。

ラブオール、プレー。0―0、試合開始。

全てのゲームはここから始まる。この短い言葉は、俺の、いやおそらく全てのバドミントンプレーヤーのテンションを一気に高めてくれる。緊張と期待が体中を駆けめぐる。

目標は1点、とりあえず1点。俺は自分にそう言い聞かせる。

けれど、あっという間に5点を献上し、1点も返せなかった。それどころかまともなラリーさえほとんどできなかった。

アタック練習の時はサイド寄りから見ていたせいで気づかなかったけれど、向き合ったことで驚かされたこともある。それは、遊佐さんのショットが、とてもシンプルなフォームなのに、球種が信じられないほど多彩なことだ。

球を打つインパクトの瞬間まで、ラケットの振りや面の向きが、どのショットを打つ時もほとんど同じで、球がどこに飛んでくるのか判断しづらい。

バドミントンは野球のピッチャーのように、同じフォームから緩急、高低、コースの違う、いくつものショットを打ち分けるのが理想だ。

これができれば、相手は球がどこに飛んでくるのか予想することが難しく、意識が分散され、次の動作が遅れる。相手の考える時間を奪うことができれば、ゲームの主導権を手にすることができる。

だから、バドミントンの指南書には、同じフォームから多彩なショットを打ち分けようと、必ず書かれている。そのために必要な、段階を踏んだ日々の練習方法も、たくさん紹介されている。

けれど、それを自分の頭と体にしみこませ実践できる選手は、高校生レベルではそれほど多くない。俺が今までに対戦した相手はもちろん、見る機会があった実際の試合や映像でも、大学生や社会人のトップレベルの選手でさえ、さっきの遊佐さんよりオーバーアクションの人がたくさんいた。

もちろん、これは相手をしている俺のレベルの低さも関係しているだろう。

遊佐さんに、十分な体勢で好き勝手に打ち分けられる時間を提供してしまったせいだ。

もっと上手い人が相手なら、遊佐さんだって、ここまで完璧に球を打ち分けるのは難しかったのかもしれない。

コート脇に戻って、次の遊佐さんの対戦を見ながら、こんなふうに感心したり反省をしたりしていると、真ん中をはさんで反対側のコートから歓声が聞こえた。

どうやら、松田が本郷さんからゲームをとったらしい。コートに居残った松田の姿が見える。

「すっげえなあ、あいつ。まあ、俺も凄いけど」

そう言いながら榊がコートに入っていく。

榊は俺よりはよくやったと思う。何度か様になるラリーを繰り返していたのだから。結果だけ見れば、俺と同じだったけれど。

遊佐さんのコートには、また次々と先輩たちが入っていく。他のコートからも移動してくる。もちろんこちらのコートからも、他へ移動していった。

俺もそうするべきだったのかもしれない。

中学を卒業するまでは、学校の授業や内申点を上げるための勉強との兼ね合いで、平日に一度と週末に一度、横浜湊の練習に通えるのは、それが限度だろう。

だから、本当なら、もっと目まぐるしく対戦相手を替えて、違う人のプレーもちゃんと見て、経験を増やすことに貪欲になるべきだったのかもしれない。

だけど、俺は遊佐さんのコートから動けなかった。無駄のない動き、華麗なフットワーク、驚異的な持続力、その全てを映像に収めるように、コートで向き合った時も、他の誰かとの対戦の時も、俺の視線が遊佐さんから外れることはなかった。

海老原先生が、集合の号令をかけるまでに、三度、俺は遊佐さんと対戦できた。遊佐さんはほとんどミスをしないので、なかなか点はとれなかったけれど、俺は満足だった。対戦ごとにラリーが確実に増え、最後のマッチでは、2点を返すことができたからだ。

見回すと、松田の代わりに本郷さんが、またコートに戻っていた。真ん中のコートで東山ツインズの兄、太一が横川さんと戦っていた。

そういえばツインズは、本当に顔も背格好もそっくりで、おまけに揃いのウエアを好み、シューズも紐の色まで同じなので、他の奴らは見分けがつかないらしい。だけど、俺は最初から、遠目からでも、太一と陽次の区別ができた。

太一も、横川さんに1点を返すのが限度で、わずかな時間で5点をとられた。

その試合を最後に、また、全員が先生の前に集合する。

俺たちを含め二十人はいる部員を、いったいどうやって見ていたのか、海老原先生は、何人もの生徒たちに、的確に、アドバイスをしていた。

その後、すぐに、同じ5点マッチでダブルスが始まった。

一番のコートには、エースダブルスの遊佐・横川ペアが、二番には、遊佐さんたちといつも個人戦では県の優勝を争っている三年の本郷・吉村ペアが、そして、驚いたことに三番コートには、海老原先生の指示で、東山ツインズが入った。

榊がもう決まっていることのように、「一番コートだろ、やっぱ」と言って、俺のさっき着替えたばかりの、それでもすでに汗だくのウエアを引っ張った。

「けど、松田くんは？」

　俺の遠慮がちな声が聞こえたのか、松田は、「大丈夫、きっと誰かが誘ってくれるよ」と、のんびりした調子で答える。

　すぐに、先輩が一人やって来て「一緒に組もう」と松田に声をかけてくれた。俺は安心して、榊の望みどおり、一番のコートに乗り込んだ。先に先輩たちの戦いぶりをよく見てから、最後にコートに入った。

　結果は予想どおり、ラブゲームでの負けだった。

　俺はダブルスの経験がほとんどないし、榊だって、俺の知る限り、中学の公式戦ではずっとシングルスで試合に出ていたはずだから、俺よりは少しマシというようなレベルだった。おまけに、遊佐さんたちは、俺たちを弄（もてあそ）ぶように左右前後に走り回らせた後、二人が譲り合ったり、重なり合ったりするような場所にばかりショットを打ち込んでくる。

　シングルスの時の遊佐さんはクールだったけれど、ダブルスでは意外なほどホットだな、というのが俺の実感だ。俺が一度、教科書どおり横川さんの右の肩口を狙ったら、次には、俺の同じ場所を、半端じゃない渾身のスマッシュで狙ってきた。横川さんに俺のスマッシュが決まったわけでもないのに、リベンジされたのはあきらかだった。物凄いパートナー愛だと、俺はちょっと怖くなり、引いてしまった。

　ダブルスでは、榊に促され東山ツインズのコートにも入った。

　今の時点では、俺たちの何倍も強いだろうけど、この二人を倒せるほどに強くならなければ、俺たちの代になってもインターハイどころか県で優勝することさえ叶わないんだ、と榊に言われ、もっともだと思った。どれほどの差があるのか自覚するべきだし、ダブルスのお手本として、盗めるところは盗みたかった。

まずは、ツインズの試合をよく観察する。

ツインズはシングルスの時とは打って変わり、いきいきと、コート内を前に後ろに、右に左に、素早くローテーションを繰り返してくる。

互いの位置取りが上手く、身についた距離感が的確で、なかなか隙をつくらない。

しかも、シングルスではどちらかといえば防御型のバドミントンをしていたのに、ダブルスになると、超攻撃的なバドミントンに変わっていた。

どういうわけで、ダブルスになったとたん、スマッシュのスピードまでが極端に上がるのか、本当に謎だ。

二度対戦したけれど、二度とも完敗だった。だけど成果もあった。俺たちは、個々の技術ではそれほどツインズに劣っていないということがわかった。練習を重ねれば、いつかきっと追いつける、追いこせるかもしれないと、勝手な自信もできた。

最後は、経験したことのないほどの過酷なダッシュの連続が待っていた。

それまでなんでもないように練習をこなしていた先輩たちも、遊佐さんでさえ、ダッシュが終わった時には、大きく肩を上下に揺らし、壁に手をついて息をしていた。俺たちは言わずもがなだ。

五人揃って体育館の床に倒れ伏し、酸素を求めて、激しい呼吸を繰り返していた。

それでも先輩たちはすぐに呼吸を整え、ストレッチで体をほぐすために、体育館の真ん中に輪になって集まっていく。

俺たちは、這うようになんとか、視力検査のマークのように先輩たちが空けてくれていた隙間にたどり着き、ストレッチを始めた。

「丁寧に、ちゃんとやらないと、明日に疲労が残るぞ」

「さぼるなよ。自分のためにやってるんだ。強くなりたいなら、きっちりやれ」

俺たちの背中に、海老原先生が矢継ぎ早に声をかける。俺は、先生の指示どおり、まじめにストレッチに励んだ。

初めて横浜湊で練習をしてわかったことは、とにかく、今は与えられた課題を必死で一生懸命にやるしかないということだ。今まで経験したことのない、質も量もレベルの高い場所では、それが自分にできるたった一つのこと、必要なことだった。

「整列」

部長の本郷さんが声をかけた。

海老原先生の前に、全員が横一列に整列する。海老原先生は、俺たちが全員整列するのを待ってから、終礼の言葉をかけた。

「今日は、これから仲間になる予定の中学生が一緒に練習できるよう、軽めのメニューを組みました。明日からは通常のメニューに戻ります」

と、仰け反るような言葉で俺たちの記念すべき横浜湊での初練習をしめくくった。

帰り道は、打ち合わせをしたわけでもないのに、なんとなく、入学予定の五人でかたまって歩いた。駅までの短い道のりの間に、松田以外は横浜湊の最寄り駅から横浜駅方面に帰ること、俺とツインズは上大岡で、榊は横浜で乗り換えて自宅まで帰るということがわかった。ただし、松田も今日は横浜駅周辺に用事があるといい、それなら俺とツインズも横浜乗り換えでもいいかと、皆で一緒に行くことになった。

松田以外はお互いの素性を知っていたので、横浜までの電車の中では、その松田が質問攻めにあった。

俺たちが、あんなに上手い松田のことを、どこのどんな大会でも見たことがなかったのは、当たり前だった。松田は、小学四年生からついこの間の夏休みまで父親の仕事の都合で、中国の上海にいたそうだ。向こうでバドミントンを覚え、地元の大会では、本人いわく、そこそこの成績を収めていたそうだ。

「高校進学を控えた夏になって突然帰国が決まって困っていたら、海老原先生が、横浜湊にどうですかって声をかけてくれたんだ」

「海老原先生は、なんで上海帰りの松田くんのこと、知っていたの？」

俺が尋ねると、松田は、頷きながらこう答えた。

「うちの親父は、海老原先生の大学時代の先輩なんだ。親父が、バドミントンのことは関係なく、高校教師としての海老原先生に俺の進路を相談した時に、俺がバドミントンやってるってこともわかって、それじゃあ、一度学校見学も兼ねて練習にも来ないかって誘われたんだ」

夏休みの間に、松田はお父さんと一緒に、一度、横浜湊の学校見学には来たそうだ。

「けど、バドミントン部は夏合宿中で、半端なくきつそうだったから、その時は学校見学だけで練習はパスした。だから練習に参加するのは今日が初めて。運動するのは久しぶりだから、明日は筋肉痛だな」

そういうわけで、横浜湊に入学するか、バドミントン部に入るかも、まだ何も決めてないと、シラッとした顔で松田は付け加える。

多少は話を盛ってるのかなと思った。バドミントン部に入るかどうかもわからないなら、トレーニングを続けているわけがない。トレーニングもなしに、ただバドミントンが上手いだけで、今日の練習についてこられるはずはない。できる範囲で体力と筋力が落ちないように、つまり俺たちと同じ程度には努力をしている証拠だ。

本心をあかさず、クールな振りをするタイプの人間の気持ちはよくわかる。俺自身がそういうタイプだから。

「じゃあ、お父さんもバドミントンをやってたんだ?」

俺の問いに、松田はキョトンとした顔で、「なんで?」って聞き返す。

「だって海老原先生と大学の先輩後輩なんだろう?」

榊がすかさずつっこむと、松田はクスッと笑う。

松田以外の全員が、その笑いの意味がわからなくて、戸惑っている。

「海老原先生は、サッカー部出身だよ、バドミントンの競技経験はないらしい」

俺たちはいっせいに、マジかよ、と声をあげる。

「海老原先生は指導者がやめて低迷していた横浜湊のバドミントン部を、最初は無理やり引き受けさせられたらしいよ。だけど、強豪校や有名な指導者のところに何度も足を運んで練習方法を学び、自分でもスポーツ科学の勉強を重ねて今の横浜湊のバドミントン部を創り上げたんだって」

「意外だなあ。シャトルを上げるのもとても上手だから、有名な選手だったのかなあと思ってた」と太一が言うと、陽次が、「あのオーラは、半端じゃないもんな」と続ける。

この二人は、会話でもいいローテーションを繰り返すな。

「それに、海老原先生は、言葉遣いも丁寧で人格者って感じだよ」

俺の言葉に榊が大きく頷く。

「うちの中学の顧問なんか、すぐにお前ら死んじまえとか、お前らなんか人間のクズだとか、うっぷんばらしみたいに怒鳴りつけるし、なんで怒られてるのかわかんないこともしょっちゅうだよ」

榊は顔をしかめる。

それはひどい、と俺も思う。そんな顧問なら、顔もほとんど見せない島村の方がよほどました。

「海老原先生の指示は、理に適っているというか、次の動作を考えやすいよな」

「努力と根性だけでは上に行けないって、ちゃんと知ってるからだろうな」

松田はそう分析した。

「よく考えろって、何回も言ってたもんな」

俺のつぶやきに、みんなはいっせいに「ああ」と頷く。

「それより、榊の親が、バドミントンやってたんじゃないの？」

「な、なんでだよ」

俺の指摘に、急に榊が慌てだした。

「だって、名前が翔平だろ？　バドミントンをやってる親って、翔って字を子どもの名前につけたがるじゃん。実際、有名な選手にも翔って漢字の入る名前多いし」

そのことに、俺は、毎月読んでいるバドミントン雑誌で気がついた。まあ、翔という字は人気があるらしいから偶然かもしれないけれど。

「親父もお袋も、中学、高校とバド部だったらしいよ」

榊は少し照れたように、そう言う。

「へえ。けど、なんでそんなことで、お前は慌てるの？」

「別に、慌ててないし」

「いや、動揺してる」

松田がきっぱりと言い放つ。

榊は小さなため息をつく。

「親がバドをやってて、それなりに小さい頃からラケットを握っていたのに、今、この程度ってことに、ちょっとね」

「県で三位が、恥なの？」

俺はベスト8に入るのがやっとだったのに。

「そういうんじゃないけど」

「じゃあ、何だよ」

松田が、さらにつっこむ。

「バドをやめてた時期があって。そういうのがちょっとね」

榊は、もう勘弁してくれって感じでうつむく。

「ふうん」

「いいじゃん、結局、バドミントンに戻ってきたんだから」

陽次が、屈託のない声でそう言う。

「そうだよ。これから俺たちと一緒に頑張るんだろう？　横浜湊を選んだってことは」

俺は、榊の肩をたたく。

「横浜湊、やっぱ凄いよねえ。一緒に練習して、早く行きたいって、ますます思ったよ」

太一がサクッと話題を変え、陽次が、「遊佐賢人、神だね」と付け足す。

「神は海老原先生だろう？　あんな静かなのに圧倒的なオーラ、なかなかないよ」

榊が、まるでそこに海老原先生がいるように、視線を上に向けてそう言った。

「けど、遊佐さんって、海老原先生のスカウトじゃないんだよ。知ってた？」

陽次が、ちょっと自慢げに言う。

「らしいね。なんでも、遊佐さんは自ら志願して、一般入試で横浜湊に来たんだって」

俺もつられて、ついうっかり言わなくてもいい一言を言ってしまう。

「そうなんだ。水嶋、意外と詳しいんだね」

「いや、なんとなく噂で」

情報源の里佳のことは、タメにも極力伏せておくつもりだ。その方が、無難に横浜湊での高校生活を送れるような気がするからだ。

「遊佐さんが来てくれたおかげで、横浜湊は格段に強くなったよね」

太一の言葉に、陽次が何度も頷く。

「ああいうカリスマがいると、一緒に練習するみんなも強くなるし、それに惹かれて、次のカリスマ候補が入部してくるからね」

松田が、前髪を後ろに流しながらカッコつけてそう言う。

なるほどこういう感じか。だんだん、こいつのスカシぶりがわかってきた気がする。

「俺のこと？」

榊も負けず、芝居気たっぷりに自分を指差すと、松田がツインズと俺を指差した。そして榊にはこう言った。

「だって榊くんは、水嶋くんが好きなんだろ？　さっき告ってるの聞こえたよ。遊佐さんは関係ないじゃん」

榊はとたんに真っ赤になる。

「俺は、水嶋のバドミントンが好きだって言ったんだ。へんな誤解するな」

「水嶋くん、榊くんの熱い思いに、どう応えますか？」

太一が、ふざけて俺に手マイクを近づける。

ちょうどその時、電車が横浜に着いた。

俺は、「とりあえず、お友達からだな」と答えて電車を降りた。

降りたホームで、榊は拗ねたように横を向き、ツインズは爆笑していた。そして、松田は、わざとらしく丁寧にお辞儀をして「お疲れ様」と言った後、先にスタスタと改札口に向かって行った。

ツインズとはJRの改札口で別れる。

俺と榊は乗り換えの路線が近かったので、もう少し二人で横浜駅周辺の雑踏を歩く。

「俺、さっき、バドをやめてたことあるって、言っただろう？」

ツインズの姿が見えなくなるとすぐに、そう榊が話しかけてきた。

「ああ、それっていつのこと？」

さっきはその話で慌てていたくせに、今はどういうわけだか聞いて欲しそうな顔をしていたので、俺は榊にそう尋ねてみる。

「小学校二年生からバドミントンを始めて、中学でもすぐにバド部に入ったんだ」

「うん」

「経験者だからそれなりに打てるのに、一年だからってランニングと素振りばっかりでうんざりした。で、夏休み前に、他の練習についていけない奴らにまぎれて俺もやめたんだ」

よほど熱心な指導者がいれば別だけど、どこの中学でも、一年生というのはそんなものだ。だからこそ、そんな理由だけでこの榊が部活をやめるとは思えなかった。

「本当に、それだけで？」

当然、俺はそう尋ねる。

「まあ、やっかみみたいのもちょっとあったし」

少し口ごもりながら、榊はそう答えた。

なるほど。それなら少しは理解できる。

「けど、うらやましいけど、俺には」

「何が？」

「そんなふうに、早くからバドミントンに出合えたっていうことがだよ」

榊が、少し顔をしかめる。

「親がやってて、無理やりでも？」

「ああ。だって、俺、バドミントンって本当に面白いスポーツだと思ってるから。もう少し早くバドに出合っていたらって、何度も思った」

そうしたら、もっと早くからバドミントンに打ち込めたし、今より、少しでも強くなれたかもしれない。

少しの沈黙の後、榊がこう言った。

「そうなんだよな。バドミントンって面白いんだ。当たり前のようにやらされている時にはわからなかったけど、やめてから、俺もそれに気がついた」

今度は、榊は、彼によく似合う天真爛漫な笑顔を見せる。

榊は、表裏がなく喜怒哀楽が素直に表情に出るので、安心して話せる。いい悪いは別にして、こいつのバドミントンもそうだ。フェイクは少なく、まっすぐにやりたいことをやってくる。ただ、思考回路が変わっているしパワーがあるので、簡単には対処できないけれど。

俺は頷くことで、榊をうながす。

「親も、困ったんだろうな。いきなり部活やめて。けど、何も言わなかった。ただ、ある日、机の上に、世界レベルの大きな大会の、準々決勝のチケットが一枚置いてあった」

「見に行ったんだ？」

「何もしてないんだから、暇だったしね」

日本のトップクラスだけじゃなくて、世界ランクの上位の海外の選手もたくさん出場している大会だったそうだ。

レベルの高い物凄い試合が、あちこちのコートで繰り広げられていた様子を、榊は、身振り手振りを交えて、俺に説明してくれる。

「鳥肌が立った。バドミントンってスゲエと思った」

だろうね、と俺は頷く。

「で、俺はバカだと思った。ランニングだって素振りだって、もっともっと必死でやらないと、この舞台を楽しむ資格さえないと思った」

なるほど、とまた俺は頷く。

「もっとも中学に入ったばかりのガキだったから、こんなふうにちゃんとした言葉で考えられたわけじゃなくて、ずっと後になって、あのゾクゾクはこういうことだったんだって、わかったんだけど」

「ああ」

試合観戦の翌日、榊はバドミントン部に再入部したそうだ。

「一度やめた奴だから、先輩にもタメにもいたぶられたし、顧問にも邪険にされた」

おそらく、この榊がいったんはやめたいと思ったような環境だ。戻ってから、なおさら辛い目にあったことは、簡単に想像できる。

「けど、我慢して耐えた。今度やめたら、もう次はないなと思って」

じっと耐えて地道にトレーニングに励んでいたら、やっと試合に出られるチャンスがやってきたそうだ。

「ここで活躍すれば、もう少しましな環境で練習できるかもしれないと思った。途中まではいい感じで進んでいった。そしたら、三回戦で、水嶋、お前にあっさりやられた」

そう悔しそうにでもなく、どちらかといえば嬉しそうに榊はそう言う。

記憶を思い返し、それはおそらく、初めて俺たちが対戦した中二の秋の、全日本ジュニアの県予選のことだろうと思った。

「あの時、俺は、特別出来が良かったから」

「そうかもしれない。けど、やっぱり、そうじゃないと思う」

「どういう意味？」

「水嶋のバドミントンは、特別なんだ」

意味がよくわからなくて、俺は首を傾げる。

「お前は上手い人のバドミントンをどんどん真似して吸収していくけど、お前のバドミントンは、他の誰かには簡単に真似できないんだ。予測不可能なバドミントンだから」

俺は、榊の顔をマジマジと見る。いくらなんでも褒めすぎだろうと思った。いったいなんのために、こんなに熱心に俺を褒める？　ひょっとして。俺は榊との距離を少し多めにとる。

俺の気持ちを敏感に察したのか、榊はすぐにこう言った。

「言っとくけど、俺、女子が好きだから。あくまでもお前のバドミントンが好きで、お前とダブルスやりたくて、こんな話をしてるだけだから」

「ああ」

それならいいけど。

「というわけで、とりあえず、ＬＩＮＥ交換しようぜ」

そう言って、榊は、自分のスマホを取り出す。

「いいけど」

「けどって何だよ、いいに決まってるだろ？　俺たち、相棒になるんだから」

それはまだわからん。

「俺、不精で、既読スルーが多い、そんな奴だけど」

「だろうな。お前が、マメに絵文字盛り込んで返信を寄こすようなら、怖いし。意外に、松田みたいなスカした奴は、そういうタイプかもしんないけど」

俺は、仕方なく自分のスマホのＬＩＮＥのＱＲコードを表示する。榊がサクッとそれを読み込み、めでたく、俺たちのＬＩＮＥがつながった。

それ以来、毎日のように、榊からどうでもいいような内容のＬＩＮＥがやってくるようになったが、宣言通りほぼ既読スルーしている。なぜなら時おり気が向いて返してみると、さらにテンションの高い返信が立て続けに戻ってくるからだ。

静雄とはスタンプの一往復だけで終わることも多いので、読むだけでも少々面倒だ。

さらに付け加えるなら、後に仲良くなって交換した松田のＬＩＮＥは、クールとは言いがたい絵文字たっぷりのとても可愛らしいもので、案外、榊は人を見る目があるのかもと思ったりもした。

相鉄線に乗り換える榊と別れて市営地下鉄に乗り換え、俺は疲労感と高揚感がほどよく混ざった状態で家に戻った。

玄関扉の前で鉢合わせしたお袋が、「ちょうど、良かった。里佳を迎えに行ってちょうだい」と、ラケットバッグを背負ったままの俺にそう言った。

「今、帰ってきたばっかじゃん」

「なんか、予備校の出口で変な男の人に待ち伏せされてて困ってるんだって。迎えに行くまで予備校の中で待ってるように言ってあるから、お願いよ」

「母さんが、車で行った方が早いじゃん」

「車検に出してて、まだ戻ってきてないのよ。だから自転車で行こうかと思って準備してたら、ちょうどいい塩梅に亮が戻ってきて」

仕方ない、もう一回、行くしかないな。これ以上言葉を返したら、逆切れされそうだし、面倒だ。

俺はラケットバッグを玄関に置いて、二階の自分の部屋に戻り、制服から洗い立てのジャージの上下に着替え、スマホをポケットに突っ込む。

シューズを履き、駐車場わきのスペースで簡単なストレッチをした後、今帰ってきたばかりの道をランニングがてら駅の方に戻っていく。

ハードな練習の後だったので、いつもよりずっとゆっくり走ったのに、駅前の予備校に着いた頃には、肩で大きく息をしていた。

念のために見回ったが、予備校の周辺に不審な人物は見あたらなかった。客観的に見れば、予備校の前で、ジャージ姿でゼイゼイと息を切らしている俺が、それこそ不審人物だったかもしれない。

息を整えてから、里佳に「着いたよ」と、簡単なＬＩＮＥを送る。

すぐに、里佳が制服姿で、見知らぬ女子と楽しそうに言葉を交わしながら、予備校の教室があるビルの階段を下りてきた。

里佳は、家では見せたことがないような柔らかな表情をしていた。何を話しているのかはわからないけれど、いつもの威圧的な感じはみじんもなく、少し高めのトーンで、ときおり、キャッキャッと笑い声まであげている。里佳も友達といる時にはこんな顔もするんだな、と俺は後退りをするように距離をとって、少しどぎまぎしながらその様子を見ていた。

里佳の別の顔を見たせいなのか、あるいは、さっきまでそこで練習をしていたせいなのか、いつも見慣れている里佳の横浜湊の制服姿がまぶしくて、気恥ずかしい気分にもなった。

階段を下りてからも少しの間、二人は楽しそうに何やら話し込んでいる。

俺は、里佳の友達が、「じゃあね、またね」と手を振って駅に向かって歩き出すまで汗をジャージの袖で何度か拭いながら待っていた。

友達が行ってしまうと、里佳は俺を手招きする。

「あやしい奴は、いないみたいだよ」と俺が報告すると、「良かった。しつこくて」と、里佳は安堵のため息をつく。

「ストーカー？」

「わかんない。一緒にお茶を飲もうって、拒絶しても無視しても改札口からついてきて、勉強があるからって強く断って予備校に入ったんだけど、授業が終わって窓から何気なく外を見たら、まだこのあたりに立ってる姿が見えたの」

「マジ？　気持ち悪いな」

里佳はそうでしょう？　というように、小さな身震いをする。

「友達が、亮が来るまで一緒にいてくれて、楽しい話ばかりしてくれたから助かったけどね」

いつも俺の前では堂々としていて強気なのに、今日の里佳はとてもか弱く見えた。

少々面倒だったけど、迎えに来て良かったと思う。

「いつでも迎えに来るから」

だから、ついそう言ってしまった。面倒だな、と頼まれるたびに思うだろうに。

「ありがとう。にしたって、秋も深まりつつあるこんな宵に何でそんなに汗だく？」

笑ったり怯えたり、いつもと違う顔ばかり見せた後で、動揺がおさまったのか、里佳はいつもの姉貴顔に戻った。

「どうせなら、トレーニングした方が一石二鳥かと思って、軽く走ってきたんだ」

「恥ずかしき人、だね」

里佳はそう言いながら、近くの自販機で俺にスポーツ飲料を買ってくれた。

「うん？」

ありがたくペットボトルを受け取りながらも、汗だくで迎えに来たっていうだけで、恥ずかしいとか言われるのはあんまりだと思い、かといって反論するのも無意味だとわかっているので、よく聞こえないふりをした。

「立派だっていう意味だよ」

里佳が笑いながら、そう言う。

「恥ずかしいのに？」

「古文の授業で習ってないの？　自分のことが恥ずかしくなるほど、相手が立派だっていう意味に使うんだよ。冗談じゃなく、それだけ朝から晩までバドミントン中心でいられることが、立派だって言ってんの」

へえそうなの、と返事をしてから、きっぱり会話が途絶えた。

帰り道、徒歩で十分ほどの道のりだ。容姿も性格も大違いの三つ違いの姉弟では、語り合う共通の話題もない。かといってずっとだんまりでも、正直気まずい。

　俺は数少ない共通の知人を、話題にすることにした。

「そういえば、今日、初めて横浜湊で練習に参加したけど、遊佐さんは、やっぱり凄いね」

「ふーん、どういうふうに？」

「まったく同じフォームから、カット、クリアー、ドロップ、スマッシュを、易々と打ち分けるんだ」

「亮、それがどれだけ凄いのか、悪いけど全然わかんない。一般人にカットとクリアーの違いがわかると思ってんの？　かろうじてイメージできるのは、スマッシュぐらいだね」

　なるほど。言われてみればそのとおりだ。

　それにしたって、こういう時、バドミントンのマイナーさが少し悲しくなる。

　俺たちが普通に使っている単語は、競技経験のない人には暗号のようにも聞こえるらしい。

「カットっていうのは、ラケットの面をフラットに当てるんじゃなくて、こう切るように打つんだ」

　俺は掌を使って、ラケット面の向きを説明した。

「そうすると、シャトルは失速しながら変化して、ネットを越えて急に落下する。俺は、カットが好きだし、得意なんだ」

「それは結構、魅力的な軌跡でしょうね。私は物理が好きだし、得意だから」

俺の頭にあるシャトルの軌跡は、里佳の頭の中では華麗な数式に変化しているのかもしれない。

「切り方にも二種類あるんだ。時計回りと、逆回り」

「ということは、野球でいうと、スライダーとシュートみたいなもんね」

「そうなんだ。で、クリアーっていうのは基本のショットで、コートの奥から相手コートの奥まで返すショット」

里佳は、結構興味深そうに耳を傾けてくれている。

気をよくした俺はさらに、身振り手振りを交えながら、里佳に、ラケットの握り方やショットの打ち方を説明した。

「ドロップは、ラケットの面をかぶせるように、こんなふうに打つんだ。そうすると、カットよりも緩やかに失速して、ネットを越えてストンと落下する。野球でいうと」

「フォークだね」

さすがに里佳は、理解が早い。

「で、遊佐さんは同じフォームから、そういうのをコースや緩急を変えて自由自在に打ち分けるんだ。そうするのが理想だって、バドミントンをやっている人はみんな知っている。けど、それをより高いレベルでやっちゃうとこが凄いんだ」

「なるほどね。それで、亮はどうなの?」

「俺は、まだまだだよ。カットが得意だけど、今からカットを打ちますよ、的な打ち方じゃね。でも、あんな凄い人がそばにいたら、いいお手本になるからありがたい」

「世界は遠いね」

「横浜湊のレギュラーだって、かなり遠いよ」

「レギュラーって何人ぐらいなれるもんなの？」

「大会によって人数は変わるけど、たとえばインターハイなら、二複三単だから七人かな」

　里佳が顔をしかめる。

「ニフクサンタンって？」

　また暗号を使ってしまったらしい。

「複はダブルス、単はシングルスだよ」

「ダブルス二組とシングルス三人ってことか。ああ、それで七人ね」

「うん。普通はエースダブルスが一ダブで」と言ってから、またつっこまれたら困るので、「一ダブっていうのは第一ダブルスのこと、シングルスは、試合に出て行く順番に、一シン、二シン、三シンで、一シンだけは、トップシンって言うことも多い」と、先回りして説明すると、「まあ、それくらいは説明されなくても想像できるよ」と、逆に怒られた。

　俺はもう面倒になって、言葉のことは気にしないで話すことにした。

「次のペアが二ダブに入る。シングルスも、実力順に一、二、三シンって入ることもあるけれど、これはなんとも言えないんだ」

「どういうこと?」

「たとえば横浜湊なら、遊佐さんと横川さんっていうエースダブルスがいるけど、この二人は、シングルスでも県で一位と二位なんだ。そうなると、ダブルスとシングルスのどちらにも出場することになる。けど、トップシンはダブルスと同じ選手は出られない決まりだから、二シン、三シンにまわる」

「そんなのあり?」

「ありだよ。七人も強い選手が揃っている学校の方が珍しいんだから。突出した選手がいればどこでもたいていそうしている。強い選手が二人いてダブルスもシングルスもこなせれば、それだけで三勝だから、ある程度のレベルまではそれで次に進めるじゃん。もし三人いれば、万々歳だよ」

「とにかく先に三勝すればいいってことね。けど、なんかずるいな」

「ずるくないよ」

「だってそれじゃあ、他のメンバーはバカみたいじゃん。しかも、それに入るのも無理かもなんて言ってる亮って、どうなの」

　他のベンチメンバーも、応援だけのメンバーも、たとえ負けたとしても出番がなかったとしても、みんな立派なチームの一員だ。出場機会があるなしにかかわらずチーム一丸となって戦う、全員にそういう自覚がなければ、横浜湊がここまで強くなることはできなかったはずだ。

バカみたいだと、もし本当に里佳がそう思っているのなら、それは競技をしたことがないから、競技を見たこともないからだろう。試合のあの奮い立つような高揚感を、たとえ観客席からでも味わったことがあれば、絶対にそんな感想は持たないはずだ。

ただ、あそこでレギュラーに入るのは難しいだろうなと思っている、俺の不甲斐なさだけは当たっているかもしれない。

「まあ遊佐さんたちが卒業した後なら、レギュラーになれるかもね」

俺がちょっと拗ねたようにそう言うと、「ダメだよ。そんな甘いこと言っていたら、次に入って来た子たちにどんどん抜かれていくよ」と里佳に突っ込まれる。

ドキッとした。そのとおりだと思ったからだ。

「遊佐にも負けないくらい強くなって、できるだけ早く、タメはもちろん先輩もなぎ倒してレギュラーメンバーに入る。最低限、これくらいの意気込みはないとねえ。これって、そうでかい夢でもないと思うけど。亮のいつも言う、目先のちょっとした目標にピッタリじゃない？」

俺は、返事ができなかった。

今日、練習に参加してみて、横浜湊のレベルの高さ、一緒に入部するはずの同期のメンバーの凄さもよくわかった。あそこでやっていくのは、本当に大変だろう。

だけど、里佳の言っていることも一理ある。せめてそれぐらいの志がなければ、横浜湊に行く甲斐もない。

「でも、本当言うと、私はそんなことじゃ満足できないけどね。亮が、今の場所からは想像もできないほどレベルの高い世界に出て行くと思っているから。亮の憧れの存在である遊佐のこともはるかに超えて、ずっとその先にね」

里佳は、ちょっとドキッとするほど優しい眼差しで俺を見てから、そう言った。

ちょうどそのタイミングで家に到着する。

里佳は、「ただいま。心配かけてごめんね」とお袋に声をかけてから、「だって、私の弟だから」と、俺にもう一言付け加えて洗面所に手洗いに行ってしまった。

たぶん、わざわざ迎えに行った俺への、ちょっとしたリップサービスだったんだろう。

だけど、嬉しかった。なんだかとても嬉しかった。

だからというわけじゃないけど、汗のかきついでに、そのまま、またいつもの夜のランニングに出た。駅までのランニングよりずっとギアを上げたけど、不思議なことに、足取りはずっと軽かった。

中学を卒業するまで、俺たちは、週に一、二度、横浜湊高校の練習に参加した。

松田も、入学するかどうかもわからない、なんて言っていたくせに、練習はもちろん週末に組まれている練習試合や公式戦にもいつも顔を見せ、俺たちと一緒に応援していた。

結局、横浜湊に決めたよ、と松田が俺たちに宣言したのは、クリスマスの頃だった。

「ただし、バドミントンにずっとしばられるのは嫌だから、進学コースを一般入試で受験することにした。だから、合格するかどうかは、まだわからないけどね」

などと、松田は、やっぱり少しスカしながらそう言った。

それでも二月の初めには、一般入試で見事に合格したようで、テンションの高いポップな合格のお知らせが夕メのグループＬＩＮＥに届いた。

スポーツ推薦で、一足早くとはいえ、なんとかギリギリの内申で進学コースにもぐりこめた俺は少々肩身が狭かったけれど、さすがに既読スルーはせず、おめでとうとすぐに返信をした。

みんな喜んではいたけれど、松田のＬＩＮＥのポップな文面への反響の方が大きかった。

中学の卒業式が終わった後、部活の後輩が送別会を開いてくれた。

静雄も、静雄のダブルスのパートナーだった博人も、志望どおり同じ恵那山高校に進学が決まっていた。恵那山は、横浜湊からの誘いがなければ、俺も一番の進学先に考えていた、近隣では一番バドミントンが強い公立高校だ。

「俺たち、また同じ学校で三年、顔つき合わすことになったよ」

博人が、満面の笑みで静雄の肩を抱きながら、俺にそう言う。

「良かったな。頑張った甲斐があったな」

博人は、恵那山はちょっと無理かもしれないと担任に言われたらしい。でも、静雄が根気よく一緒に勉強を見てあげて本人もまじめに取り組んで、合格をつかみとった。

「亮、悪いな、お前の彼氏をとったみたいで俺も辛いけど。せっかくまた三年間こいつと一緒にいられるんだから、バドミントン、できたらダブルスを組んで一緒に頑張るよ」

　はしゃぐ博人を、まるで弟を見るような目で見ながら、静雄は静かに微笑んでいた。

「試合会場で会おうぜ」と、俺は二人に向かって明るくそう言いながら、正直言うと、少し二人がうらやましく、さびしくもあった。

「恵那山も、俺たちが入学すればさらに強くなるさ。コートで亮とやり合うのが、今から楽しみだ」

　博人は、ずっとハイテンションだった。

　博人は、クラスにいる時は、いつも道化役をかってでるようなお調子者だったけれど、部活では、バドミントンの実力差をそのまま人間関係に持ち込んでいるようなところがあった。ダブルスのパートナーの静雄に対しては甘えるようなところがあり、部長の俺には、一歩引いたところがあった。

　たとえば試合で、インターバルに静雄がアドバイスすると、わかってるよと口をとがらせ、俺がアドバイスをすると、まるで後輩のように直立不動で素直に頷くという感じだ。

　だから、俺の前で、博人がこんなふうにハイテンションではしゃぐのはめずらしかった。

よほど、恵那山に合格したことが嬉しかったのだろう。

「待ってるよって言いたいんだけど、俺、あそこで試合に出られるようになるか、マジわかんないから。せっかく試合会場で会えても、お前たちはコートで、俺は応援席かもしれない」

「なんだ弱気だな。亮は部長で、うちのエースだったんだから」

「亮なら、きっと、レギュラーとれるよ。俺は信じてる。それに学校が分かれたって、俺たちの関係が変わるわけじゃない。また地元では一緒に打とう」

最後に一言だけ、静雄はそう言った。

二人に励まされて、俺は「頑張るよ」と頷く。

頭の中で、二人と向き合う自分の姿をシミュレーションしてみた。相棒は、やっぱり榊かな。榊が俺と一緒にコートに立ったとたん、映像がリアルに頭の中で動き出す。松田やツインズの顔も、当たり前のように浮かんできた。

「別れは、どんな時でも辛い。けれど、それはまた新しい出会いの始まりでもある」

中学の校長先生も、そんなことを、今日の卒業式で言っていた。

俺は、静雄や博人とは別の道を自分の意思で選んだ。

だから、行くしかないんだ。新しい仲間と、新しい道を。

それに、俺は別の学校になったけれど、関東大会を目指して一緒に頑張った仲間が揃って同じ学校に進学し、バドミントンを続ける、できればまたダブルスを組むと決めていることは、俺にとっても嬉しいことだ。うらやましがってばかりいないで、それこそを自分の励みにするべきことだと思った。

だんだん、気持ちが前向きになってきた。送別会が終わる頃には、俺も横浜湊でできるだけ早くレギュラーをとって、二人と試合するんだ、ととりあえず、それが俺の一番身近な目標になっていた。

第三章　チームメイト

　俺たちは、週に二回程度とはいえ半年以上、卒業式が終わってから春休みの間はほぼ毎日、横浜湊での練習に参加していた。そういうわけで、俺たちは、入学式を迎える頃には、自分たちが新入生だという意識も薄く、いっぱしの湊高生になっていた。

　横浜湊高校に入学したら、いっそうバドミントン漬けの毎日が送れると思っていたけれど、そうはいかなかった。文武両道を掲げているだけあって、朝練でどれほど疲れていようと授業中の居眠りを見逃してもらえるなんてこともなく、小テストの点数でさえ続けて平均を下回ると、海老原先生に各教科の担当から連絡が行き、廊下から丸見えの職員室の生徒エリアでこってりしぼられることになる。

「なんだ、この点数は。授業中、寝ているんじゃないだろうな。集中しろ。どんな場面でも集中力があれば次につながる。今度、こんな半端な点数をとったら、練習させせないぞ」

　何度か居眠りの経験のある俺は、冷や汗をかきながら頭を下げる。

「はい。次は頑張ります」

　実際、自分なりに精一杯頑張った。でも思ったより点数は伸びなかった。

「お前なあ、何度同じことを言わせる。バドミントン、やめたいのか？」

「嫌です」

「じゃあ、もっと必死でやれ。誰のためにやるのかをもっと考えろ。バドミントンの練習も勉強も、自分のためだろう？」

「はい」

「次はないぞ。いいな」

何度かこんなやりとりがあった。

それでも少しずつ点数が上がっていったので、未だに練習禁止令は出ていない。

もっとも、スポーツコースに進学した榊や東山ツインズはそれほど厳しくもないという感想だったし、同じ進学コースにいる松田は俺よりずっと成績も良く、居眠りどころか、授業中もピンと背中を伸ばして熱心にノートをとっているので、海老原先生に小言をもらっているのは、とどのつまり、俺一人だったわけだけど。

入学してから、仲間がもう一人増えた。

正確に言えば、初めのうち新入部員は俺たちを含めて十人だったが、ゴールデンウィークが終わる頃には、俺たち以外は、たった一人が残っただけだった。

残ったガッツ溢れる新しい仲間の名前は、内田輝。遊佐さんと同じ特進コースの秀才だ。だけど、中学時代は卓球部で、つまりまったくのバドミントン初心者だった。

海老原先生は、どの生徒に対しても公平で丁寧に指導していたけれど、練習のレベルを下げるわけではない。

一足先に練習に参加していて、多少はその厳しさに慣れている俺たちでも、毎日精根尽き果てるほどへとへとになる練習量だ。いくら運動部だったからといって、どちらかというと華奢な体型で、受験勉強に励んでいた半年ほどはろくな運動もしていなかっただろう輝には、相当きつい毎日だったはずだ。

どうせすぐにやめていく、とみんなが思っていた。けれど、輝は全然めげなかった。

ランニングでは、運動部だったからなのか、途中で大きく遅れることはなかったけれど、いつも最後尾だった。ゲーム形式の練習にはまだ入ることもできず、素振りとステップ練習を繰り返していた。おそらく三年の引退まで続けても、一度も大きな公式戦には出ることがないかもしれない。そのことは本人もよくわかっているようだった。

だけど、練習終わりのダッシュでも、輝は一人遅れても途中で投げ出すことはない。練習も一日も休まなかったし、俺たちの誰より海老原先生の話を熱心に聞いていた。

「なんでそんなに頑張れるんだ？」

ある日の練習終わり、輝に榊が尋ねた。

「みんなも頑張ってるじゃないですか」

輝は、自分がそんなふうに聞かれること自体、不思議そうだった。

「俺たちは、これしか能がないし、それに俺や松田は小学校の頃から、ツインズや水嶋だって中学からバドミントンをやってるけど、輝は初心者だし、湊の練習は厳しいから、正直辛いだろう？」

輝はすぐに首を横に振った。

「楽しいですよ。先輩も優しいしタメのみんなもこうやって心配してくれます。アドバイスも色々してくれるし、僕が一人大きく遅れても、嫌な顔されたこともないですから」

まぶしいほど、輝の笑顔には力があった。

「そうか」

俺たちは、輝のことを、精神的には先輩たちより頼りにしていたので、輝がやめると言い出したらと、それまではいつも心配していた。

「僕は絶対にやめないから、心配しないで下さい。理由はみんなと同じです。……バドミントンが大好きだから、です」

輝は俺たちの心配を察して、そう答えた。

輝は絶対にやめない、とその時俺たちは確信した。

おまけに輝は、自分の勉強時間を削ってでも、俺たちの勉強の面倒を見てくれた。

実際、もし輝がいなかったら、俺が進学コースの授業に、それなりにではあるにしてもついていくことは難しかったはずだ。

色んな意味で、俺も他のみんなも輝を尊敬している。輝を見ていると、もっと頑張れる。もっと上を目指せる、といつも励まされている。

横浜湊高校では、公式戦の前に、部員全員で総当たりのランキング戦が実施される。

日々の練習にまじめに取り組んでいることが条件だが、ここを勝ち抜けば、学年は関係なくレギュラーメンバーに選ばれる。遊佐さんのように中学からのスター選手であろうとなかろうと、先輩後輩も関係なく、今、誰が強いかが全てを決める。

過酷だけれど、みんなが納得できる選抜方法だった。

県の関東大会とインターハイ予選が始まる前に、俺たち一年は初めてのランキング戦を経験した。

シングルスでは、3強は安泰で、順当に遊佐さん、横川さん、本郷さんが入り、松田が先輩たちを抜いて五位に入った。俺は最後に榊を破って九位に、榊は十位に入った。

ツインズは、十二位を同率で分け合っていた。輝は一勝もできなかったけれど、最後の試合を終えた時、一番大きな拍手を浴びていた。

ダブルスでは、当然のように遊佐・横川ペアが一位だったけれど、二位には前年の県大会二位ペアの三年の本郷・吉村ペアを破り東山ツインズが入った。俺と榊も、なんとか五位に食い込むことができた。

なかなかの健闘だったと思うし、ローテーションのぎこちなさというか、果たして俺たちにローテーションは必要なのかという課題もはっきりと見えてきたので、俺としては満足だったけれど、榊は相当悔しがっていた。そして、俺が榊と同じテンションで悔しがらないことを一番怒っていた。

俺だって、遊佐・横川ペアにさえ、負けた直後は悔しかった。ましてタメの東山ツインズにいいようにやられた時は、相当落ち込んだ。

だけど、シングルスもダブルスも、俺より弱い人なんかほとんどいない、そんな状況で連日真剣勝負ができる喜びの方が大きい。

横浜湊に来て良かった。

バドミントンがよりいっそう好きになった。毎日が楽しい。そんな夢のような日々に俺は心から満足していた。


ランキング戦の結果を受けて、インターハイ予選の個人戦はシングルス、ダブルスともにトップ2が出場することになる。関東大会、インターハイの団体戦予選は、ダブルスは遊佐・横川、東山ツインズ、本郷・吉村(よしむら)、シングルスは遊佐、横川、本郷、桑名(くわな)で、相手次第でメンバーを替えながら臨むことになった。

地区予選は、個人、団体ともに、問題なく勝ち進んだ。俺たちの一番の目標である、インターハイ優勝に続く長い道のりの一歩ではあるけれど、みなリラックスして戦っていた。

県大会、まず個人戦のシングルスからだった。

遊佐さんは、全てを15点以下に抑え、ストレートで決勝に駒を進めた。けれど横川さんは調子が悪く、準決勝で法城高校のエース岡崎章二にストレートで敗れてしまった。

「ダブルスでリベンジすればいいさ」

最後まで、ベンチから横川さんに「ここから、ここから」「一本、もう一本」と、声をかけ続けていた遊佐さんは、コートを出た横川さんの肩を、そう言ってそっとたたいた。

横川さんは、静かに頷いた。

一位遊佐、二位岡崎、三位本郷。今大会では、三位まで独占入賞を狙っていた横浜湊高校にとっては、シングルスは不本意な結果だった。

けれど、ダブルスでは横川さんも調子を上げ、遊佐さんとの黄金ペアで、準決勝、川崎照葉のエースダブルスをわずか二十分で撃破した。決勝でも、東山ツインズを破って上がってきた法城高校のエースダブルス岡崎・有村を相手にストレートで勝利し、言葉どおりリベンジを果たすとともに、優勝をもぎとった。

そして、東山ツインズが、一年生ながら大健闘の三位に入賞した。二位までしかインターハイには出られないが、次へのいい糧になったはずだ。


最後に県インターハイ団体戦だ。

やっぱり、応援する方としてはこれが一番盛り上がる。不思議なもので、試合に出ていなくても、先輩たちが試合を重ねて勝ち進んでいくたびに、チームとして、応援席の俺たちも一つにまとまっていくのを感じていた。

県予選の決勝まで、勝敗は横川さんや遊佐さんのシングルスを待たずに決した。

そして、決勝の相手は、当初の予想どおり法城高校。

法城高校は、岡崎、有村の二枚看板の他も粒揃いで、シングルスでは、遊佐さんが頭一つ抜けているけれど、本郷さんや横川さんとはいい勝負になるだろう。ダブルスも、エースダブルスだけでなく、二ダブも中学時代から実績のあるペアだ。遊佐さんたちにとっては格下でも、ツインズにとっては相当に手強い相手になるはずだった。

しかし、法城高校は、ツインズに岡崎・有村を当ててきた。その結果、一ダブの遊佐さんと横川さんの勝利は、ほぼ確実になった。

一ダブ、二ダブは、同時に試合が始まる。

俺たち一年は、ツインズのコートに集中することにした。

「太一、頑張れ」

「陽次、ファイト」

「湊魂、見せてやれ」

俺たちは、コートに入ったツインズに、口々に応援の声を飛ばす。

ツインズは、少し恥ずかしそうに、それでも左手を小さく上げて声援に応えた後、それぞれのホームポジションについた。

ファーストゲーム、ラブオール、プレー。

陽次のサーブからゲームが始まった。ネットをかすめるように、力強い球が相手コートに飛んでいく。岡崎が丁寧に、それを太一のバック側に返す。それが、長いラリー、長いゲームの始まりだった。

個人戦では、相手のパワープレーにいいようにやられたけれど、今日のツインズは、配球をよく考えて、相手に十分な体勢からショットを打たれないよう、上手にゲームメイクしている。守りにも粘りがあり、よく声も出ている。めまぐるしいローテーションを繰り返しながら、守備範囲を広げて互いをカバーし合う姿は、芸術的ですらあった。

俺たちは何度も感嘆の声をあげ、拍手を繰り返し、ナイスショットを連呼した。

「今日のあいつら、凄くいい」

榊の興奮した言葉に、俺も松田も頷く。

しかし、相手も長丁場になると予想していたのか、得意のパワープレーだけでなく、柔らかでコースをよく考えた球をおりまぜ、一進一退の緊迫したラリーが何度も繰り返された。

結局、大接戦のまま終盤に突入し、21－23で、ファーストゲームは惜しくもとられてしまう。しかも、一本一本のラリーが長かったため、一ゲームが終わった時点で、二十分が費やされていた。俺たちは、ツインズの体力と精神力の消耗を心配した。

だけど、ツインズは、俺たちの心配など吹き飛ばすように、ファーストゲームと同じように、よく考えられた賢い試合運びを見せてくれた。声を出すことでテンションを上げ、リズム感のある動きを鈍らせることもなく、今度は22－20で、セカンドゲームをもぎとった。

「いけるかも。いくんじゃない？」

榊が、また興奮した声をあげる。

それは榊だけの想いじゃなかった。中学の時は全国区だったとはいえ、高校に入ったばかりの一年生ペアが、県の個人戦準優勝の三年生ペアを、ここまで追い込んだことで、観客席も、異様な盛り上がりを見せている。

インターバルの間も、横浜湊の応援席は、ツインズを応援する声で溢れ、法城高校の応援席からは、自分たちのエースダブルスを激励する声が飛ぶ。

ファイナルゲームも一進一退の接戦が続いていく。

ゲームの序盤には、意外な大番狂わせに応援席にも興奮した顔が溢れていたけれど、だんだんどちらの応援席からも声援は途切れがちになってきた。むしろ、どちらかといえば静かに試合の進行を見守る感じだ。

おそらく、見ている俺たちの息がつまるほど、長く激しいラリーが何度も続いたからだろう。敵も味方もなく、呼吸をするのを忘れているんじゃないかと思うほど、皆の眼差しは真剣だった。拳を固く握ったままの人や、祈るように手を組んでいる人もいる。

俺も、腰を少し浮かし気味に、ずっと二人の動きを目で追っていた。

頑張れ、頑張れ、一本、もう一本と、心の中で声をかけながら。

22オールから1点をリードされ、22－23になった。三度目のマッチポイントで、岡崎のプッシュがツインズのコートに決まった時には、安堵のようなため息と、どよめき、そして拍手が会場に溢れた。

ファイナルゲームの結果は22－24、横浜湊にとっては惜敗だったけれど、法城にしても、一時間以上にわたるこの激闘は、勝ったとはいえ予想以上の長丁場だったはずだ。

接戦をものにして、法城高校の応援席は優勝したような大騒ぎだったけれど、太一と陽次は、しっかり自分たちの役割を果たしたともいえる。その証拠に、海老原先生は、何度もよくやったというようにツインズの背中を交互に優しくたたいていた。

一ダブの遊佐・横川ペアは、後のシングルスに備えるように、早々に一勝をもぎ取っていた。

後は、こちらも激しい体力の消耗戦が予想されるトップシンの本郷さんの結果次第で、次に出てくる横川さんのプレッシャーが変わってくる。

俺たちは、ツインズのコートに最後の一打が決まってから、すぐに本郷さんの応援に声を合わせていた。

本郷さんは、ファーストゲームをとられた後、セカンドゲーム、ファイナルゲームを、どちらも24点まで粘り、最後は驚異的な精神力でとしか思えないほどの気合で相手のサーブミスを誘い、勝利をもぎ取った。

「だから、部長は頼りになるんだ」

榊は、本郷さんの渋い後ろ姿に涙目になっている。松田もいつもは結構クールなのに、顔を真っ赤にしている。もちろん俺も、声を嗄らして応援したせいで、試合に出たわけでもないのに、汗だくで足腰はヘロヘロになっていた。試合に出ていない先輩たちも肩を抱き合って喜んでいる。

さっきの法城高校と同じように、興奮のせいではしゃぎまわっている横浜湊の応援席に、海老原先生が、静かにしろと目で合図を送った。

そうだ。まだ終わったわけじゃない。

最後には絶対王者の遊佐さんが控えてはいるけれど、ラリーポイント制のバドミントンは、実力どおりに勝敗が決するわけではない。油断は禁物だ。俺たちは、次の試合の応援に備えた。

ニシンの横川さんが遊佐さんとの基礎打ちを終えコートに立つ。

遊佐さんまで回さずここで決めたいと思っているのは、誰より横川さん自身だろう。

相手は、個人戦で負けた岡崎章二。岡崎は東山ツインズとのダブルスの熱戦で疲れている分、横川さんが有利かもしれない。

けれど、結局はこのレベルになると、普段の練習に裏打ちされた、メンタルな部分が勝敗を分けるはずだ。先に心が折れた方が負けてしまうことになる。

個人戦シングルスの負けで落ち込んでいた横川さんのテンションを、ここまで上げたのは、パートナーの遊佐さんだ。個人戦のミスの原因を検討し、克服するためのメニューを一緒に考え、全体練習が終わってから、横川さんの練習相手をずっと務めていた。遊佐さんのためにも勝つ、と横川さんが思っているのは間違いない。

ラブオール、プレー。横川さんのけじめの試合が始まる。

横川さんは、疲れている相手の疲労をより増すためになのか、勝負を急がず、丁寧にラリーを続ける。持ち味のパワープレーは控えめに、正確なコントロールで、コートを大きく使う配球を心がけていることが、上から見ている俺たちにはよく伝わってくる。けれど岡崎もよく粘り、ダブルスでのあれほどの激戦の後なのに、それを感じさせないほど、フットワークも軽く声もよく出ている。

ファーストゲームは21－19で横川さんがとった。

どちらがとってもおかしくない緊張感溢れるいいゲームだった。

ところが、セカンドゲーム、インターバルを横川さんが11－9でとった直後のラリーで、岡崎のラケットのガットが切れてしまう。

絶好の体勢からの渾身のスマッシュだった。もしガットが切れなかったら、その1点は確実に岡崎に入っていたはずだ。

すぐにラケットを交換してゲームは続行された。

けれど、連戦の疲労の中でのアンラッキーな一打に気持ちがくじけたのか、そこから、岡崎の動きは極端に鈍くなり、瞬く間に点差が開いていく。

終わってみれば、21－13という大差がついていた。

横川さんが勝利を手にしたけれど、後半の横川さんの点数のほとんどは岡崎のミスで、相手が自滅した感は否めない。

今度こそ、俺たちは遠慮なく歓声をあげた。海老原先生も満足そうな笑みを浮かべていた。

けれど、一番喜んでいたのは遊佐さんだった。岡崎と握手を交わし、勝者サインを終えた後コートの外に出てきた横川さんに、走りよって抱きつき、聞いたことのないような咆哮をあげていた。

「あれって、もう恋人同士じゃん」

榊があきれたようにそう言うと、松田がにんまりと笑う。榊はすぐにその笑顔の意味を察したのか、「俺たちは違うからな」と言った。

俺は、俺たちとか言うな、迷惑だ、と心の中でため息をついていた。

試合からの帰り道、健闘したツインズに、タメのみんなでアイスをご馳走することにした。

清潔で可愛らしい内装のアイスクリーム専門店に、ラケットバッグを背負った汗臭い男子がぞろぞろ入っていくのも気が引けたので、外のテラスに荷物を置いて、俺と榊で買い出しに行くことにした。

「太一はチョコミントで、陽次はストロベリーだったよな」

買ってきたアイスを、俺がそう言いながら二人に手渡すと、松田が、「水嶋って、どうしてそう簡単に二人の区別がつくんだろう」と、首をひねる。

「だよな。普通はわからん。こいつらは似すぎてる」

榊は、三口ほどで押し込むようにベリーミックスを食べてしまうと、松田と同じように首をかしげる。

「それに、わざと何でも同じにして、俺たちを混乱させて面白がってるからな」

松田がオレンジシャーベットをなめながら肘で陽次を小突く。

「痛いなあ。一卵性の双子なんだから、似てるのは仕方ないじゃん。そんなの僕たちのせいじゃないし」

「だから、せめて、髪型を変えるとか服のテイストを変えるとか、なんか工夫しろよ」

「だって、髪は母さんが運動しやすいように切ってくれるから、注文なんかつけられないし。洋服だって、たいてい制服か練習用のTシャツのどちらかだから、そんな変化なんてつけられないじゃん」

陽次は、ストロベリーアイスをうまそうになめながら、そう返す。

「母さんに切ってもらう？」

「マザコンかよ」

「マザコンとかじゃないから。僕たちの母さん、美容師だし」

「いつもよく手入れしてあるから、不思議だったんです。こまめに髪を切りに行く時間なんてないのにって」

輝がやっと謎が解けた、と穏やかな笑みを浮かべる。輝はアイスを食べずに、自分で調達してきたオレンジジュースを飲んでいた。

「で、水嶋はどうやって僕たちの区別をつけてるの？　うちの親だってしょっちゅう間違うんだけど」

太一の問いに、俺はレモンシャーベットを食べながら、どう答えようか思案する。

二人の違いは、細かいことばかりだけど、いくつかある。でも、結局は、それが組み合わさってできる印象が微妙に違うとしか言えない。色でたとえれば、太一はイエローで陽次はちょっぴり明るいレモンイエロー。そんな感じだ。

だけど、そんなこと言っても、皆にはわかりづらいだろうから、いくつかはっきりと違うところを指摘してみることにした。

「まず、身長が違う。今は太一の方が少し高い」

「二ミリ違うだけなんだけど」

そう言ってから、太一が最後のチョコミントを口に押し込む。

「二ミリの違いがわかる男か」

松田が、シニカルな笑みを浮かべる。

「それから、陽次は、右手の中指の関節だけ、いびつで太い」

陽次は少し残っていたアイスを左手に持ち替えて、驚いたように自分の右手を太一に重ねた。他はぴったりと重なり合うのに、陽次の中指の関節だけが少しはみ出ている。

「本当だ。中学の時の、突き指のせいかなあ」

「そうだよ、きっと。でも、僕たちが気づかないのに、水嶋はなんでわかるんだろう」

太一は左足より右足がやや長い。陽次は、左の骨盤がやや下がっている。他にも、陽次はいつも靴を左から履くけど、太一は特に決まりはないようだ、なんていうどうでもいい違いもある。日常を観察していれば、双子だって違う人間なんだから、違いがあって当然だ。

「でもさ、水嶋みたいにお前らの区別がサラッとできる人間はそうはいないから、好きな子とかできたら、大変だよな」

榊の言葉に、陽次の顔がスッとかげる。

「あれあれ、もしかして、好きな子がいるっぽい？」

「陽次はね。同じクラスにお気に入りの女子がいるんだ。ちなみにチア部」

太一が、あっさり陽次の秘密をばらす。

そういえば、野球の強豪校だからか、チアリーディング部は人気で吹奏楽部にもかなりの部員がいるそうだ。

「けど、向こうはいつも僕と太一の区別がつかないんだ。いや、むしろ太一に好意的だ」

居直ったように、陽次が答える。

「それはないと思うけど。区別がついてないんだから」

太一は、ちょっと面倒そうに手を振る。

「太一は、陽次が片想いしてても、好きな女子がいても平気なの？　やきもち焼いちゃうんじゃないの？」

少しからかうような榊の口ぶりに、今度は陽次が、それはないよと手を振る。

「だって、太一には地元に彼女がいるから。中二からずっと付き合ってるんだ。あの子は、水嶋と同じで、絶対に僕たちを間違わない。っていうか、太一のことしか目に入らないらしい」

今度は陽次が、あっさり太一の秘密を暴露した。

太一に彼女？　俺以外は全員、輝でさえ、驚いて目を丸くしていた。

「マジかよ。あれっ、なんで水嶋は驚いてないんだ？　もしかして知ってた？」

榊が責めるように俺に言う。

「なんとなくね。だって、太一のラケバにはマスコットが二個ついてるじゃん。一個は陽次とお揃いだから、親の土産とかそんな感じだけど、もう一個は、どう見ても女の子からのプレゼントって感じのファンシーさだろう？　それを大切にずっとつけてるってことは、彼女からのプレゼントかなって」

「正解。水嶋って、将来探偵になれるよ」

陽次が拍手する。

「そりゃどうも」

探偵にはならないと思うけど。

「他にも彼女いる奴は？　松田はどうなんだよ。モテそうだもんな。いるんじゃないの？」

榊は、まだこの話題を引っ張るらしい。

「俺はいないよ。一人になんて決められないし」

すました顔でそう言う松田に、両脇から、太一と陽次がけりを入れる。

「輝は？　頭がいいのもモテるよな」

輝は笑って、ただ首を横に振った。

「じゃあ、太一だけなんだな。彼女がいるのは」

どういう種類のものなのか、榊は深いため息をつく。太一に彼女がいることが悔しいのか、他のメンバーにはいないことを憐れんでいるのか。いやそれより。

「なんで、俺には聞かない？」

俺が不満そうに尋ねると、「水嶋は、バドミントンバカだから、聞くまでもない」と、あっさりスルーされた。

そうだけど、なんかムカつく。

「女子の話で盛り上がっているところ水をさすようで悪いんですが、海老原先生からの指示で、みんなに渡すものがあります」

輝が、ちょっと表情をひきしめてからそう言って、バッグからプリントの束を取り出し配りだした。

輝はその頭脳と性格の良さを買われて、一年生ながら、今ではプレーヤー兼マネージャーとして、タメだけでなく先輩も含めみんなをサポートしてくれていた。海老原先生からの信頼も絶大だ。だから、こんなふうに、海老原先生からの大切な伝言が輝を通して俺たちに伝えられることは多い。

「東山くんたちは、違うのを渡すからちょっと待ってて下さい」

「何、これ？」

「明日からの自主トレのメニューです」

「なんで？」

「中間試験まであと一週間になりました。横浜湊では、どの部活も原則活動禁止です。ただし、公式戦が迫っている場合、試合に出場する者だけは、指導者の監督の下、限られた時間になりますが練習が認められています。なので、次の試合に出場予定がある東山くんたちは、こっちです」

輝は、かなり厚めのプリントの束をツインズに手渡す。

「これは、うちの部のスポーツコースの先輩たちが残してくれた試験のプリントをまとめたものです。東山くんたちは、練習で忙しいでしょうが、できるだけこれに目を通して、効率よく勉強に励んで下さい」

「俺にも過去問くれよ。効率よく勉強して、自主トレに励むから」

榊がそう言うと、「これ、そこのコンビニでコピーしなよ」と、太一が、自分たちがもらったばかりのプリントの束を榊に手渡す。

「サンキュウ」

榊はそれを嬉しそうに受け取った。

「でも、それだけじゃ不十分だから、ちゃんと勉強して下さい。平均点を下回ったら、補習になります。その間も部活はできませんから」

「僕たちも？」

　輝はツインズに、もちろんですと頷いた。そしてこう尋ねた。

「横浜湊のモットーは？」

「文武両道です」

　ツインズは肩をすくめながら、声を揃えた。その、表情まで寸分たがわない二人のリアクションに、他のメンバーは爆笑する。

「あの、俺のはないの？」

　一科目でも平均点以下で補習なんて、松田はともかく俺は超ヤバイ。俺は、あせって輝に聞いた。

　輝は、同情するような目で俺を見る。

「進学コースの先輩って、最近ではほとんどいないんです。スポーツコースか、特別進学コースのならあるんですが」

「マジか」

「でも、そうだ。良かったら、一緒に勉強しませんか？　役に立てることがあるかもしれないし。放課後、僕の家でどうですか？」

　輝は、自転車通学をしていた。つまり自宅が学校からそれほど遠くないということだ。

　いつも練習で帰りが遅くなるから寄ったことはないけれど、近いので一度遊びに来て下さい、と何度か誘われたこともある。

「じゃあ、そうしようかな」

「俺も交ぜてよ」

松田がめずらしく、遠慮がちにそう言った。

「お前は、頭いいから、自分でやれよ」

俺の代わりに、榊がそう突っ込む。

「やきもち焼くなよ。水嶋とはいちゃいちゃしないで、ちゃんと勉強するから」

お返しのような松田のからかいの言葉に、榊は何か言い返そうとしたみたいだけど、

「じゃあ、松田くんも榊くんも、一緒にどうぞ。その方が、僕もみんなの進捗状況がわかって安心だし」という、輝の大人なフォローでその場は丸く収まった。

ツインズだけが、なんかずるい、僕たちだけのけ者だ、と騒いでいたけれど。


翌日、輝の家に、松田と榊と三人で連れ立ってお邪魔した。

「ここです」

輝は俺たちに付き合って歩きながら押していた自転車を、閑静な住宅地の中でも、ひときわ目立つ豪邸の門の前に止める。

「マジ？」

「でかい」

「お前の親父、何者だ？」

　輝は、俺たちの口をついて出た言葉に、いつもどおり穏やかで理知的な笑みを浮かべながら、こう言った。

「父は大学の教員です。この家は貿易商だった曽祖父の遺してくれた建物を祖父がリフォームしたもので、父が特別お金持ちだというわけではありません」

「へえ」

「でも、とにかく、すげえ」

「入ってください」

　なんとなく気が引けて、譲り合っていた俺たちの背中を、輝がそっと押す。

　旅館のように広い豪華な玄関では、この家にピッタリのきれいで上品な女の人が出迎えてくれた。もちろん、輝のお母さんだろうが、若々しくて、とても高校生の息子がいるなんて信じられない容姿だ。

「いらっしゃい」

　お母さんが、にこやかに笑って頭を下げてくれたので、俺たちも、三者三様にそれぞれ、頭を下げながら挨拶をする。

「お世話になります」

「はじめまして」

「お邪魔します」

「輝から、いつもみなさんのお話は伺っています。この子ったら、いつもバドミントン部のお友達の話ばっかりで」

「母さん、いいからそういうの」

お母さんの話を、輝が照れたようにさえぎる。

「そうね、試験勉強だったわね。みんな頑張らないとね。和室に長机を用意しておいたから、そちらへお通しして」

「さあ、上がって」

「ああ」

俺たちは靴を脱いで、とりあえず自分の靴を揃える。

「消臭剤、持ってねえ?」

榊が、小さな声で俺に聞く。

「そんなもん、持ち歩いてないし」

部室のロッカーにならあるにはあるが、今からとりに戻るのはあまりに時間の無駄だ。

「けど、この玄関に、これ、このまま並べておいて平気かよ」

「仕方ないだろう」

確かにこのきれいな玄関には似合わないが、どうしようもない。

「どうかした?」

輝が、玄関口で押し問答を続けている俺たちを振り返る。

「いや、靴が汚くて、お前の家の玄関にっていうか、お母さんに申し訳ないって、榊が」

「俺だけかよ。水嶋、お前のも相当だよ」

　確かに。松田のものは少しましだがそれでもきれいとは言えない。輝の靴だけは問題ないことが、よけいに申し訳ない。

「気にしないで。うちには兄もいるし、母さんも、そんなこと気にしないよ」

「お兄さん、いるんだ？」

　初耳だった。輝はなんとなく雰囲気で、一人っ子かなあと思っていた。

「今、カナダに留学中だけどね」

「なんか、家庭の質が、根っこから違う」

　榊が、深いため息をつく。

「時間がもったいないですよ」

「そうだな。さっさと勉強しようぜ。でないと、輝のせっかくの好意が無駄になる」

　比較的ましな靴を履いていた松田が、偉そうにそう言って、輝の後に続いた。仕方なく、俺たちは、気休めに榊の持っていた制汗剤を靴にスプレーし、輝に促されるまま、ふかふかのスリッパに足をつっこんだ。そして、庭に沿うようにある長い廊下を移動し、普段は使っていないという、十畳もある広い和室にお邪魔した。

　俺たちは、少しずつ間を空けて、由緒正しそうな長机の周りに座った。自分の巣作りをするようにノートとプリントを広げて、それぞれの勉強に取りかかる。

途中で、輝のお母さんが、「お紅茶はいかが?」と言って部屋にやって来た。「お」をつけてもいいような上等な紅茶など飲んだことはなかったが、これがまた驚くほど味も香りも良くて、生まれて初めて紅茶のうまさを堪能した。一緒に持ってきてくれた、お菓子作りが趣味だという輝のお母さんの手作りマドレーヌも、もちろん最高だった。

日々の練習のおかげなのか、集中力だけは全員、人並み以上にあるらしく、その紅茶休憩以外、思っていた以上に熱心に勉強に取り組めたように思う。そのせいなのか時間の経過が思ったより早く、初日から内田家の夕飯時間を大幅に邪魔してしまった。

「みなさんも、ご一緒にどうぞ」と言われて、フランス料理のフルコースや会席料理が出てきたらどうしようかと少しあせっていたけれど、普通にカレーライスで、ホッとする。けれど、そのカレーも色々なスパイスの味わいが感じられ、コクがあって、専門店のもののように、めちゃくちゃおいしかった。

榊などは、おかわりいいですかと言って、三杯もご馳走になっていた。「あつかましいぞ」と俺は注意したが、「たくさん食べてくれるのが何よりの褒め言葉だわ」と輝のお母さんはとても喜んでいた。

夕食をご馳走になって、それから一時間ほどまた勉強をして、結局いつもの練習終わりより一時間も遅い時間になった。

俺たちが玄関を出たところで、ちょうど輝のお父さんが車で帰ってきた。一応、遠慮はしたけれど、結局は輝のお父さんが駅まで車で送ってくれることになった。

車は定員オーバーというわけではなかったけれど、窮屈になるからと輝は同乗しなかった。門の前で手を振っていた輝の姿が見えなくなった時、ひときわ大柄なので助手席に座っていた榊が、輝のお父さんにこう尋ねた。

「どうして輝がバドミントン部に入ってきたのか、知っていますか？」

どうして続けているのかは、みんな知っている。

「バドミントンが大好きだから」

迷いなくそう言った輝の言葉を、俺たちは、自分たちの共通の想いとして胸に刻みつけている。

輝のお父さんは、何度か頷いた後でこう言った。

「最初は中学と同じ卓球部に入ろうと思っていたらしい。そのつもりで部活見学に行ったら、同じ時間に、同じ場所で、バドミントン部が練習をしていたんだそうだ」

俺たちは揃って頷いた。週のうち半分は、俺たちは卓球部やバスケット部と体育館を分け合っている。

「君たちの練習を見て、バドミントンをやりたいと、すぐに思ったらしい」

「なんでだろう？」

榊が、独り言のようにつぶやく。

「君たちが、とても楽しそうだったから。輝はそう言っていたよ」

あの厳しい練習が楽しそうに見えた？　俺たちは、揃って首を傾げる。

「辛く厳しいトレーニングの間も、表情は真剣そのものなのに、楽しくて仕方ない、と体全体で笑っているように見えたそうだ。それほどの躍動感が、君たちにあったたっていうことなんだろうな」

輝のお父さんは、きょとんとする俺たちに丁寧に説明してくれた。

「輝が、バドミントン部を選んでくれて良かったです」

榊が言う。

「バドミントンでも勉強でも、いつも俺たちは、輝に助けられています」

俺は感謝の念もこめ、そう言った。

「輝は、俺たちの、いつも中心にいるんです」

松田の言葉に俺と榊も頷く。

「ありがとう。輝は、中学では仲のいい友達ができなくてずいぶん心配したんだけれど、高校に入っていい仲間ができて、本当に良かった」

意外だった。輝はとびぬけて理知的。けれど温厚で威張ったところが少しもなく、俺たちタメはもちろん、部活の先輩たちにも頼られ、とても可愛がられている。だから、中学の頃も、たくさんの友達に慕われていたものだと思っていた。

「マジですか？　輝は、超いい奴なのに」

榊の言葉に、輝のお父さんは少し微笑んだ後で、こう言った。

「輝には兄がいるんだが、彼によると、中学では、無視されていたというのか、敬遠されていたようだ。実際、家にこんなふうに友達が訪ねてきたこともなかったし、学校や友達の話さえ、一度もしたことがなかった」

輝は、タメの俺たちに対しても大人っぽい丁寧な話し方をする。そういう雰囲気が変わっていると言えば言えなくもないけれど、俺たちはそれを輝の個性として、誰に対しても嫌みなく丁寧に話せる輝をむしろ尊敬していた。

「まあそういうわけで、これからも、よろしく頼むよ」

「もちろんです」

「でも、俺たちはバドミントン以外何の取柄もないし、勉強もあまりできないからいいけど、部活にのめりこんで、それが輝の将来の邪魔になるって、心配じゃないんですか？」

俺がそう尋ねると、輝のお父さんは、笑んで小さく頷いてから、こう言った。

「最初は、少し心配だった。将来の邪魔になるとは思わないが、特待生として入学したからには、勉強にもそれなりに責任はあるだろう？　高校生になって始めた運動部の、それも全国を目指している練習についていけるのか、それが原因で勉強がおろそかになるのではとも思った。だから、輝には内緒で、海老原先生に相談に行ったりもした」

「海老原先生はなんて答えたんですか？」

輝のお父さんと海老原先生は、教師同士ということもあって、話が弾んで、二人でずいぶん長い時間、色々なことを話し込んだそうだ。輝のお父さんは、そんな中から、一番印象に残ったという海老原先生の言葉を、俺たちに教えてくれた。

「輝を、君たちを、今の一秒の大切さを知る人間に育てたい。そのためには労を惜しまない。そんな言葉だったと思うよ」

なるほど、と俺たちは頷く。

日頃の海老原先生の言葉や態度から俺たちが感じ取っていることに、それがとてもしっくりとする言葉だったからだ。

「君たちの年頃には、無意識に時間を浪費してしまうものだ。その時の一秒一秒が、どれほど貴重だったかを知るのは、ふつうは、ずっと後になってからのことだ。もちろんそれが、愚かだとか悪いことだと思っているわけじゃない。若さとはそういうものかもしれないからね」

「じゃあ、俺たちはラッキーだってことですね」

俺の言葉に、榊が「どういう意味？」と、振り返って尋ねる。

「だって、一生懸命になれるものを見つけて、時間を惜しむようにそれに夢中になってるじゃないか」

輝のお父さんはハンドルを握りながら、何度も大きく頷いた。

「君たちが、好きなことを見つけられたことは幸運、ともに一生懸命になれる仲間がいることはもっと幸運なことだ、と海老原先生もおっしゃっていたよ」

後悔のない人生なんてないのかもしれない。俺たちだって、後になって、もっと頑張れば良かったと思うのかもしれない。だけど、俺たちは今の一秒の貴重さも知っている。それはきっととても幸せなことなんだ。

「しかも、君たちは、いい指導者と出会えた。私は海老原先生とお会いして、この先生の下でなら輝はいい成長ができると思ったんだ」

海老原先生は、俺たちだけでなく、俺たちの親にもしっかり向き合っているのだということが、輝のお父さんの話を聞いてよくわかった。俺の両親も、海老原先生がいらっしゃるのなら、と俺の推薦入学を了解してくれたのだから。

「輝なら、きっと両立して、勉強でもきっちり成果を出しますよ」

実際、廊下に貼り出してある実力テストでも、輝は常にトップクラスの順位を維持していた。

「ところが、頑張りすぎるとまたそれが心配の種になるから、まったく、親バカだな」

のぞき見したミラーに映った輝のお父さんは、照れたように笑っている。

車が駅に到着した。俺たちは車から降り、運転席の輝のお父さんに丁寧に頭を下げた。

「良かったら、試合を一度見に来て下さい。輝が、試合に出ていなくても、皆を引っ張るように戦っていること、ひと目見てもらえばよくわかります」

松田が、最後にそう言った。

頭のいい奴は、言葉のチョイスやそのタイミングもいいな、と俺は感心する。

「ありがとう。きっと、応援に行くよ」

「はい」

俺たちは声を揃えた。

帰りの電車の中で、榊が、「俺、そういや最近、親父と話してないな」とつぶやいた。

考えてみれば、自分の親とでさえ、あんなに長く話をしたことはない。

たまには、今日みたいに大人と言葉で気持ちを伝え合うことは、悪くない。そう思った。

だからといって、自分の親父だと、どんなことを話せばいいのかよくわからないし、もっと感情的になって、上手くいかないいんだろうけど。


結局、試験前日の日曜日以外、輝の家の和室で俺たちは試験勉強に励んだ。さすがに気が引けたので、翌日からは、消臭剤とそれぞれに好みの軽食を持ち寄った。

おやつタイムは、それ以上遠慮されると母さんが悲しむ、という輝の言葉を受け入れ、喜んでごちそうになった。

輝は教えるのがとても上手く、里佳のように高圧的でもないので、俺も気持ちよく教えを請うことができる。おかげで、無事、全ての教科の平均点を上回ることができた。

苦手だった数学も、だからこそ特に力を入れて勉強したおかげか、俺にとっては夢のような、80点台を確保することができた。これにはお袋が大喜びで、バドミントン部で良かったわね、とそれはどうなんだろうという感想を述べていた。

定期試験が終わり、いつもの部活中心の学校生活に戻った。

六月に入ってからは、インターハイが近づいてきたということもあり、それまで以上に、海老原先生の指導も俺たちの練習への取り組みも熱をおびてきた。

俺たちの最大の目標は、インターハイでの優勝だ。

部室にも、誰の筆なのか「勇往邁進」の習字と一緒に、『目指せ、インターハイ優勝』という大きな張り紙がある。

「遊佐が入ってくるまでは、この標語も、『目指せ、インターハイ』で、優勝の二文字はなかったんだ。それだけみんなのモチベーションが上がったっていうことだな。お前らは最初から高いモチベーションの中にいるからわかんないかもしれないけど、この差はでかいぞ」

横川さんは、俺たちが正式に横浜湊のバドミントン部に入部した日に、そんな話をしてくれた。

先輩たちの中でも、横川さんは、特に後輩の面倒見がいい。練習以外でも色々な話をしてくれたし相談にものってくれる。海老原先生が指名する、次の部長はきっと横川さんだろうということは、俺たちの共通の認識だ。

「インターハイ五連覇中の、絶対王者の埼玉ふたば学園を倒し優勝することが、俺たちの悲願だ。それには、日々の練習や他のたくさんの公式戦での経験が、一番の糧となるんだ。試合に出るメンバーだけでなく、応援にまわる者も、同じ目でシャトルを追い、相手の動きや試合の流れを観察して、自分の経験にしろ」

横川さんは、ツインズ以外の応援にまわる一年に、インターハイ前の大一番、関東大会の前にそう言った。

関東大会には埼玉ふたば学園や、横浜湊と同じベスト8の関東山城高をはじめ、関東一円から名だたる強豪校がやって来るので、インターハイ前の絶好のシミュレーションになる。横川さんは、試合に出ない俺たちにも、その中で得られることの大切さをちゃんと知った上で大会に臨んで欲しいと思ったのだろう。

ただ、この関東大会は、インターハイとは違い、二複一単なので、遊佐さんと横川さんは、ダブルスか、シングルスのどちらかにしか出られない。誰をどこに持ってくるかが、試合の勝敗を大きく左右する。

海老原先生は、団体メンバー七人の中から、一ダブ遊佐・横川、シングルス本郷、二ダブ東山ツインズで基本オーダーを組んだ。ただ、相手によっては、ツインズが一ダブにまわり、遊佐さんと横川さんを温存した。

初戦を2－0で危なげなく突破した後、基本オーダーで臨んだ次も、多少は接戦になったゲームはあったものの2－0で乗り切った。

あと二つ勝って、このまま順調に行けば、王者埼玉ふたば学園とは準決勝で当たる。

しかし、そこへ進むためには、どうしても倒さなければならない強敵があった。

それが次の対戦相手の関東山城高校だ。

けれど、確実な一勝は、どの対戦にもない。遊佐・横川の一ダブでさえ厳しい戦いが予想される。これが二複三単のインターハイなら、おそらく、確実な一勝のために一ダブと二ダブを入れ替えることも考えられた。けれど、遊佐さんのシングルスをあてにできない今回は、ガチで対戦を組むしかない。

関東山城のエースダブルスは、前年のインターハイ個人戦でベスト8の強豪ペアだった。単純に成績だけを見れば、遊佐さんたちの方が上だ。

「けどなあ、あいつらは、埼玉ふたば学園の伝説のエースダブルスに負けて次に進めなかっただけだから」

榊が、仕入れてきたネタを自慢げに披露する。

「実力はうちと五分五分だというのが、海老原先生の見立てです」

輝も榊に同調した。

二ダブは、東山ツインズと同じ一年生ペアの新星。

「あいつらとは、中学時代の全国大会で何度か顔を合わせたことがある。負けたことは一度もない」

ツインズは、めずらしく前向きで勝つ気満々だ。

本郷さんの相手は、シングルス全国ベスト16の浦田(うらた)隆(たかし)。

「確かに勝つのは難しい。けれど、負けるにしても、そう簡単にはやられないよ」

堅実な本郷さんらしいコメントだった。

地味だけれど、気がつけば不可能を可能にしているのが、部長、本郷さんの持ち味だ。

きっと、最後の一打が決まるまで勝敗の行方はわからない、そんな試合を見せてくれるはずだ。


遊佐・横川のダブルスの試合が始まった。

ファーストゲーム、短い時間でいきなり5点を連取される。横浜湊の応援席にはアレッ？という、戸惑いの雰囲気が流れる。

「いくら相手が強いからって、いきなり5点もとられるのってめずらしくない？」

「ああ」

「大丈夫、すぐに挽回してくれるよ」

「だといいけど」

少しでも二人の後押しをしたくて、俺たちは、邪魔にならないようタイミングをはかりながら声の限りに声援を送る。

その後2点を返し、横川さんの粘りのレシーブと相手のサーブミスもあり、インターバルはこちらがとった。

「やっぱり辻褄は合わせてくるね」

これでなんとかなると、俺たちはホッとする。

けれど、そこから相手にまた3点を連取されるという、いつもの二人ならありえない展開で、終わってみれば、19−21。スコア上は接戦だったけれど、後にダメージを残す負け方でファーストゲームを落としたことになる。俺が横浜湊に入ってから、二人がゲームを落とす姿を公式戦で見たのは初めてだった。

　二分の短いインターバルの間も、俺たちは、また声を合わせて応援に励む。それしかできないのだから。

　けれどいつもなら、余裕たっぷりに頷く遊佐さんが、少しも反応しない。横川さんが申し訳ないな、という視線だけを応援席に送ってくれる。

　セカンドゲームも、8−11と、先に相手にインターバルをとられた。

　ミスが続く遊佐さんたちに、盛り上がる相手側の応援席の声が、精神的に追い討ちをかけているようにも見える。

　早く流れを変えなければ、このままズルズルと負けてしまうかもしれない。ラリーポイント制では、技術より勢いがものを言うことが多々ある。

　こんな不安を二人の試合に感じたのは初めてだった。

「ラリーポイントって怖いな」

　ふいにそんな言葉が、俺の口からこぼれる。

「ああ、あんなに強い二人が、こんなふうに崩れるなんて」

「しかも、どう見ても、向こうのポイントは、ほとんどこっちのミスだしな」

　榊と松田も、険しい表情でそう答える。

今日の二人というか、主に遊佐さんの調子は、相当悪い。相手が強いからというより、受けに回り続けているせいでミスを連発し、自ら点を献上していた。

いくら力があっても、こんなふうに崩れてしまうことがあるんだ。あれほどのカリスマでも、突然の不調からは逃れられない。その重苦しい事実に、俺たちは、一時は応援の声さえ奪われた。

「きっとなんとかしてくれるはずだ」

祈るように、榊がつぶやく。

「ああ」

俺は何度も頷く。

こんな状況を乗り越えるために、日々の苦しい練習を通して培ってきた、パートナーとの絆があるはずだ、そう思った。

試合は、まだ相手のペースで進んでいる。けれど横川さんのおかげで、こちらも少しずつ持ち直してきているようにも見えた。

俺たちは、また応援に精を出す。

もどかしいけれど、他には何もできない。タイミングよく声をあげて、二人のテンションを支える以外。

いつも相手チームは、遊佐さんのカリスマ性に腰がひけるのか、横川さんを徹底的に狙ってくる。だけど横川さんも相当な実力者だ。そう易々とやられるはずもない。しかも持久力は、遊佐さん以上だ。粘り抜いて、力強いリターンで、チャンスを作る。

それを見逃さず、強烈なパートナー愛をこめて、遊佐さんがリベンジの一打をお見舞いする、というのがこのペアの戦いによく見られるパターンだった。

だけど、今日は、横川さんが作ったせっかくの好機を、遊佐さんが簡単にふいにする場面が何度も見られた。

ファーストゲームをとられたのも、セカンドゲーム、相手にインターバルをとられたのも、遊佐さんの不調が原因なのは、明らかだ。

それをなんとかここまで接戦に持ち込んでいるのは、横川さんの冷静なゲームメイクだった。自分が狙われるのを十分に承知した上で、いつもどおり、粘りに粘って拾いまくり、しっかりと球をコントロールしている。何度遊佐さんがミスしても、我慢強く、繰り返し遊佐さんに決定的な一打を提供していた。

「横川が安定しているおかげで、俺は無謀ともいえる超攻撃的なプレーに出ることができる」

遊佐さんは、よく自分たちの試合運びをこんなふうに言っている。早く、いつもの遊佐さんらしいプレーが見たい。

インターバルを利用して、海老原先生がそんないつもとは違う二人に、というか不調の原因でもある遊佐さんに短いアドバイスを与えている。

遊佐さんがハッとしたような顔をして応援席にいる俺たちの方を見た。横川さんはなぜだかニヤッと笑っているように見える。

海老原先生がどんなアドバイスをしたのかわからなかったけれど、その後、二人の動きは、ずっと良くなった。特に遊佐さんは見違えるようだ。

普段はたとえ相手に先行されていても、プレーはともかく表情やしぐさは比較的クールな様子なのに、一打決まるごとに、気合の声をあげるようになった。

相手側もスピード感のあるドライブを上手く使って粘り強くラリーを続け、持ち直した二人のペースを再び崩そうとしていた。けれど、だんだんと試合の主導権は遊佐さんたちに移ってきた。

セカンドゲーム、20オールから、遊佐さんの雄たけびとともに2点を連取し、22－20、なんとか勝利をもぎとった。

ファイナルゲームも、予断を許さないゲーム内容だった。けれど、それまでよりはずっと安定感のある試合運びだ。素早いローテーションを繰り返す二人の動きは、点を重ねるたびに良くなり、ペースをつかみきれない相手は、反比例するように、その動きを鈍くしていく。

インターバルを11－8で先にとった時、「横川さん、今日、一段と安定してるね。おかげでなんとか持ち直した」と、榊が俺に囁いた。

俺は、コートから視線を逸らさず頷く。

「ダブルスってこういうとこ、いいんだよな。一人が調子悪くても、支えて励まして、立ち直ってくる。お前らなんてしょっちゅうこうだもんな。うらやましいよ」と、松田が俺と榊に言う。

横川さんが、関東大会の前に応援にまわる俺たちに言った言葉、全てを経験にしろという言葉を、俺は思い出していた。インターハイでもこの関東大会でも、簡単に勝てる試合なんてほとんどない。横川さんは、言葉だけではなく自らのプレーで、勝つために一番必要なこと、あきらめない心とそれを支える日々の努力の大切さを教えてくれていた。

俺たちは、自分たちも一緒にコートにいるように、必死でゲームを見つめる。

「遊佐さんも、いつもの調子に戻ってきたね」

「さすが海老原先生だな。どんなアドバイスをしたんだろう？」

横川さんのそれまでの努力に報いる、遊佐さんのあれほど劇的な立ち直りを演出した言葉がどんなものだったかは、俺にもさっぱりわからず、ただ首をひねる。

応援席から見ている限りでは、何か短い言葉を一言二言囁いただけで、戦術的なアドバイスを与えているようには見えなかった。

結局、最後は遊佐さんが渾身のドライブやスマッシュを相手コートに矢継ぎ早に突き刺し、21－17で勝利をもぎとった。最後のライン際への一打は、あまりの速さに、応援席からはその球筋がよく見極められないほどだった。

線審のインの判定とともに、俺たちは立ち上がって、「ウオオッ」という咆哮とともに観客席でガッツポーズを繰り返した。

　次にコートに出てきた本郷さんは、格上相手から一ゲームをもぎとり、ファイナルまで粘った。けれど、一歩及ばなかった。

　続く東山ツインズに、勝利は託されることになった。

　接戦が予想されたが、ツインズは、有言実行、ファーストゲーム、21－18、セカンドゲーム、21－17で、あっさりと勝利をものにする。

　もちろん、ツインズが奮闘しもぎとった一勝だけど、横浜湊の応援席の盛り上がりも半端じゃなかった。

　理由は、試合を終えた関東山城の女子チームが、応援席に移動してきたからだ。女子の応援は、華やかだ。応援されている男子のテンションは当然上がる。しかし、それ以上に相手チームの応援団を刺激するようだ。

「ナイスショット」と、甲高い女子の声が揃うたび、負けじと、「ここから、もう一本」と、やけくそのような男子の声が応戦する。

　女子に応援されている奴らに負けるんじゃないぞ、というプレッシャーが、その声に乗ってツインズの背中を押しているようだった。

　試合が終わった直後、太一と陽次が、応援席の先輩たちの方をすぐに振り返った。先輩たちは、よくやったと何度も頷き、試合には出ていないのにうっすらと汗ばんだ顔はとても満足そうだった。

「女子の応援は、ほどほどの方がいいかもな」

「ああ、逆効果ってこともあるな」

「ちょっと恥ずかしかったな」

　今のところ、共学になって日の浅い横浜湊には女子バドミントン部はない。このままもうあと一年、二年と女子っ気がないと、自分たちもああなるのかな、と俺たち一年は途中からやや引き気味になっていた。

　これで、明日、あと一つ勝てば、準決勝で埼玉ふたば学園との対戦だ。対戦表から見て、これが事実上の決勝戦になるはずだ。

　試合を終えて、宿舎への帰り道、遊佐さんが俺を手招きする。俺があわてて駆け寄ると、「ありがとう、勝てたのは水嶋のおかげだ」と、遊佐さんはにこにこしながら俺の肩を抱き寄せた。

「いや、俺一人で応援していたわけじゃなく、みんなで応援していたわけで」

　俺は、遊佐さんの熱い感謝の言葉や態度の意味がわからず、ただただ戸惑っていた。

「水嶋、愛してるよ」

　その上、遊佐さんは、そんなありえないセリフとともに俺をギュッと抱きしめた。さらに困惑した俺は、呆然と身を任せることしかできなかった。

　それをからかうような視線で見ていた横川さんが、「水嶋、お前、里佳さんの弟なんだってな」と言って俺の肩をたたいた。

その瞬間、全ての謎が氷解した。

「最初から、水嶋って苗字だけで、俺、お前を気に入ってたんだ。弟だったなんて。早く言えよ。いいなあ、里佳さんと一つ屋根の下か」

遊佐さんは、夢見るような表情でそう言う。実際に色んな意味で夢を見ていたのだろう。インターバルで、海老原先生が言った謎の一言は、「水嶋は、水嶋里佳の弟だ。彼女にこんな不甲斐ない試合、報告されてもいいのか」というものだったらしい。

勝ったから良かったものの、神聖な試合の本番中に、そんなことで選手を釣るなんて、どういうことなんだ。俺は、海老原先生にも、いいように釣られて全開で頑張った遊佐さんにも、あきれてものが言えなかった。もちろん、日程を全て終えて帰宅した後にも、遊佐さんの活躍シーンのこれっぽっちも、俺は里佳に報告しなかった。


関東山城との激闘を終えた翌日は、まず作陽(さくよう)学院との準々決勝だ。

調子をすっかり取り戻した遊佐さんと横川さんは、ストレートで一勝をもぎとり、本郷さんもシングルスでファーストゲームを落としたけれど、セカンド、ファイナルゲームを圧勝し、ツインズの出番もなく危なげなく準決勝に進むことができた。

王者、埼玉ふたば学園との試合は、静かな緊張感の中、三つのコートでほぼ同時に始まった。

結果だけを見れば、一勝二敗。

勝てたのは、遊佐・横川の一ダブだけだった。シングルスも、二ダブも相手にとられた。だけど、本郷さんのシングルスは、とてもいいゲーム内容だった。連戦の疲れも相当たまっていたはずなのに、気力を振り絞って、ファイナルまで持ち込み、最後までどちらが勝つかわからない状況の中、粘りに粘った末の惜敗だった。

敗因は、東山ツインズが、一ゲームもとれなかったばかりか、十本、十三本と、あっさり完敗してしまったことに尽きる。

実力差はそれほどなかったのに自らミスを連発し、一度も流れを取り戻すことなく、なし崩しに負けた、というのが俺たちの印象だ。

途中でポキポキと、二人の心の折れる音が聞こえてくるような試合内容だった。

後で理由を聞くと、試合前に観客席で野球をやっていた頃の顔見知りに会ったらしく、背中から声を掛けられ、「野球やめて羽根つきかよ、裏切者が」とか、他にもなぜそんなことを今ここで、と思うほど罵詈雑言を浴びせられたらしい。

その人に何があって、今がどんな状況でそんなことを言ったのかはわからない。

それにこの会場はバドミントンにまったく興味のない人が来るような場所じゃない。なにかしらバドミントンに、あるいは競技者に関係があって応援にやって来たはずなのに、試合前の選手にそんな言葉を投げつけるなんてありえないとも思う。

ただ、はっきりしているのは、そんな言葉でメンタルを崩すことがあってはならない、ということだ。

逆に、そんな言葉を受けたのなら、それを糧に見返してやるほどの、いつも以上の力を発揮してもらいたいと思う。せめて自分たちだけで落ち込まないで、俺たちにうっぷん晴らしをしてから試合に臨んで欲しかった。ツインズのメンタル強化は、横浜湊の、今後の最重要課題かもしれない。

俺たちは、エースダブルス温存で決勝戦に臨む埼玉ふたば学園の試合を、応援席から悔しさと羨望の入り混じった視線で見つめた。

決勝戦はコート二面でダブルスとシングルスが同時に行われた。

圧倒的な力の差で、どちらも二十分そこそこという短時間で埼玉ふたば学園は勝利を手にし、優勝を決めた。

この悔しさを晴らすには、インターハイ本番でリベンジするしかない。

遊佐さんを筆頭とするレギュラーメンバーはもちろん、他の部員も一丸となって、さらに過酷な練習に耐えることを決意した。

夏休みに入り一段と暑さは増し、長時間におよぶ練習は、気温に比例するように過酷になっていった。

そんな中でも、体と心を最高の状態へと調整しながら、インターハイの開催地、京都には本番二日前に入る予定だった。けれど、俺はみんなと同じ新幹線には乗れなかった。急な発熱で病院に行ったからだ。

自分の体の心配より、もしこれが、インフルエンザが原因だったらと、それだけが心配だった。検査結果が出るまで、あれほど神や仏に祈ったことはない。

陰性の結果が出て、一番に海老原先生と輝に連絡を入れた。海老原先生もホッとしたようで、「大きな行事前に熱を出すなんてお前もまだまだだな。けれど、大事にいたらなくて良かった。養生するように」と返信が来た。輝からも、ほっとしたような文面のＬＩＮＥが届いた。

追いかけて応援に行きたかったけれど、発熱したことは事実で陰性だったとしても、仲間に何かしらうつす危険のある行為は控えた方がいいだろう、と今年は会場入りを断念した。期間中は、輝から送られてくる、動画付きのＬＩＮＥだけが、ささやかな楽しみだった。

おまけに、輝は京都から戻ってから、一試合ごとのスコア表と自分なりに気がついたゲームのポイントをレポートにまとめ、俺に進呈してくれた。

結果は良かったとも言えるし、満足できるものではなかったとも言える。

団体戦は、準決勝で、またもや埼玉ふたば学園の壁を破ることができず、横浜湊は三位に終わった。

その代わりというわけではないが、個人戦、ダブルスでは、遊佐・横川ペアが、埼玉ふたば学園のエースダブルスとおきまりのようにファイナルゲームにもつれこみながらも、集中力を切らさず優勝をもぎ取った。そして遊佐さんは、シングルスでも、圧倒的な強さで優勝を飾った。

シングルスの決勝戦だけはテレビ放送もあったので、臨場感にはやや欠けるが、俺も試合を見ることができた。

危なげのない、終始遊佐さんのペースで運ばれたスマートなゲームだった。

今回二冠に輝いたことで、遊佐さんは、もともと全国区の選手ではあったけれど、新しいスターの誕生を、全国のバドミントンファンに印象づけた。これは、遊佐さんにとってはもちろん、横浜湊にとっても大きなアドバンテージになるはずだ。

輝からは、「次のインターハイ、沖縄のセンターコートには、きっと君も立っていると信じています。一緒に頑張ろう」と、嬉しい励ましの言葉が送られてきた。

おまけにみんなで少しずつお金を出し合って、インターハイの記念Tシャツと生八ツ橋を土産に買ってきてくれた。

「来年は、俺たちの力で遊佐さんに三冠をプレゼントだ」と、榊の余計な一言が、Tシャツの背に油性マジックで書かれていなければ、涙を流して喜んだところだ。

第四章　夏合宿、そして夏の終わり

インターハイが終わって、みんなが横浜に戻ってきた。その二日後には、地獄の夏合宿が始まる。

　俺以外のみんなにとっては強行スケジュールだったかもしれない。けれど、病気のせいで不完全燃焼のままインターハイ期間を過ごした俺にとっては、その二日でさえ長く感じるほど、待ちに待った練習再開だ。

　とはいえ、そんな俺にも不安がないわけではない。

「地獄だぞ、本物の地獄だから」と先輩たちに、インターハイの前から聞かされ続けていたからだ。

「いや、経験したらしたで、よけいに次が恐ろしいんだ」

　いつも冷静沈着な横川さんでさえ、そんなセリフで、合宿未経験の俺たちをたっぷり怯えさせた。

「だいたい、夏合宿っていうのは、涼しい信州(しんしゅう)あたりでやるもんじゃないのかよ」

　榊がそうぼやいていたけれど、横浜湊の合宿は、学校の宿泊棟を借りて寝泊まりをし、トレーニングは、いつもの練習場所でもある体育館で行われる。

　だから、トレーニングのきつさにも増して、灼熱地獄とも戦わなければならない。

とはいえ、宿泊棟の三人部屋にはエアコンもあり、共同の風呂やシャワーもある。先に合宿を終えた静雄の話によれば、静雄たちも学校での合宿だったらしいが、寝泊まりは通常授業を受けている教室で、机や椅子を並べてその上に貸布団を敷いて寝たらしい。風呂もなくシャワーも水しかない。もちろんエアコンもないので真夏の蒸し暑さから逃れるすべはない。せめてもと窓を開ければ、容赦なく蚊の攻撃を受ける。おまけに、気がつかないふりをしていたらしいが、あのカサコソ音は絶対にゴキブリだった、と静雄は顔をしかめていた。

あの我慢強い静雄が愚痴をこぼしていたことを思えば、俺たちの合宿は、トレーニングを除けば、地獄とは言えないのかもしれない。

が、三泊四日で行われる夏合宿の、特に前半二日のトレーニングは、本当に辛く厳しい、体力と精神力の限界に挑むものだった。

一日目、それぞれに朝食を摂ってから、午前八時に集合する。

久しぶりに揃った仲間の顔を見ると、自分でも驚くほどテンションが上がった。そして、この合宿のために集まってくれたOBの数の多さに少したじろぐ。

サボる気など毛頭なかったけれど、この雰囲気の中での厳しいトレーニングを思うと、緊張感がより増したのは確かだ。

想像どおり、いや想像以上に、最初の二時間でいつもの練習量は凌駕した。それでも全員、気力を振り絞って、うめき声をもらし、何度も倒れこみ、腹や背中を押さえながらも、なんとか終わりの見えないトレーニングを乗り切っていく。

水分補給のための休憩に入ると、「死んだ方がましだよ」そう言って筒井さんが床に転がる。「無理かも」と小林さんもしゃがみ込む。田村さんがそんな二人に、「死ぬ前に飲め」と、ＯＢからの差し入れの飲み物を差し出している。田村さんは、遊佐さんの面倒を見るのに忙しい次期部長の横川さんのいい補佐役だ。レギュラーに入ることのできない同学年の仲間のメンタルケアを欠かさない人でもある。レギュラーを決めるダブルスのランキング戦では、いつも後輩の松田を誘ってペアを組んでくれている。

そんな先輩たちをしり目に、俺はもともと体力だけが取柄なので、辛いことは辛いが、座り込んだり蹲ったりすることはない。むしろそうすることで、気持ちが萎えることが怖かった。

榊は、トレーニングの間、何度も「おっしゃあ」と、ひときわでかい気合の声をあげ、自らを励ましていた。

「お前、元気だなあ」

俺はそう言いながら、汗でしめったユニフォームの着替えを終えた榊に、スポーツドリンクを手渡す。

「これくらい大げさに気合入れないと、くじけるかもしれん。思ってた以上にきついから」

榊はそう言うと、一気にドリンクを飲み干す。

「そうか？　でも、今のところ、お前にはダメージ、全然感じないけど」

「お前の方が、まだまだいけるって感じだよ」

榊が嬉しそうに返してくる。

「何を、仲良く褒め合ってるんだよ」

松田が顔を突っ込んできた。

少し前までは、松田はこんな時、ちょっと離れた場所から皮肉な笑みを浮かべて俺たちを眺めていることが多かった。だけど最近は、結構俺たちの間に割り込んでくることも多くなった。榊の超がつくほどの人懐っこさが、そうさせたのかもしれない。

「松田は、ダッシュの最後で足がもつれてたな。女子が見ていなくて良かったな」

榊にしては、いい突っ込みだった。

「女子がいたら、もつれないけどね」

けれど、松田は、汗を拭いながらクールに返す。

なんでこいつは、汗まみれなのに、こんなにカッコいいんだろうか。

「太一と陽次は？」

「飲み物のところにいたよ」

「くじけてなかった？」

「じゃれ合ってたから、大丈夫だろう」

合宿のために来てくれているOBの目を盗むように、お互いを庇い合っていることがばれなきゃいいけど、と俺は少し心配した。まあそのうち、これほど過酷な時間が続けば庇う力もなくなるだろうけれど。

「それより、輝、頑張ってるな」

「凄いよ。さっきなんか、俺、最後の最後で抜かれちゃったから」

「あいつ、体力ついたよな」

輝はずいぶん頼もしくなって、最後尾ばかりでなく、トレーニングの種類によっては上位に食い込んでくることも多くなった。

しかし、一番凄いのは、やはり、遊佐さんと横川さんだ。二人は競い合うように何でもかんでも一位を狙って争っている。

その上、二人は、誰よりも速くメニューをこなしているのに、厳しいメニューの後でも、すぐに呼吸を整え、ストレッチで丁寧に体をほぐしていた。

「あの人たちに、限界ってあるのか？」

俺たちは、その底の知れない体力気力に、何度も首をひねった。

けれど、たった一度だけ、遊佐さんにも横川さんにも一矢を報いた場面があった。

トレーニングの一つに、あまり単調では余計に辛いだろうという配慮なのか、それとも団結力を高めるためなのか、四つのチームに分かれて、体育館をいっぱいに使った、いわゆるリレーがある。

体育館の四隅に置かれたシャトルケースの対角の頂点同士からスタートして、どちらかのチームがもう一方に追いついたらそこで終了。追いつかなければ終わりはない。それがルールだった。これを総当たりで、つまり六回行う。人数合わせには比較的若いＯＢが入ってくれている。

走力はほぼ均等に分けられてチーム編成されているので、なかなか勝敗はつかない。結局どちらかのチームの持久力の限界がくるまで勝負は続くことになる。このゲームで俺たちのチームは、太一がいる遊佐チームと松田がいる横川チームを撃破し、陽次と榊がいるチームにも競り勝った。

俺たちは輝の指示どおりの順番で走った。俺は三番手のランナーだった。俺の後には田村さん、その後が輝だ。ここが俺たちのチームの黄金ラインになった。バトン代わりのシャトルケースを先輩から受け取ると、俺はコーナーまでに一気にギアを上げた。

「水嶋、行け」「いいぞ、つまってきたよ」「相手、あせってるよ」

チームの応援の声が、背中を押してくれる。

親父譲りなのか、俺は走りが得意だった。速さもあるが、コーナーの位置取りも、自分で言うのもなんだが、かなり上手い。シャトルケースぎりぎりに回り、膨らみを最小限に抑えるので、タイムロスが少ない。同じように田村さんも、小学生の頃からずっとリレー選手だったらしく、バトンの受け取りやギアの入れ方が上手だった。何度かのターンで俺がつめた距離を、滑らかなバトンの受け渡しと走力で田村さんがさらにつめ、意外に俊敏な輝が前を走るチームを追い詰めるという、黄金パターンは、一度も崩れなかった。

いつも最後に相手チームに追いつく輝は、みんなの「よっしゃあ」「お前がヒーローだ」という声と少々荒っぽい祝福の手にもみくちゃにされて、とても嬉しそうだった。

特に、遊佐さんに追いつき、少々遠慮がちだったにしても、シャトルケースで遊佐さんの肩をたたいた時は、俺たちのチームだけでなく、他のチームからも、物凄い歓声があがった。

一度だけ、あと一歩というところで、シャトルケースを落とした場面があった。せっかくつめた距離がまた大きくなり、次のチャンスまで、また何度も走り続けた。

このリレーゲームが終了した時、下位二チームには罰ゲームがある。免れてホッとしていたら、海老原先生が、椅子から立ち上がってこう言った。

「バトンを落としてチャンスを逃したAチーム、あれは、せっかく大差をつけて20点まで来て、あと1点でゲームが決まるという時、同点に追いつかれてしまうということと同じだ。集中力が足りない。それから、Cチーム、途中で体力を調節しながら走っている子がいた。調節がまったく必要ないとは言わない。けれど、トレーニングでそれをやったら、最後まで練習をやりぬいても、自分の限界を超えることはできない。もうダメだ、限界だ、その先に、次の段階がある。気力が足りない」

やれとは、一言も言われなかった。けれど、自然に全員が集まり罰ゲームのダッシュに参加した。

苦しかったけれど、部員が一つになった感覚が、体中に染み渡った気がしたのは、俺だけではなかったはずだ。

昼食は、当番制で部員の有志のお母さんたちが家庭科室で作ってくれるらしい。その料理を、俺たちは食堂で食べた。これが、やっぱり愛情のおかげなのかとてもうまい。

暑い中での過酷なトレーニングの後だけに、食欲もないかと思ったけれど、少し涼めば結構食欲は出てくるもので、俺は、しっかり食べて午後の練習に備える。

だけど、やはり暑さで食欲のない人や好き嫌いのある人には、食事の時間はとても苦痛らしい。なんとか、俺や榊のような食欲満点の者の皿に、残りを放り込もうとするのだけれど、たくさんのＯＢや海老原先生の目を逃れてのわがままが許されるはずもなく、最後には観念したのか、修行僧のように無表情でその苦行に耐えている姿は、トレーニングで参っている姿より、ある意味悲痛だった。その姿を横目でチラチラ見ながら、俺は、三食人一倍しっかり食べられるように育ててくれた親に感謝した。

午後からは暑さも増し、こぼれ落ちるように流れる汗で、ユニフォームはすぐに使い物にならなくなる。トレーニングの合間の休憩時間、あまりの辛さに、小林さんが濡れたユニフォームのまま倒れこむように蹲っていた。

「内田、水嶋、小林の新しいユニフォームとタオルを持ってきて」と、海老原先生から、指示があった。

俺たちは手早く小林さんの汗を拭き、着替えを手伝った。気を利かして、榊がドリンクを持ってきてくれる。小林さんは、それを受け取り、静かにゆっくり飲み干す。だけど、ありがとうとお礼を言う気力もないようだ。休憩の間、あとはずっと同じ格好で蹲ったままだった。

「休憩終了一分前です」

ストップウォッチを持った輝の声で、水分補給やユニフォームの交換をしていたみんながフロアーに集まってくる。不思議なことに、意識がないようにも見えた小林さんでさえ立ち上がり、整列してくる。

これが湊魂だな、と榊が俺に囁く。

夕食をはさんで、練習は続き、結局、一度もラケットを持たないまま、初日は午後九時過ぎに終了した。

一年生は、その後、体育館の後片付けもある。それから山のような汗まみれの洗濯物を何回にも分けて洗った後、各部屋へ配るという仕事もあった。風呂にも入らないといけないし、ミーティングもある。日付が変わる頃、榊と松田と一緒に、自分たちの洗濯物を抱えて部屋に戻ったら、遊佐さんと横川さんが、俺たちの布団の上で談笑していた。

「あの、部屋が違うんじゃ」

恐る恐る尋ねた榊に、横川さんは、「もう終わり？」と尋ね返した。

「はい、終了しました」

松田が頭を下げながら答えると、「今年は段取りがいいなあ。俺たちの時は、終わったら一時過ぎだったよなあ」と、一向に腰を上げる素振りもなく遊佐さんが応えた。

「遊佐が、何にもできないからだろう。こいつ洗濯機の回し方もわかんないんだ。風呂もみんなと一緒だと恥ずかしいとか言って、後からこそこそ入ってるんだ。バカだろ?」

ここで、「本当バカですね」などと頷いてはいけない。あくまでも控えめな愛想笑いに留めるのがポイントだ。

「せっかく時間ずらして入ったら、同じ時期に合宿していた剣道部がどっさりやって来て、マジ、あせった」

遊佐さんは、本当に嫌そうに顔をしかめる。

そういえば、今年は柔道部が同じ時期に合宿しているな。風呂場で一緒になった柔道部のクラスメイトと太一が楽しそうに何やら話し込んでいた。

遊佐さんにそんな繊細な部分があることが意外だった。俺たちのイメージだと、裸で体育館を堂々と歩きまわってても平気、そんな感じだったのだが。だけど、そういえば、遊佐さんは普段の練習でも自分のラケットバッグを一番後ろに置く。着替えは、だから、みんなの背中を見ながら素早くやっていることになる。上半身裸で、汗を拭いたタオルを首に巻いて、水分補給している横川さんの図太い姿はよく見かけるのに遊佐さんの着替えシーンは見た覚えがないかもしれない。特に見たいわけでもないし、普段のオーラが物凄いので気がつかなかっただけかもしれない。

ドアがノックされ、陽次と太一が、顔を出す。

「ユニフォーム、全部干し終わりました」

どうやら、遊佐さんたちは、自分たちの洗濯物を太一たちに干させて、その間、隣の俺たちの部屋に移動していたらしい。

「じゃあ、そろそろ帰るか」

遊佐さんは、わざと俺たちの布団を踏みつけ、蹴飛ばすように部屋を出て行く。その後ろから部屋を出た横川さんが、そっと謝罪の手をあげている。

隣に聞こえないように小さなため息をついて、松田が自分の布団を整えた。俺と榊も、同じ動作を繰り返す。

太一と陽次は、お疲れと声をかけてから、さっさと部屋のドアを閉めて自分たちの部屋に戻って行く。一秒でも早く布団に入りたかったのだろう。榊がそのタイミングで素早く鍵をかけた。そして、ダイブするように自分の布団にもぐりこんだ。

「子どもだな」

俺のため息交じりの言葉に、榊が布団から顔を出して、「俺?」と尋ねる。

まあ榊もたいがいだが、それ以上に。

「遊佐さんだよ」

合宿に入ってから、遊佐さんのカリスマ性にはかなりほころびが見えてきた気がする。

ようするに、バドミントンをやっていない時のあの人は、普通よりちょっと意地悪で精神年齢の低い先輩だということかもしれない。

「バドがどんなに強くたって、あの人も俺たちよりいっこ上なだけなんだ。ずっとカリスマ、やってられないんだろう」

まあ、それはそうかもしれない。

「横川さんも大変だな。同調したり、フォローしたり」

榊はその言葉を最後に、スッと秒で眠りに落ちた。

「水嶋、そっちを持て」

すると、松田が榊の寝息を念入りに確かめた後、俺には榊の布団の足の方を指差し、自分は頭の方をつかんで、そう指示する。

「どうすんの？」

「一番端まで運ぶんだよ」

「なんで？」

「こいつ、めちゃくちゃ寝相が悪いんだ。何度かうちに泊まりに来たことがあるんだけど、そのたびにひどい目にあっている。お前がどうしてもそばで寝たいって言うなら、お前もあっちで寝ろ」

「へえ」

俺は、榊が松田の家に何度も泊まったということに驚いていた。二人にはそれほど仲が良いイメージがなかった。

「なんだ、やきもち？」

「まさか」

けれど、少し、うらやましかったかもしれない。

「榊の親がやってる店と、俺の家が近いんだ」

榊の両親が金沢文庫で洋食屋をやっていることは聞いていた。そういえば、自宅と店が少し離れているので、学校帰りに手伝いに呼ばれると面倒なんだよなと、榊がこぼしていたこともあった。

「俺のところ、親父だけで仕事も忙しいから、飯も結構一人が多いんだ」

「そうなんだ」

初耳だった。

「だから、面倒だから近所で外食することが多くなる。うまいって評判の洋食屋があるから行ってみたら、こいつが働いていた。で、それ以来、朝練のある日の前とかはうちに転がり込むようになった」

まあ、わからないでもない。

榊の自宅は相鉄線沿線の希望が丘にあるらしいし、親の車で帰宅するにしても家業を手伝った後なら億劫ではあるだろう。

俺はそうなんだ、と頷く。

「こっちは、榊の親にはしょっちゅう世話になってるから断れないし。まあ、こいつはにぎやかで気も紛れるから、いいんだけどな」

「知らなかったよ」

「榊は、こう見えて、ここは細やかだからな」

松田はそっと榊の胸を指差した。

「うちに泊まりに来ていることを言えば、うちがひとり親家庭だっていうことや、俺が毎晩のように一人で夕食を食べている、なんてことまで話すことになるかもしれんから」

「そうか」

松田はいつものようにポーカーフェイスなので、自分の家庭の事情をどんなふうに感じているのかはわからない。けれど、榊が仲間にそういう気の遣い方をすることは、よくわかる気がした。

「けど、それはそれ。こいつのいびきと寝相の悪さは許せん。殺意さえおぼえるから」

「マジ？」

「マジ！」

俺たちは榊を部屋の隅っこに運んだ後、遊佐さんたちのせいでうっかり忘れていた自分たちの洗濯物を、榊の分も一緒に手早く部屋に干す。

「じゃあ、俺はもう寝るから」

松田は、自分の耳に耳栓をつっこんで布団にもぐった。準備の良さに驚いたけれど、後で聞いたら、部屋割りが決まった時にすぐ買いに走ったそうだ。

俺も、自分の布団に、榊には背を向けるようにもぐりこんだ。耳栓など用意していなかったので、イヤホンを耳につっこみ、少しボリュームを大きめにして眠りについた。大好きなバンドの音楽や好きなアニメの主題歌を詰め込んできたはずなのに、耳に聞こえてきたのは、規則正しく繰り返される英単語だった。

　おそらく里佳の仕業だろう。がっくりきたけれど、かえってその規則正しさが眠りを誘ったのか、俺は朝六時に目覚ましで目が覚めるまで、ぐっすり眠った。

　一番初めに寝たはずの榊は、一番後に目を覚ました。

「あれえ、なんで俺、こんなところで寝てんのかなあ」

　俺たちが移動した布団をも大胆に蹴飛ばし、榊は、俺のラケットバッグに顔をつっこむように眠っていた。角度でいえば270度（決して90度ではないはず）ほど、距離で言えば二メートル程度の移動、というところか。与えられた空間を目一杯使った大移動だ。あまりの移動に、自分が運ばれたことさえ気がつかないようだ。

　俺と松田は笑いをかみ殺しながら、「早く顔を洗ってこいよ」「朝飯の買い出しに行くぞ」と榊をせっついた。榊は、慌てて着替えを済ませると、身支度を整えた。ツインズと輝も一緒に、六人で買ってきたそれなりの朝食をすませた。

　二日目は午前九時から練習が始まった。

　初日にも増して厳しいトレーニングの連続だった。昨日よりも途中で倒れ込む人数が多くなった気がする。

理由の一つは、昨日の練習の影響で筋肉痛が多発していたからだと思う。もちろん俺も例外じゃない。朝、寝床から起き上がる時には、味わったことのないほどの筋肉痛に気がついた。練習をやっているうちに気にならなくなるだろうと高をくくっていたけれど、大きな間違いだった。時間が経つにつれその痛みは、筋肉のついているあらゆる箇所に走るようになってきた。

もう一つの理由は、気温の上昇だ。今夏一番という猛暑になり、後から知ったのだけど、予想最高気温の37度を上回ったらしいから、体育館の中でのサウナ状態はいっそう激しくなっていた。たいていは涼しい顔で座って俺たちを見ている、我慢強い海老原先生の団扇を使う手も、いつもよりせわしなかった。

俺は昼食だけを楽しみに、暑さと痛みに耐えた。正午ちょうどに午前の練習が終了して、筋肉痛のひどくなった足をひきずりながら食堂に行くと、テーブルには昨日よりもさらに彩り豊かな食事が用意されていた。

「うわあ、ホテルのご飯みたいだ」

「すげえ、プロの飯みたいじゃん」

練習がきつすぎて食欲なんかない、なんて言っていた先輩たちも急に元気になり、あちこちで、歓声があがる。それほどに、その料理は彩りもよくおいしそうで、しかも品数が豊富だった。

榊が席にもつかず、海老原先生の元に駆け寄っていく。

「先生、少しの間、抜けさせて下さい。すぐに戻って来ますから」

　事情はわからないが、せっぱつまった様子の榊に、海老原先生は穏やかに微笑んだ。

「そう慌てるな。ちゃんと食べて、それから、一年全員で家庭科室に行きなさい。まだしばらくいらっしゃるはずだから」

「わかりました。すみませんでした」

「気持ちはよくわかる。おいしくいただきなさい」

「はい」

　榊が席につくと、横川さんの号令に合わせて全員が姿勢を正した。「いただきます」と、大きな声が食堂に広がった。いつも大きい榊の声が、ひときわ大きかった。

「どうかしたのか？」

　隣の席で物凄い勢いで食べ始めた榊に俺が尋ねると、向かい側に座っていた松田が、「これ、たぶん榊の両親が作った料理だ」と代わりに答えてくれる。

　松田は、何度も榊の両親の店で料理を食べているから、榊と一緒で、テーブルを一目見ただけでわかったらしい。

「そうなのか？」

「ああ、うちの人気メニューばかりだ」

　榊が頷いた。

「だから、こんなに見た目からうまそうなんだな」

プロみたい、ではなく、プロの料理なんだ。

「食え。食ったらもっとうまい」

榊は俺にそう言うと、人間業とは思えないほどの勢いで、目の前の料理を平らげていく。

テーブルのあちらこちらで、「うまい」が連発されている。

もちろん、俺も松田もツインズもできる限りのスピードで、いつもは少食の輝でさえ、事情がわかったせいか、上品とは言えない食べ方で、全ての皿を空っぽにしていった。

食事を早々に済ませた俺たちは、海老原先生の許可を得て、一年だけで、家庭科室に行った。

行って驚いた。榊の両親だけかと思っていたら、ツインズと輝のお母さん、俺のお袋までそこにいた。よく考えてみれば、いくらプロの料理人でも、OBも入れて三十人以上の食事をたった二人で用意するのは大変だ。助手がいるのは当たり前だった。

「うまかったか？」

榊の親父さんは面識のある松田に視線を向けてそう尋ねる。

「はい。おいしかったです。ごちそうさまでした」と、松田が少しさびしそうに答える。

「食材や必要な器具は、朝早くから君のお父さんが車で運んでくれたんだよ。日中は仕事の都合がつかず来られないからと言って」

「本当ですか？」

松田の目が大きく見開かれる。

「その西瓜（すいか）も、メロンもバナナもみんな松田くんのお父さんからの差し入れだ」

「はい」

松田は、今度は照れたようにうつむく。

松田は、みんなの親が来ているのを見て、自分のところだけが協力できていないことに少し気後れしていたのかもしれない。榊のお父さんは、そういう松田の気持ちを、付き合いがあるだけによくわかっていたのだろう。

だから、ちゃんとみんなの前で、松田の父親のことをフォローしたのだと思う。

榊のごつい外見とは違った内面の細やかさは、このお父さんゆずりなのかもしれない。

「忙しいのに、ありがとうございました」

榊が、俺たちの分も気持ちをこめるように、みんなの親をぐるっと見回してから、頭を下げる。俺たちもそれに続く。

「あなたたちは親の心配なんかしないで頑張って練習すればいいのよ」

俺のお袋が言う。

どうやら俺のお袋と意気投合した様子のツインズのお母さんが、絶妙のタイミングで、

「世話になっている先生や先輩のみなさんにお礼するのは、親の務めなんだから」と言葉を続ける。

ツインズが黙ったまま揃って頷く。

「ありがとうございました。僕たちは後片付けがあるので、これで食堂に戻ります。みな

さんも、ゆっくり召し上がって下さい」

最後は、やっぱり輝が、丁寧に挨拶の言葉を述べ、俺たちはやはり揃って頭を下げた。

「輝、お母さんが作ったゼリーの差し入れも持ってきたから、夜にでもみんなで食べなさいね」

そして、最後の最後に、おっとりした調子で輝のお母さんがそう言って微笑んだ。


合宿も二日目に入り段取りが良くなった俺たちは、サッサと昼食の後片付けを終え、練習が再開する二時半まで、冷房の入っている宿泊棟の部屋に戻ることにした。

松田は持ってきた本を読み出し、榊は、「絶対起こしてくれよ」と言い残しすぐに昼寝に入った。俺は榊と十分な距離をとった上で、携帯ゲーム機で、囲碁の対戦を始める。

すぐに、ツインズと輝が、誘ったわけでもないのにやって来た。輝はツインズに引っ張って来られたんだろうけど。

「松田は何を読んでるのかな？」

太一が松田の隣に座り込んで手元を覗き込む。

「太宰治の人間失格、夏休みの課題だから」

松田はちょっとうっとうしそうに、眉間にしわを寄せる。

俺はそれを聞かなかった振りをした。「マンガで読む人間失格」を、サラッと読んで適当に感想文を書くつもりだったからだ。ばれたら、陽次あたりに、お前が人間失格だとか言われるに決まっている。

「進学コース、大変だね」

陽次がへらっと笑う。

「スポーツコースだって、宿題はあるだろう？　それに輝は特進だからもっと大変なはずだけど」

「僕は大丈夫です。学校の宿題はみんな済ませましたから。あと少し、家庭教師の先生からもらった課題が残っていますけど」

「輝、家庭教師に、勉強習ってるの？」

陽次が、ありえないという声をあげる。

「部活と塾は、時間的に両立できませんからね。兄の友人が、足りない部分を不定期に見てくれています」

「はあ、なんか、みんな偉いねえ」

ツインズが、揃ってため息をつく。それから、こいつだけは仲間だっていう目で俺を見る。

そうだけど、巻き込まないで欲しい。

「水嶋は、宿題やんないんだ？　ゲームで遊んでていいのか？」

陽次が、俺の背中からまとわりついてくる。

「なんだこれ？　オセロ？」

盤面は微妙な局面に入っていたので、正直集中したい。だから、これは囲碁、と短くあからさまに嫌そうに答える。

「オセロと似てる?」

陽次は俺の嫌みな声色など、てんで気にしない。

「石の色以外は、全然違う」

裏返ったりしないし。

でも陣地の取り合いという意味では、似ているかもしれない。

「どうやったら勝ちなんだろう。勝てそうなのか?」

だからお前が邪魔しなきゃね。気分良く午後の練習に入れるように、レベルは勝てるものに設定してあるんだよ。

「水嶋くん、囲碁が趣味ですか?」

輝が、ちょっと驚いたような顔で話に加わってきた。輝だと話しかけられても、少しも腹が立たないから不思議だ。

そういえば、横浜湊に来てから、囲碁とはしばらく疎遠だったから、仲間も俺の趣味が囲碁だって知らなかったかもしれない。

「まあね」

「じゃあ、ゲーム機じゃなくて、談話室で僕とやりませんか?」

時計で時間を確認してから輝が言う。

「碁盤なんかあった？」

輝とならやってみたいとは思うが。

「はい。だって、囲碁・将棋部もここで合宿するんですよ」

「囲碁・将棋部の合宿？　どんなトレーニングやるんだろう？」

陽次が首を傾げる。輝も首を傾げているから、合宿の内容までは知らないらしい。

「まあ、いいか。じゃあ、相手をしてもらおうかな」

俺と輝は連れ立って、談話室に移動する。

ツインズもなぜか後ろをついてくる。読書に励みたい松田はさぞかしホッとしたことだろう。

「お願いします」

思っていた以上に立派な碁盤を挟んで、輝と二人で頭を下げ合う。

お互いに実力の程はわからないので、握りで白黒を決めた。結果、俺が白、輝が黒になった。輝の一手から勝負が始まった。

輝は、なかなか手強かった。でも、幼い頃から祖父に仕込まれ、年数だけで言えばバドミントンよりもずっと長く碁盤と向き合っている俺の敵ではなかった。

「ありません」

輝が、俺に頭を下げる。

「何がないんだ？」

さすがに対局中は静かにしていた陽次が、独り言のように輝の背中でつぶやく。

「囲碁では、自分が負けましたってことを、そう言うんだ」

「なんで負けなの？　まだ打つところ、空いてるよ。もっと頑張ればいいのに」

陽次が口をとがらす。

「そうだよ。最後の一打まであきらめるなって、いつも海老原先生に言われてるだろ」

太一も輝の背中を押す。

「もうどこに打っても、僕に勝ち目はありません。水嶋くんは、相当強いです。かなり先まで僕の手は読まれていて、追い込まれてしまいました。このレベルなら高校生の大会なら、全国大会にも行けるはずです」

輝の言ったことは、ほぼ正しい。初心者ならいざ知らず、輝の腕前ぐらいだと、自分の負けはもう見えている。けれど、ほんのわずかだが、輝にもまだ勝ち目はあった。

輝はそれに気がついていないのかもしれないし、休憩の残り時間を計算して、このあたりが潮時だと思ったのかもしれない。

「じゃあさ、次、輝が打つとしたらどこか、水嶋、言ってみろよ」

陽次はどうも納得できないらしい。

「ここかな」

俺は実際に、石を置いてみる。

輝が頷く。

俺は、五手先まで、陽次たちにわかりやすいように実際に石を置いてみせた。そして、いったん終局後に自分が置いた石をどけて、新たな場所に黒石を置く。

「だけど、まだここという手があったかな。……ここなら、まだ戦う価値がある展開になったと思う」

「えっ」

輝がその石に目を見張った。

「気がつかなかったな。水嶋くんは、本当に凄い」

「ほらね。やっぱり最後の一打まであきらめちゃダメなんだよ。でも、なんでそんなに凄い技、水嶋は隠してたかなあ」

「隠していたわけじゃない。高校に入ってからゲーム機以外ではずっとやってなかったんだ。あんまり相手もいないしね」

「じゃあさ、昼休み、部室で囲碁教室開いてよ。僕らもやってみたい。なんか格好いいじゃん。ルービックキューブもそろそろ飽きてきたし」

「いいけど」

俺たちはコースやクラスが別々でも、昼はいつも、共学化に合わせておしゃれに進化したらしい食堂や、天気が良ければグラウンドの人工芝にシートを敷いて一緒に食べている。流れで、食後は卓球室で元卓球部の輝に試合を挑んだり、なんとなく部室に集まってダラダラと過ごしていることが多い。そのダラダラの時間つぶしとして、最初はポーカーがはやり、次にカードゲームがはやり、その後ルービックキューブがブームになった。それも今は下火になってきている。

　だけど、他のみんなが囲碁を楽しめるかどうかは自信がなかった。囲碁はとっつきにくい特殊なゲームだから。けれど、最悪五目並べでもいいか、時間つぶしなんだから、とも思う。家から折りたたみ式の碁盤を持ってこよう、などと暢気に考えていたら、輝に背中をつつかれた。

「そろそろ、部屋に戻って榊くんを起こしましょう。午後の練習の準備に遅れたらまずいです」

　太一も壁の時計に目をやった。

「急ごう。ヤバイ」

　それから俺たちは部屋に戻り、なかなか目を覚まさない榊をゆすったりくすぐったりしてなんとか起こし、寝ぼけ眼の榊をひきずるように体育館に走った。松田は先に体育館に来ていた。俺たちの分も、一人で全部準備を済ませ、モップがけまで済ませてくれている。

「悪い」

「いいよ。どうせこいつが起きなかったんだろ？　俺も何度も起こしたのに、全く反応なかった。先に体育館に行って、みんなの分も準備した方が効率的だと思って」

　俺たちは、もう一度、松田にごめんと頭を下げる。太一が、まだ寝ぼけている榊の頭を、床に着くほど下に押し付けた。

午後の練習が始まった。遊佐さんと横川さんは国体に出場する予定なので、別メニューでOB相手に試合形式の練習に入った。俺たちは、午前と同じ厳しいトレーニングを続ける。

二時間後、合宿に入って初めてラケットを持つことが許された。素直に嬉しかった。このままラケットが手の一部になってしまえばいいのにとさえ思った。

夕食のための休憩時間まで、俺たちは水を得た魚のようにシャトルを打ち続けた。筋肉痛も暑さもコーチの叱責も、苦にならなかった。全員が朝よりずっと声が出て体が動いていた。

「わかりやすいなあ。お前らは」

海老原先生が、苦笑しながら、それでも満足そうに頷いていた。

夕食をはさんで夜の練習に突入した。

軽いアップの後、俺たちは、再びラケットを握る。体力的には限界に近いはずだったのに、ラケットを握るといくらでも足は動く。

体育館に広がる、キュッキュッというステップを踏む音や、シュッ、スパッ、スパンとシャトルを打つ音が、いつも以上に心地よく耳に響いた。

就寝はまた深夜になった。

俺と松田は慣れた動作で先に眠りこけた榊を運び、それぞれの布団に入った。二人とも耳栓の必要もなかった。する暇もなく眠りこけたからだ。合宿も二日を過ぎると、体力の消耗が半端ではなく、どんな騒音も気にならなかったようだ。

三日目と四日目は、トレーニングと、基本、パターン練習はもちろんやったけれど、短く切り上げて後は試合形式の練習になる。シングルスはもちろん、ダブルスも榊と組んで何度も戦う。

シングルスの俺への海老原先生のアドバイスは多岐にわたり、課題の守備力の強化に関するトレーニングについても細かい助言をもらった。

けれど、榊とのダブルスへのアドバイスは、ため息交じりの短い一言だけだった。

「お前たちは、とりあえずローテーションは気にするな」

俺と榊もまったくローテーションをしないわけじゃない。けれど気がつくと榊が後ろ、俺が前でプレーしているという場面が多い。シングルスプレーヤーが二人いて、それぞれ得意なショットを勝手に打っている感じだ。ダブルスで、こんなふうにシングルス的なプレーを続けていると、ローテーションの巧みなペアに比べ、主に後ろにいる榊の負担がかなり大きくなる。

横浜湊のエースダブルスである遊佐・横川ペアも、少なからずその傾向はあるが、そこは横川さんの驚異的なカバー力と遊佐さんのどこからでもどんなショットも自由自在という天才ぶりでさほど問題にはなっていない。

そもそも、遊佐さんたちはできないからしないのではなく、する必要がないからしない。必要な時はすぐに適応できるからこそ、しないことでよりよいゲームメイクをしているのだ。

「俺たちパートナーを替えた方がいいんですか？」

榊が心細そうに海老原先生に訊く。

「お前たちはどう思うんだ？」

海老原先生は、腕を前で組んだまま、まず俺を見る。

「俺は、榊のプレーが好きです。だからもっと練習して一緒に強くなりたいです」

俺は即答する。

今はできない、遊佐さんたちのようなプレーは。だけど、できるはずだ、もっともっと必要な練習を共に積み重ねていけば。

一方、榊は黙ったままだった。

「どうした？」

海老原先生は、今度は榊に視線を向ける。

「水嶋は、色々ためした方がいいと思います」

榊の答えに、俺は納得できなかった。

ツインズのように中学の時からそれなりに成果をあげているペアを除いて、他は、みんな海老原先生が、日頃の練習の中で、プレーの特徴や相性を考えて組んだペアだ。俺たちだけが榊の強い希望に俺が引っ張られるような形で、先生の指示より前からペアを組んでいる。既成事実を作ってしまって事後承諾、という感じだった。それなのに今さら何を言ってるんだ、と思う。

「水嶋は誰と組んでも、どんどん上に行くと思います。いつかはツインズを追い越すかもしれない。俺が邪魔をするのは嫌です」

海老原先生は、一度大きく頷く。

「たとえば、水嶋を松田と組ませようか。松田は器用だ。榊とよりローテーションもスムーズかもしれないな」

何か言いかけた榊を、俺がさえぎった。

「でも俺は、面白いバドミントンがやりたいんです」

「強くなればそれでいいだろう？　面白いかどうかが大切か？」

あたりまえだろう。

面白い、好きだ、は進化の基本だと俺は思っている。いやそれは、輝に俺たちタメが身をもって教えてもらったことでもあるわけで。

「はい。面白くないと、もっと強くなりたいという気持ちが育ちません」

「ほう？」

「俺は、シングルスでもダブルスでも、もっともっと強くなりたいんです。パートナーは榊以外に考えられません」

言った自分が驚いた。それほど自分が榊とのダブルスを真剣に考えているとは自覚がなかったからだ。でも、気がついたからには、絶対その気持ちを手放したくなかった。

「俺は、お前とじゃなきゃ、ダブルスはやらないから」

榊に宣言してから、「先生、そういうことです」と海老原先生に言い放ち、俺はその場を離れる。これ以上は時間の無駄だと思ったからだ。その分、素振りを百回でもやっている方がずっといい。そう、後は海老原先生にまかせて。

先生は、一人残された榊に、「そういうことらしいよ。榊、お前の負担は大きいが、私も、お前たちに頑張って面白いバドミントンを見せてもらいたいなあ」と笑ったそうだ。

もともと、タイプの違う根っからのシングルスプレーヤーの俺たちを組ませたら、二人の努力の先にはかなり面白いものが見られるかもしれない、と海老原先生は、俺たちをスカウトしに来た時からそういう構想を持っていたらしい。

先生の想像していた以上に俺たちのローテーションがぎこちなかったとはいえ、パートナーを替える気など、先生にはなかった。俺たちが、というより、引っ張られるようにダブルスを組んだ俺が、誰より榊とやりたいんだと思っていることを、俺自身に自覚させるためのあれはちょっとした儀式だったようだ。

後でそうと察して、かなり恥ずかしかったけれど、そんなに悪い気はしなかった。

合宿最終日は、昼食をはさんで午後三時で、全てのメニューを終了した。

明日から三日間、部活は休みだ。でも、程度の差はあれ、みんな自主トレに励むことだろう。一日でも休んだら、体はすぐに元の木阿弥以下になまってしまうからだ。もちろん、俺も明日だけは、体を休めるために軽いランニングだけにするつもりだが、後は恵那山の練習に参加させてもらえるよう静雄に連絡し手配を済ませている。

——準備はできましたか？　裏門集合です。

輝からのＬＩＮＥが来た。

今日は、合宿終わりに、輝の家で打ち上げのバーベキュー大会の予定だった。その後、海へ繰り出し花火大会見学という、普通の高校生の夏休みのようなお楽しみが予定されている。

ただし、タメだけでこっそりやるつもりだ。先輩たちに見つかったら、生意気だとか俺たちもとか何かとうるさいので、普段はあまり使われていない裏門集合になっている。

わざと少しずつ時間をずらし、それぞれに裏門に向かう。六人揃ったところで、輝の家に向かって歩き出す。

「お前ら、道が違うぞ。駅は反対方向だ」

突然後ろから声がした。振り向くと、遊佐さんだった。いつものように、隣には女房役の横川さんが控えている。

「一番面倒くさい人に見つかったじゃん」

「どうする？」

「輝にまかせるしかないだろう」

「だな」

　みんなの言葉に輝が頷いて、裏門でこっちを見ている遊佐さんたちの前に出る。

「今日は、今から打ち上げなんです」

「へえ、打ち上げだって、今年の一年は豪勢だね。ついて行っちゃおうかなあ」

　遊佐さんが嫌な笑みを浮かべて、ほぼ予想どおりのセリフを口にする。

　だけど、輝は動じず、いつもどおり穏やかな口調でこう言った。

「じゃあ、良かったら、一緒にいらっしゃいますか？」

　バカ、何、誘ってんだよと俺の背中に小さくなって隠れるように、榊が舌打ちする。

　いや、輝がバカなはずがない。ちゃんと思惑があっての発言のはずだ。

「いいの？　俺らが一緒でも」

「はい。こういうのは人数が多い方が楽しいですから。メニューはジンギスカンです。お好きですか？」

「ジンギスカン？」

　遊佐さんの声が裏返る。横川さんは、沸き上がってくる笑いをかみ殺しているような表情だ。

「いいねえ。でも遠慮しとくよ。今日はこいつと約束してるから」

　遊佐さんは、そう言って、わざとらしく横川さんの肩をたたく。

どうせ最初から来るつもりなんかはなく、ちょっとした嫌がらせのつもりだったとは思うが、遊佐さんはいやにあっさり引き下がった。

俺たちは、こちらもわざとらしくもう一度深々と頭を下げ、「お疲れ様でした」と二人に声をかけてから、六人揃って歩き出す。しばらくしてこっそり振り返ったら、ずっと向こうに、裏門から出たせいで、駅への遠回りの道を並んで歩く二人の後ろ姿が見えた。

「輝、今日、ジンギスカンなの？」

「いえ、普通のバーベキューですよ。でも、遊佐さんは羊の肉がダメなんですよ」

輝は、にっこり笑ってそう言った。

「え？　どういうこと？」

「苦手な食材で、嫌みをシャットアウトしたってことだろう」

陽次の言葉に松田が答える。

なるほど。しかし意外だ。合宿中の食事でも、遊佐さんは何でもうまそうにパクパク食べていた。好き嫌いがあるようには見えなかった。

「羊の肉だけがダメらしいですよ」

「なんで？」

「遊佐さんが幼稚園の頃、家族で牧場テーマパークに行ったそうです」

俺たちは、ふんふんと頷き、話の続きをうながす。

「羊や山羊と無邪気に戯れた後、おきまりの、名物料理のジンギスカンを食べたわけです」

　俺も、同じような経験がある。意外にうまかった思い出しかないけれど。

「おいしいねとお母さんに言ったら、さっきの羊さんのお肉だよと言われたそうです」

「ああ。それはちょっとまずいな。さっきのっていうのがね」

　松田が顔をしかめる。そういえば、松田もそういうところ気にしそうだ。

「で、つまり、それがトラウマになったらしいです」

「なるほど。あの人、そういう変に繊細なところはあるかもな。でも輝って、どこからそういう情報仕入れているんだ？」

「主に海老原先生ですが、機会があればみんなのご両親からも伺います。食べ物の好き嫌いや、怖いこと、嫌なこと、苦手なことなんかは、試合の前のメンタルに影響しますから、なるべく避けられるよう、特に細かくデータをとります」

　はあ〜っと、いっせいにため息がもれる。

　つまり、輝の頭の中には、俺たちの欠点や弱みがたんまりつめこまれているということだ。恐るべし、内田輝。

「ずっと仲良しでいてね」

　榊が輝にすり寄る。

「悪用はしませんから」

　輝はやっぱり穏やかに微笑む。

そこは輝だ、そんな心配は俺たち夕メはみじんもしていない。遊佐さんは上手くやられたようだけど、でも、横川さんは全部わかっていたみたいだし、俺たちが我慢しているのに遊佐さんの背中でにやついていたから問題ないだろう。

輝の家で、順番にシャワーを借りさっぱりとしたところで、バーベキュー大会に突入した。

内田家の庭でのバーベキューは、その食材の豊かさと、輝のお父さんの腕の良さと、何より運動の後の俺たちの腹ペコぶりのおかげで、最高にうまかった。

ある程度食欲が満たされたところで、松田が左手に皿を持ったまま、右手に持った箸で西の空を指して、「そういえば、夕焼けなんか久しぶりに見るよね」と言った。みんながつられるように西の空を見る。

いつも体育館で汗びっしょりになって練習した後、外へ出たら、夏場といえども日は暮れている。こんなふうに空の色が移り変わるところを見たのは、本当に久しぶりだった。

俺たちは、それでも肉だけはせっせと口に運びながら、結構長い間、朱色に輝く空を眺めていた。

「けど、なんか足りないなあ」

榊がぽつんとつぶやく。

「そりゃあ、女子だろ。見飽きた男子と横並びで夕暮れの空なんか見ても、イマイチ盛り上がらん」

　教室ではしょっちゅう女子に取り囲まれていて、彼女たちとの交遊にはそれほど不自由していないはずの松田がそう答える。

「太一はいいよな。彼女と手をつないで、茜色の空なんか見たことあるんだろうな」

　榊の声は、少し切ない。

「まあね。けど、お前らと見たって、夕焼けは夕焼けだ。きれいなもんはきれいだ。そうひがむな」

「なんか、その余裕がムカつく」

　榊が太一に軽くけりを入れる。太一は榊の相手にならず、フフッと笑っただけだった。

「あら、けんかはだめよ。どうかしたのかしら？　お肉が足りなかった？」

　輝のお母さんの上品な声が聞こえてきた。

　榊は慌てて、「いえ、何も。大変おいしくいただきました。もう十分です。なあ、水嶋」と俺に振る。

「はい。おいしかったです」

　俺は、丁寧に輝のお母さんに頭を下げた。

「それは良かったわ。じゃあ、そろそろ、お開きにしましょうか。花火大会に行くんでしょう？」

「はい」

今日は、金沢八景の海の公園で催される花火大会に今から皆で行く予定だ。

とはいえ、お腹がいっぱいになったせいか、合宿の疲れがたまっていたせいか、急激に眠くなってきて、花火大会はもういいかなあ、なんて俺は思っていた。

「片付けはいいから、行ってらっしゃい」

「でも」

「いいのよ。楽しんでいらっしゃい」

俺たちは、そうは言われても海老原先生のしつけどおり、それぞれの食器をキッチンに運び、庭のゴミを拾い、後片付けをある程度は済ませる。

そして、「頼むから、そのへんでやめてちょうだい。でないともう二度と招待しませんよ」などと輝のお母さんに懇願され、追い立てられるように輝の家を出た。

花火大会の会場のある金沢八景へは、横浜湊の最寄り駅から二駅、電車で五分ほどだ。

しかしそれでも、横浜駅とは反対方向なので、俺の帰路は遠くなる。

俺は悪いけど帰るよ、と駅に着いてそう切り出そうとした時だった。

浴衣姿の女子が三人連れ立って、俺たちのそばを通り過ぎた。その中の一人が俺たちを振り返って、「松田くんと水嶋くんじゃない。今、部活終わりなの?」と声をかけてきた。

浴衣姿なので気がつかなかったけれど、よく見ればクラスメイトの神代さんだった。気さくで、クラスでは俺もよく話す子だった。

「合宿が今日で終わったんだ。で、今から花火でも見ようかなって思って」

松田がいつもより三割程度スカして答える。

「本当に？　私たちも今から行くのよ。一緒に行こうよ」

榊が、すぐに大きく頷く。

「でも、俺は、疲れたからもう帰ろうかなと思って」

言いそびれていた言葉をやっと口にすると、「そんなこと言わないで、一緒に行こうよ」「みんなで見た方が楽しいよ」と、女子たちに行く手をふさがれる。

他の二人も顔に見覚えはあるから、クラスは違うが進学コースの子たちだろう。

この段階で拒否することは非常に難しい状態になった。他のみんなの目は、輝でさえ一緒に行くモードになっていたし、雰囲気を悪くするなという無言の圧力が、背負っているラケットバッグ以上の重みで、肩に背中に覆いかぶさってきている。同時に、切ない、あの西日を見つめるみんなの目がよみがえる。

花火を見終わった後、はたして家までたどり着けるのか心配だったが、ここはもう行くしかないと腹をくくる。

ぞろぞろと電車に乗り込み、神代さんたちと楽しそうに話し込む榊や松田、陽次とはちょっと離れて、俺は太一と輝と三人で反対側のドア寄りに立っていた。

いつもなら、踵（かかと）を上げて爪先立ちをしているのに、今日は、俺はべったりと踵をつけて立っていた。眠気がひどくて、たった五分でも電車の揺れに立ち向かう気力がなかったからだ。

バドミントンは、極端に言えば、試合の間ずっと踵以外の部分で動くスポーツだ。

これが科学的に意味のあることなのかわからないけれど、俺たちは無駄にはならないだろうと、電車では腰をおろすこともないし、ただ立つだけでなく爪先立ちで立っていることが習慣になっていた。

さすがに女子と談笑している松田たちは別だけど、太一や輝は今もそうしていた。

「水嶋、体調が悪いのか?」

そんな俺の足元を見て、太一が心配そうに尋ねてきた。

「いや、眠いだけ。それに俺、一番家が遠いじゃん。この疲労度だと、眠りこけて帰れるかどうか不安で」

俺のそんな言葉に、太一がどういうわけか満面の笑みを浮かべる。

「なら、僕ん家来いよ。ウチは父さんが車で迎えに来てくれることになってるから、一緒に乗っていけばいいよ」

太一のせっかくの言葉だけど、迷惑をかけるのは気が重かった。

「大丈夫だ。お前ん家も、家族水入らずは久しぶりなのに、邪魔したくないから」

「平気だよ。来いってば」

太一にしては、やけに粘っこい。

「水嶋くん、お言葉に甘えたらどうですか。もし気兼ねなら、うちに来ますか? 松田くんもしばらくうちに泊まるから」

輝が心配そうにそう言う。松田は、親父さんが今日から海外出張で、帰っても一人きりだから、輝が一緒に自主トレをしようと誘ったらしい。となると、最悪、ほぼ一人暮らしの松田の家に転がりこむ案もあったのだが、それは無理っぽい。

「ダメだよ。輝の家には何度も行ってるじゃん。うちに泊まれよ。大丈夫だって」

慣れている輝の家の方が気は楽だけど、それだと妙に熱心に誘ってくれる太一にも悪い気がした。

「うーん。じゃあ、電車降りたら、家に電話してみるよ。太一も家に聞いてみて。それで大丈夫だったら泊めてもらおうかな」

俺は、電車を降りてから家に電話を入れてみる。

電話口には里佳が出て、事情を説明したら、「お友達のお家さえいいとおっしゃっているなら、そうさせてもらいなさい。こっちは私が説明しておくから」と言った。「亮は、無意識に無理をしているんだよね。ゆっくり休んで元気に帰っていらっしゃい」と、優しい言葉までかけてくれた。何かいいことがあったのかもしれない。形だけでもお礼の返事をしようとしたら、電源が切れてしまった。

「僕の家も問題なし。なんかお前の母さんとすごく仲良くなったみたいで、ぜひ来てもらいなさいって大喜びだよ」

「そうか、けど、陽次も大丈夫かなあ」

「僕と陽次の意見が合わないことがあるのは、バドミントンのことだけだよ。それ以外いつも一緒だ」

「何のこと？」

　どういう地獄耳なのか、女子と話し込んでいた陽次が、俺たちの方に寄ってきた。

「水嶋がなんか疲れてるから、花火の後うちに泊まればって誘ったの。どうせ今日は父さんが車で迎えに来てくれることになってるじゃん」

「マジ？　やったあ。僕の部屋で寝ていいよ」

「無理。陽次の部屋、汚いから」

「まあね。けど、太一だってきれい好きなわけじゃないよ。彼女が来ても大丈夫なように、いつも僕よりちょっときれいにしてるだけだから。とにかく大歓迎だよ」

　陽次はそう言い残すと、また少し前を行く女子に追いつくように、早足で行ってしまった。

「本当に仲いいよね。あれで言い合いにならないなんて」

「言い合いになりそうなネタなんかなかったじゃん」

「部屋が汚いとか言われたら、本当にそうでも、偉そうになんだよってことにならない？」

「ならないよ。きっと水嶋の囲碁と同じだよ。何手も先が見えてるから」

　二人ほどにコミュニケーションのレベルが上がると、次に何を言うか結局どうなるかもわかるから、ずっと言い合ってもすぐにやめても、結果は同じだということらしい。

「本当に大事なことは、もっと粘っこく何度も言い合うけどね。わかっていても、もっとしっかりお互いに確認したいから。だからバドミントンのことだけは妥協しないし、けんかにもなる」

「なるほどね」

　駅から花火会場まではそれほど距離はないけれど、神代さんが、とっておきのビューポイントがあるからと言って、俺たちを人ごみからは少し離れた、今は使われていないリゾートホテルに連れて行ってくれた。地元の人には有名なのか、それでも思ったより人は集まっていたけれど、輝と松田以外のラケットバッグを背負ったままのメンバーには、この程度の人ごみの方がありがたかった。

「昔は、花火の日はここも満室だったんだけど、一昨年の冬にやめちゃったんだ。けど、花火の日だけは、自由に使って下さいって、ホテルのオーナーが地域の人にお庭を開放してくれるの」

　少し前までそのあたりに住んでいたという神代さんがそう教えてくれた。こういう時は本当に役に立つ榊と松田が、女子の分も、飲み物を仕入れてきた。

　おそらく、これが最初で最後の、バドミントン以外の夏休みの思い出になるんだろうな。

　俺はそんなことを考えながら、少し向こうの、空に浮かび海に映る、華やかで儚い花火を堪能した。

　その後、ツインズと俺以外は、もう少しゆっくり神代さんたちと話をしてから帰るということになり、俺はツインズのお父さんの車に乗せてもらって、先に、とりあえずの家路についた。

太一の言ったとおり、俺は東山家で大歓待を受けた。ツインズのお母さんは、俺の母親と相当に仲が良くなったらしく、里佳や俺の情報を驚くほどよく仕入れていた。ツインズのところは美容師でうちは化粧品会社勤めだから、共通の話題も多いのかもしれない。

お父さんも、とても愛想のいい穏やかな人で、初対面なのに気さくに色々話しかけてくれた。ツインズが中学から活躍しているからなのか、二人はバドミントンにも詳しく、ツインズの試合の分析も、正確で専門的でとても驚いた。元気だったら、もっと話し込みたかったぐらいだが、もはや眠気には勝てなかった。

次から次へと出てくるデザート攻めを三人でなんとか乗り切った後、風呂を借りて、もう一度シャワーを浴びた。それから、とりあえず三人で太一の部屋に落ち着く。

太一の部屋には二段ベッドがあり、そのすぐ隣に俺が寝るはずの布団がすでに敷いてあった。

「ちょっと前まで、二人一緒の部屋だったんだ。けど、母さんが、僕たちが仲良すぎるって変な心配をして、無理やり部屋を分けちゃったんだ」

「このベッドは、その名残っていうわけ」

「だからってベッドまで新しくするのはもったいないから、僕はそのまま一人で二段ベッドを使ってるんだ」

相変わらず息の合った掛け合いだ。俺は邪魔しないように、無言で頷く。

「兄弟仲が良すぎるって心配するのって変だろ？」

確かに。

「母さんはさ、自分の仕事が忙しくて僕たちを二人にしすぎたせいで、僕たちに友達ができないって思ってるんだ」

「僕たちは友達がいないわけじゃない。共通の友達もいるし、それぞれの友達もいる。太一には彼女もいる」

俺よりずっと充実した青春だ。うらやましいぐらいだ。

「けど、部活中心だから、時間的にも体力的にも、そうそう友達と遊んでる時間なんてないじゃん」

そこは、俺も大きく頷く。

「なのに、友達の一人も連れて来ない。友達と遊びに行かないって、うるさいのなんのって」

「わけわかんないよ。もし部活やってなくてさあ、毎日友達とブラブラ遊んでいたら、絶対怒るくせに」

「親って、心配事見つける天才だよな」

「けど、今日の母さん、嬉しそうだったよね。水嶋が来てくれてほんと良かったよ」

太一が、あそこまで粘り強く俺を家に誘ってくれたわけはよくわかった。

わかったから、寝かせてくれ。

悪い、もうダメだ。太一によれば、俺は最後にそう言ったらしい。翌日、目が覚めたらなんと午後二時を過ぎていた。

当然ツインズの両親もとっくに仕事に出かけた後で、泊めてもらったお礼も用意してもらった朝食兼昼食のお礼も言うことができず、本当に申し訳ない気持ちでいっぱいになる。けれど、言い訳するようだが、ツインズは俺より遅くまで寝ていたし、他の奴らも後で聞いたら、夕方近くまでぐっすり眠っていたと言っていた。つまり、合宿後というのは、こういうものなんだということだ。

俺はツインズの家の最寄りの平塚駅まで二人に送ってもらい、昨日よりはずいぶん軽い足取りで本来の家路についた。

五時過ぎに家にたどり着くと、リビングで里佳がノートパソコンで何やら作業をしていた。里佳は大学に行ってから、なおさら勉学に励むようになり、家にいる時もこんなふうにパソコンの前で、調べ物をしたりレポートを書いていることが多い。

ただ自分の部屋ではなくリビングに居る時は、たいてい、戻ってくる家族、特に俺に用事がある時だ。

「ただいま」

「おかえり。ちゃんとお礼言ってきた？」

やっぱり。こういうチェックが入るわけか。

「二時過ぎまで寝てて、起きたらおばさんもおじさんもいなかったから」

「じゃあ、お礼状書きなさい」

お礼状？　生まれてこの方、そんなものを書いたことはない。だけど逆らったって無駄だ。ここは素直に頷いた方が利口だ。ツインズの家でゆっくり寝かせてもらったおかげで、その程度には、合宿疲れでへとへとの俺の頭も働いている。

「わかった。後で書いておくよ」

そう言って、脇をすり抜けようとしたら、里佳は、にっこり笑ってこう言う。

「今、ここで書きなさい。葉書はそこの一番上の引き出しにあるからとってきて。気持ちだけ書けばいいように、涼しげな絵柄、適当にネットからとって印刷してあげるよ」

やっぱり、敵は俺よりかなり上手だ。

面倒だ。脳はそう思っているのに、体は葉書をとりにいく。

里佳は、手早く葉書の裏に、夏柄の絵を印刷してくれた。

「バドミントン、強くなりたいんでしょう？　どんなことでも、強くなって階段を上がって行くと、自分より年齢も能力もずっと上の人と出会っていく機会が増えるんだよ。そうなると挨拶は必需品でしょう？　挨拶は、こんにちはとさようならだけじゃないんだよ。むしろ、感謝の気持ち、ありがとうございますを伝えることの方が大事なことなのよ。面倒がらないで、ちゃんとやりなさい」

里佳の言うことはわかる。けど、家にお袋が二人いるようで、ちょっとうざい。

俺は無言で、ネットで検索した例文を参考に一宿一飯の恩義を文字にした。

「書けたら、明日中に出してね。早くやらないと、そういうの意味ないから」

いちいちうるさい。わかってるよ。言わないけど。

「それから」

まだあるのかよ。

「冷蔵庫に、亮の好きな、ノリコのチーズケーキ、買っておいたから」

おおっ、急にテンションが上がった。けど照れくさかったので、「ああ」とだけ答えて、着替えのため自分の部屋に戻る。

あれだけたっぷり寝たのに、夕食を食べチーズケーキを二個も食べた後で、またぐっすり夢も見ずに眠った。

地獄の合宿の後、とはそういうものなんだと思う。


インターハイの後、大学からスカウトの来ている本郷さん以外の三年生は、受験勉強のために部活を引退した。それに伴い、部長も、本郷さんから横川さんに正式にバトンタッチされた。

もう一つ、夏休みの間に、横浜湊のバドミントン部には大きな変化があった。

合宿あけの最初の練習日に、横川さんが、公式戦ではダブルスに専念したい、と申し出たことだ。海老原先生もそれを了承した。海老原先生は、すでに横川さんのその決心には気がついていた感もあったけれど、俺たちには青天の霹靂だった。

　確かに、前回のインターハイ県予選シングルスでは決勝に残れなかったけれど、他の大会では遊佐さんの決勝の相手が横川さんだったことの方が多い。それに、遊佐さん以外の県でのライバルとも言える岡崎と有村はこの夏で引退する。横川さんには、遊佐さんのほか当面の敵はいないはずだった。

　当然、練習終わりに、俺たちは横川さんに理由を尋ねる。

　男所帯の部室のあちこちに消臭剤をふりまいてから、俺たちは横川さんを取り囲むように座る。

「なんだか、怖いね」

　横川さんがそう言って笑う。

「僕たち、できれば横川さんには、シングルスを続けて欲しいです。身近な目標だし、横浜湊にとっても大事な戦力です」

　輝が、代表してそう言った。

　こういう時は、輝にまかせておくのが一番だ。話が理路整然としているだけじゃなく、相手が話しやすくなる雰囲気を上手に作るからだ。これが松田だと、同じように頭のいい話し方をしているのに、シニカルな口ぶりのせいか相手に壁を作らせてしまう。他のメンバーは俺を含め、話がわき道へどんどん外れていって、最後には何の話をしていたのかわからなくなるので、論外だ。

「遊佐の弱点、知ってるか？」

横川さんの言葉に、俺たちは首を傾げる。

遊佐さんのプレーに大きな弱点は見当たらない。もちろん、ちょっとしたミスや欠点は誰にでもあるけれど、遊佐さんは、日々の練習の中で丁寧にそれらを克服してきていた。

自分より強い者がいない環境で、これを続けるのはとても大変なことだ。

「わかりません」

しばらく考えてから、輝がそう答える。

「遊佐先輩には、大きな穴はないっす」

榊もそう答えた。

「あるよ。……まあダブルスに限るけど、あいつの最大の弱点は俺だ」と、横川さんは言った。

確かにダブルスは、力の劣る方、調子の悪い方、何かしら相手ペアの弱点を狙うのが鉄則だ。

実力がそうかけ離れていない限り、どれだけ冷静に弱点を判断し、どれほど冷酷にプレーするかで勝敗が決まる。

「けど、先輩たちのダブルスは、本当に息が合っていて凄いと思います。僕たち、何度も試合やってますけど、横川先輩を狙えば勝てるなんて思ったことは一度もないです」

太一がそう言い、陽次も力強く頷く。横川さんは、少し照れたような笑みを浮かべた。

よその学校の対戦相手は、遊佐賢人というブランドに目がくらみ簡単に横川さんを狙うけれど、身近にいる俺たちは、遊佐さんとの技術力の差を埋めるための、横川さんの粘り強さというかしぶとさをよく知っている。それに横川さんを狙うと、次のターンで遊佐さんがパワー倍増になるので、余計にやっかいだということもわかっている。

「俺、一年のインハイの直後、足のくるぶしを骨折して、一ヶ月半、試合はもちろんろくな練習もできなかったんだ。遊佐とは、ダブルスを組んでまだ間がなかった。だから、パートナーを替えたって、それほど大きな影響は出ないはずだった。なのに、遊佐は他の誰ともダブルスは組まなかった。シングルスの試合にしか出なかったんだ」

「公式戦でも？　海老原先生もＯＫしたんですか？」

「全国私学大会もシングルスだけしか出なかった。海老原先生は、俺が心苦しくて、他の誰かとせめて団体戦だけでも組ませて出して下さいって頼んだら、遊佐の好きにさせてやれって笑ったんだ。その代わり、お前は練習でも試合でも遊佐のプレイをじっくり見て考えろ。ケガが治ったら何から始めればいいのか？　お前たちのダブルスに、今一番必要なものは何か？　一等賞にはどうしたら手がとどくのか？　まず遊佐の弱点を探せって俺に言った」

横川さんは、毎日練習にも夏合宿にも参加して、試合も欠かさず見て遊佐さんのプレーをじっくり観察したそうだ。

そして、出した結論が、遊佐さんの弱点は自分だということらしい。

遊佐さんも日々の練習では、誰とでもパートナーを組んでコートに入る。けれど、誰と組んでいても狙われるのは組んだ相手なので、どうしてもその時々のパートナーをフォローするような場面が目立つ。

チームの中での練習なら、それでも圧倒的な力の差で、長いラリーになる前に点が入るけれど、これが公式戦で同じほど強い相手なら、致命的な弱点になる。

いくら遊佐さんでも、体力には限界があるからだ。

「で、俺は、考えたわけだ。遊佐の弱点を埋めるためにできることを。それは、俺が今よりもっと強く、というよりはタフになること、そしてある意味遊佐をコントロールできるほど賢くなること、だと思った」

俺たちは頷く。

それから、横川さんは、練習を見ているだけじゃなくて、足に負担をかけないトレーニングを、海老原先生やOBで本職の合間に部の専属トレーナーをしてくれている福山さんに相談してメニューを組んでもらい、始めたそうだ。

「腕立てだけでも何パターンもやったぜ。マジきつかった。それに、もう少し回復してからやり始めた体幹トレーニングな、あれ、地味でつまんない上にすっごく辛いんだ。おかげで、今があるんだけどな」

横川さんは笑いながら、高校生とは信じがたい腕の筋肉を、俺たちの目の前に突き出した。遊佐さんの足の筋肉のつき方も半端じゃないけど、横川さんの腕も強烈だ。

辛いリハビリの後、初めてコートで向き合った相手は遊佐さんだったそうだ。

「俺の、練習始めの一発目のスマッシュを返してきた遊佐の嬉しそうな顔、忘れない。ゲームはもちろん負けたけど、遊佐は、お前マジ凄い、なんで全然打ってなかったのに、前より速くて重いスマッシュ打っちゃうかな、そう言ってくれた」

俺たちには当たり前の、あの手首にズシッとこたえる横川さんのスマッシュが、リハビリの間に培われたなんて、本当に驚いた。

「俺自身も嬉しかったよ。自分が一回り成長できたこと実感したし」

「なら、なおさら、シングルスでも手ごたえがあったはずでしょう？」

「もちろんそうだ。初めのうちは、俺も、シングルスでも、もっと上に行ける。行ってみせるって思ってた」

横川さんは、のどが渇いたのか、もう空になったペットボトルに手を伸ばす。陽次がそれを見て、自販機に走る。

「最近、部室、どんどんきれいになってきてない？」

陽次が出て行ったドアのあたりからグルッと部室を見回して横川さんがつぶやく。

「俺たちで、マメに掃除してますから」

松田が答える。

「へえ」

「囲碁をするのに部室が汚いと、まずい気がして」

「囲碁？」

「はい。一年のはやりなんです。水嶋がすごく強くて、みんなで教えてもらったら、結構、これが面白くて」

太一はそんなふうに言ったけれど、まがりなりにもなんとか対局できるのは、松田と輝ぐらいで、ツインズはもっぱら五目並べに専念している。榊は、まだ結構な数の置石が必要だが、意外に勉強熱心で、時間があれば自分で買った囲碁の本を読んでいたりする。

「お前ら、やっぱなんか変わってるな。でも部室がきれいなのはいい」

確かに、バドミントン部の部室で囲碁はないな、と俺は苦笑する。

陽次が、ペットボトルを握り締めてダッシュで戻ってきた。新しい冷えた水を口に含んでから横川さんは、また話し出した。

「遊佐とずっと組んでいるからわかるんだ。シングルスではあそこまでは絶対に行けないって」

口々に何かを言いかけた俺たちを横川さんは、右手で制した。

「努力とか根性だけでは、無理なんだよ。頑張るってことは大事だ。でも潔さも時には必要だ。水嶋ならわかるんじゃない？」

俺はまた苦笑する。

俺自身は、潔さだけが突出していて、たぶん横川さんの半分も、努力も根性も見せていないからだ。

「けどな、ダブルスなら一等賞になれる。遊佐のおかげでなれるわけじゃない。あいつをカバーし、助け、時には引っ張っていくこともできる。俺にはその自信がある。この間の関東大会でも、遊佐には俺の力が必要だって、実感できた」

　勝っても、勝っても、次にはもっと強い相手がやってくる。一瞬の達成感はすぐに次への不安に変わる。それを乗り越えて次の高みに行くために、自分の力を冷静に判断して、ダブルスに専念することにしたのだと、横川さんは言った。

「でも、シングルスのランキング戦にも出るよ。俺を倒して、お前たちは堂々とメンバーになれ。俺なんかいなくても横浜湊は最強だって見せてくれ」と話を締めくくった。

第五章　初めての戦い

　夏休みが終わると、すぐに、新人戦が始まる。九月、十月に地区予選を戦い、十一月に県大会が行われる。いつもなら横浜湊を先頭に立って引っ張っていく遊佐さんと横川さんは、同時期に行われるＪＯＣジュニアオリンピックカップや国体に参加することになっている。やりくりすれば出場はできるはずだが、海老原先生は二人の体調管理のことも考えて、他のメンバーでここを乗り切ることを決めた。

　なので、いつもどおりランキング戦を行い、二人を除いた上位陣が新人戦のメンバーに選ばれた。

　結果として、横浜湊は、一年主体のメンバーで戦うことになった。これはツインズ以外の一年にとっては、合宿中には考えたこともないほどの大きな出来事だった。

　二ヶ月にわたって、ほとんど毎週末、公式戦がある。そしてその試合のコートに立つのは自分たちだ。こんな状況にテンションが上がらないわけがない。いつもの練習にも、一段と気合が入った。

　俺たちは個人戦、団体戦、ともに地区予選をなんなく突破していった。それだけの力を半年でつけてきたということを実感でき、それがまたさらに次のステップへのいい自信になった。

県大会は、まず個人戦のシングルスから始まる。

どんな大会でも、横浜湊の最終目標は団体優勝だ。そのためにも個人戦はとても大切な試金石になり、そこで出した結果は、団体戦での相手へのプレッシャーにもなる。

個人戦に出場した俺と松田は、それぞれの試合を懸命に戦った。言葉で何を確認し合ったわけではないが、決勝で顔を合わそう、それが共通の想いだったはずだ。

とはいえ、本当に、同校同士しかも一年の俺と松田が決勝のコートに立てるとは、本人たちも含め誰も想像していなかった。

隣のコートで、他の試合をやっていない。会場の視線は全て自分たちに注がれている。そんな状況でコートに立つのは初めてだった。俺は味わったことのない緊張感が、体全体に広がっていくのを感じる。

俺の基礎打ちの相手は、当然、榊だ。松田の相手は、今回の団体メンバーの一人でもある、副部長の田村さんがやっている。ここだけを見れば、普段の練習とさして変わらない風景だった。そのおかげで、徐々に緊張感は薄れていった。

松田とは、ゲーム練習やランキング戦では何度も戦っている。

彼のバドミントンは、基本に忠実な技術力に支えられた、スマートなプレーが特徴だ。

パワー勝負を挑んできたり、予想を裏切るようなフェイクプレーで惑わしてくることは少ない。正確なコントロールと緩急を使い分けた配球で、相手のリズムを崩していくことが多かった。

初めの頃はまったく歯が立たなかったけれど、最近は、校内の試合では五分五分になっていた。地区予選では松田が優勝、俺は二位に甘んじたけれど、今度はリベンジしてやると、松田との決勝戦が決まった時点で、俺は固く決心していた。

松田は、技術的には俺よりまだ上かもしれないけれど、持続力ではこっちが上回っている。パワーはいい勝負というか、二人ともさらなる鍛錬の必要ありというところだ。

つまり、試合が長引くと、こちらが有利になるはずだった。

「理想を言えば、次の自分の動作が楽になる配球をするべきだけど、今の水嶋くんと松田くんの技術力を比較すれば、それはかなり難しいです。なので、水嶋くんは、想定の範囲を広め、慌てずラリーを続けること。松田くんは、シングルスプレーヤーにはめずらしくドライブが得意です。けれど、絶対にそれに合わせないで欲しい。シングルスでそういうやり方をしたらカウンターをくらう確率が高いでしょう？　緩急を打ち分けて、松田くんのリズムを崩すんです。こちらがエースを決めるというより、向こうにミスしてもらい、甘い球を狙って決めさせてもらう作戦です」

これが、今日の俺の参謀、輝からのアドバイスだった。俺は首を傾げる。

「それって、松田の得意なバドミントンだよね」

「そのとおりです。今日、松田くんは、もう一人の自分と戦うことになります」

輝は、すました顔でそう答える。

バドミントンは、ネットを制するものが試合を制す、と言われている。そして俺はネット際のプレーが好きだし、得意でもある。けれど、今日の試合では、俺自身のバドミントンは封印して中盤を大事にして勝負ということらしい。

俺は輝に、素直に従うことにした。

同校同士の戦いの時、今までなら海老原先生は中立を守り、どちらのベンチにも入らず、当然、どちらにもアドバイスを与えなかった。

けれど、今日、松田には海老原先生がついている。輝が志願して俺についてくれたからだ。輝のためにも負けるわけにはいかない。

応援席には、横浜湊の先輩たちも来てくれている。だけど、同校同士の戦いなので、やはり静かに見守るというスタンスだった。


ファーストゲーム、ラブオール、プレー。

1点をとられ1点を返す。俺が輝の指示どおり粘りに粘ったせいで、激しくはないが長いラリーが何度も繰り返される。点差がつかないまま、10－11で、インターバルは松田にとられた。けれど、俺にあせりは全くない。中盤でのミスがほとんどなかったし、松田の運動量を増やすことにも成功し始めていたからだ。

互いのシャトルを打つ音と、ステップを踏むシューズの音だけが、体育館に響いている。

そんな状況が心地よくて、気づけば、1点をとるたびに、気合の声をあげている自分がいた。

ファーストゲーム、どちらがとるかはわからない。けれど、とられたとしても、ギリギリまで粘って、松田の体力を奪ってやる。俺はそう決心していた。

21－23、結局、ファーストゲームは松田にとられてしまう。

「次のゲームで松田くんが勝負を急ぎ出しても、つられないで下さい。コートを広く使って丁寧に配球すること、体を動かして、水嶋くんのリズムで試合を運んでいくことが大切です」

輝のアドバイスに俺は大きく頷いて、先にコートに戻る。軽くジャンプをして、心身の軽さを確かめてみる。大丈夫、まだまだいける。

「集中」と、榊が俺の背中に声をかけ、「次もいけるよ」と、田村さんが松田の背中に声をかけた。

セカンドゲームが始まる。

相手コートに立つ松田の額には、もう汗が噴き出していた。クールな表情を装っているけれど、それほど余裕がないことは、その汗とラケットを握る手の力み具合でわかる。

輝の言ったとおり、すぐに松田が勝負を急ぎ出す。力のこもったジャンプスマッシュや切れのいいドライブを、ゲームの序盤から、立て続けに何度もこちらのコートに打ち込んできた。

これは、諸刃の剣だ。決まればいいけれど、拾われれば、次の動作に移るタイミングが遅れるので、主導権を相手に渡してしまう。その上、後に残るメンタルのダメージも大きい。

　いつも一緒に練習をしている俺には、お互いさまではあるが、松田の打ってくるコースを読むことは比較的容易だ。多少速さやパワーがあっても、遊佐さんや横川さんと何度も練習試合を繰り返している俺には、コースさえ読めれば、松田のショットを返すことはそう難しくない。

　松田だって、そのことは十分わかっているはずだ。わかっていても、このゲームで決めてしまいたいという、あせりにも似た気持ちには勝てないのかもしれない。松田のプレーに煽られず自分のリズムを守り続けた俺が、今度は先にインターバルをとった。

　輝からのアドバイスは、「この調子で」という短いものだった。俺は頷くと、水分の補給とアイシングで次に備える。

　インターバルの後、序盤のハイペースがたたったのか、松田の動きは極端に悪くなってきた。それでもというか、そのせいで余計にパワー勝負にこだわったため、ラケットが下がり、ホームポジションへの戻りも遅れがちになってきた。当然ミスも増える。

　松田のミスにつけこむように、俺は声を出し、リズミカルなステップ音を響かせ、神経戦にも勝利した。

　21－18。まずまずの点差で、俺はセカンドゲームをとった。

　勝負のファイナルゲームが始まる。

　海老原先生の適切なアドバイスを受けたのか、松田も、合間にカットやドロップを効果的におりこんでくるようになった。スマッシュが速い分、これはとても有効で、俺も当然翻弄される。

けれど、それは、こちらも同じだ。いや、こちらは、初めからそれを繰り返している。ファーストゲームと同じような展開になってきた。1点をとって1点をとられ、シーソーゲームが途中まで続いた。けれど、結局、それまでの無理な戦い方のせいで、松田の体力がもたなかった。そして、体力の消耗とともに気力も萎えたようだ。

いったんは立ち直ったのに、結局は自らのミスで崩れていった。長いラリーを制した後にサービスミスをしたり、なんでもないレシーブをネットにひっかけたりといったミスが重なり、徐々に点差が開いていく。

アウトだと確信して見送ったというより、反応できずに見送ったらインだった、という場面も何度かあった。そのたびに松田の表情を確かめたけれど、相変わらずのポーカーフェイスの中に、わずかにあきらめの色が見える気がした。

それでも俺は、最後まで気を緩めない。

松田の底力も知っているし、それに18点あたりから21点の最後まで、ここにラリーポイント制の怖さがあるとも思っている。点差が開いていても、ほんの少しの油断で瞬く間に逆転されるということを、何度も目にしたし、経験もしてきた。技術的に向こうが上なら、なおさらだ。

21−17、ファイナルゲームを制した俺は、新人戦とはいえ、初めて県で一等賞になった。

榊が、控えめに俺の肩とお尻をたたいて祝ってくれた。応援席の先輩たちは、俺と松田、両方に、「よく戦った、ナイスファイト」と拍手と声援を送ってくれていた。

個人戦、ダブルス。シングルスと同じように団体への想いを胸に秘め、太一と陽次、榊と俺の二組が出場した。

できれば、ダブルスでも、同校同士の決勝を望んでいた。けれど、俺と榊は、準決勝で法城高校の新しいエースダブルス、佐藤・天城に敗れ、決勝戦では心おきなく、いや悔しさ半分で、ツインズの応援に回った。

決勝戦は、東山ツインズの独壇場となった。

俺たちのリベンジも誓った太一と陽次は、「僕たちには二度と勝てないと思えるほど、完膚なきまでにたたきのめしてやる」などと、いつもは口にしないような大口をたたいてから、試合に臨んだ。

どうも、メンタルに弱みがあるということを気にして、自分たちのテンションを上げる作戦らしい。が、童顔の双子にそんなセリフをはかれても、さほど凄みもなく、俺たちはただ、「そうか。頑張れよ」とだけ答え二人を送り出した。

ファーストゲーム、最初のサービスから、太一は見ている俺たちが引くほど、攻撃的だった。陽次も、天城が様子見をするように返してきた球を、躊躇（ちゅうちょ）なく佐藤のボディめがけ強烈なスマッシュを打ち込む。

二人は、5点目まで、三打目には相手コートに渾身のショットをたたきこみ、相手に1点も与えなかった。

5－0から、太一がサービスをネットにかけてしまい、相手に1点が入った。いつもなら、どんなミスをしても、お互いに、大丈夫、大丈夫という感じで励まし合うのに、今日は、陽次が太一をキッと睨みつけていた。

「なんか、あいつら、メンタル強化の意味、間違えてない？」

「続かないよ、こんな試合運び」

榊と松田は、ため息交じりにそう話している。

でも、もしかしたら、このまま行っちゃうかも。俺はチラッとそう思っていた。

確かに強引すぎる試合運びだし、続けて5点を連取したのは、運が良かったともいえる。けれど、ツインズは、すでに大きな大会を何度も経験しているし、相手のペアは、それぞれ中学時代にシングルスでの実績はあるけれど、ダブルスを組んだのもレギュラーに入ってきたのもごく最近だ。

そのペアに負けてしまった俺が言うのもなんだけど、対戦していても、ダブルスとしての凄みはそれほど感じなかった。

それが証拠に、どんなコースに返せばいいのかわからなくなるほど、心身ともに互いのカバー力が並外れて広いツインズに、思うままのコースにリターンを打たされ、ダメージの大きいショットで彼らは何度もとどめを刺されている。

俺たちが負けたのは、今回に限って言えば、榊のミスが多すぎたせいだ。それも調子が上がってきて、ここから挽回、という時に凡ミスを重ねるので、ラリーポイント制では致命的な展開になってしまった。

そういうわけで、少なくとも、とりあえず勢いのあるファーストゲームはとるはずだと思って見守っていたら、俺の予想よりもさらに大差をつけ、ツインズは、結局八本でファーストゲームをもぎとった。

セカンドゲームに入っても、ツインズは、いっさい妥協せず、猛々しくゲームを進行していく。俺の感触では、いつもの三倍は声を出し合っていた。

「あれだけ点差が開いてんのに、なんで、あんなに声出してるんだ、あいつら？」

「バカも度を越すと、いっそ清々しいな」

松田のあきれたような言葉に、俺はこう言った。

「たぶん、太一も陽次も、変わりたいんじゃないかな」

「本物のバカに？」

ここは茶化すなよ、と松田が榊を睨む。自分だってバカって言ったくせにと、榊は拗ねて、そっぽを向いてしまう。

「あいつらは、中学の時の華々しい成績で、鳴り物入りで横浜湊に入って来ただろう？」

ずっと上海にいた松田には、その頃のツインズの凄さがピンとこないのかもしれない。

俺の言葉に頷いてはいるけれど、それほど熱心な同意ではないようだ。俺はちょっと誘うように榊を見たけれど、まだ機嫌を直す気にはなれない様子だった。

「けどそこには、遊佐・横川っていうとてつもなく高い壁があった。手本にしながらも、強くなってあの二人を乗り越えたいって、あいつらはいつも思っているはずだ」

「だけど、ランキング戦でのマジ勝負でも、遊佐さんたちから一ゲームはとれても、試合に勝ったことはないよな」

　松田が答える。

「今のままじゃ、この先も絶対に勝てないだろうな。あいつらには足りないものがある。それは、技術的なことや体力とかじゃなくて、精神的なものだってことは、あいつらが一番よくわかってる」

　そしてあの二人のことだ。それを日々話し合いなんとか克服しようと努力しもがいているはずだ。

「中学の時は勝つのが当たり前だったせいなのか、ツインズは、勝つことへの執着心が意外に弱いからな。あんなに強いのに、あいつらは、格下にだってひょっこり負けちゃう時があるもんなあ」

　榊がやっと会話に戻ってくる。

「自分たちの一勝がもっと確かだったら、横浜湊は、インターハイでも、もっと上まで行けたのにって何度も言ってた」

　俺の言葉に、今度は松田も熱心に頷く。

「確かにね。俺たちは応援してるだけだったけど、あいつらは遊佐さんたちと同じコートに立ってるから、余計そう感じるよな。遊佐さんたちが絶対に持ってくる二勝に、あと一つ加えられたらそれでどこにも負けないチームになるってことを、誰より実感しているはずだからな」

応援席からは、拍手が湧き感嘆の声があがるようになっていた。

通常、拮抗した激しいラリーが繰り返されるような場面でなければ、拍手や感嘆の声は湧かない。だけど、ツインズの最初からまったくぶれない闘争心には、見ている者を惹きつける凜とした強さがあって、それが、拍手や感嘆の声を生み出している気がした。

「バカみたいに見えるけど、俺と榊が勝てなかった相手に、あいつら、しょっぱなから全然試合させてないんだ。凄いよ」

「まあな。結局、最後まで来ちゃったもんな」

俺たちは会話を進めながらも、視線は一度もコートから外していない。

20－9、あと1点で、二人の勝ちが決まる。

「あと一本」

俺たちは声を揃える。

最後は、太一がコントロールした球を、陽次がジャンプスマッシュで相手の真ん中を気持ちよくスパッと抜いて、勝利を決めた。決勝戦とは思えないほどの圧勝だった。

相手が二度と勝てない、と思ったかどうかはわからないけれど。

いよいよ、正念場の団体戦が始まる。

いつだって、県、最大のライバルは法城高校。対戦表を確認すると、順当にいけば法城とは決勝戦で対戦することになる。遊佐さんと横川さんのいない横浜湊で、この強敵を倒すことができるのか。いや、その前に決勝まで勝ち進むことができるのか、そんな不安はもちろんある。しかし、個人戦での結果は、俺たちのメンタルを十分に引き上げてくれたし、仲間への信頼もいっそう深まっていた。

横浜湊は第一シードなので、初戦が二回戦になる。上がってきたのは、県立恵那山高校だった。

恵那山には、もちろん、静雄と博人がいる。博人はまだ試合には出られず応援にまわっているが、静雄は、すでに恵那山のエースだった。オーダー表には、ダブルスにもシングルスにもその名があった。

静雄と俺は、ずっとこんな日が来ることを願っていた。

学校が分かれても、俺たちはマメに連絡だけは取り合っていた。お互いの都合が合えば、地元のスポーツセンターで一緒に打つこともある。いつか公式戦で対戦できたらいいな、と何度話し合ったことだろう。

静雄が大きく成長したように、俺は俺で頑張った。ランキング戦を勝ち抜いて、今ここにいる。

その静雄と、公式戦で初めて対戦する。それは、二人の夢であり誓いでもあった。俺は、嬉しさ半分、奇妙な緊張感も感じていた。

そんな中、海老原先生は、試合前の基礎打ちを見て、「恵那山の左側、中野くんだったか、あれは右足を痛めているな」と、俺たちに言った。

俺は、えっと驚いた後で顔を伏せる。

「どうした？」

「あいつは、幼い頃からの親友で」

俺は顔を上げずに、そう答える。

「そうか」

少し間をおいてから、海老原先生はこう言った。

「どう戦うかは、お前たちで考えろ」

俺と榊は頷くしかなかった。

「水嶋、もし俺があいつなら、お前に痛めた足を狙われたら正直ムカつくと思う。けど、同情されて手加減されたら、通り越して悲しくなるだろうな」

榊は俺にそう言ってから、笑顔で続ける。

「けどさ、データどおりなら、普通はあっちの穴は高田だ。とりあえず、まんべんなくやって様子を見るっていうのはどうだ？」

俺は、公式戦で初めて相手側のコートに立っている静雄を見る。視線はどうしても足元にいく。一見したところ、静雄の足に問題があるのかどうかわからない。けれど、海老原先生がそう言うなら、間違いがないはずだ。

今まで、俺はどれほど静雄に助けられてきただろう。あいつとの、というかあいつとばかりの思い出がめまぐるしく俺の頭をめぐる。部活や勉強や、女の子のことでへこむたびに、静雄が一緒にへこみ一緒に立ち直ってくれた。

応援席には博人の顔も見えた。俺たちの姿を真剣な眼差しで見つめている。学校が分かれたって、俺の無二の親友は静雄だ。博人は大切な仲間だ。

なら、俺のやるべきことは、一つしかないはず。

「いや、最初から行く。俺たちがいつも5点マッチの試合を繰り返して練習しているのは、最初の5点がそれだけ大事だってことだろ？　いっさい手加減はしない」

「いいのか、それで？」

「ああ」

俺は、きっぱりと頷く。

バドミントンは、悪く言えば、冷酷で意地悪なスポーツだ。

人の嫌がるところに球を打ち込み、相手の集中力が切れるまで拾いまくり、だまし合い、弱点やミスを逃さず攻めたてる。

フェアじゃない、と感じる人もいるかもしれない。けれど、そうじゃないんだ。俺たちは、同じ事を相手にされても堂々と受けてたち、さらに冷酷にやり返す。厳しい練習を乗り越えてこその冷酷さだと、身をもって知っているからだ。

静雄だって、きっとわかってくれるはずだ。

「集中」

中学時代、静雄がかけてくれていた言葉を、今は榊が俺の背中にかけてくれる。

ファーストゲーム、ラブオールプレー。試練のゲームが始まった。

榊が、サービスレシーブの後、相手コートのネット前に切れのいいヘアピンを打ち、最初の主導権はこちらにきた。俺は、渾身のスマッシュで静雄の右の足元を狙った。

確かにいつもより動きが鈍かったけれど、俺のスマッシュを静雄はちゃんとリターンしてくる。

ローテーションで前に詰めていた榊も、遠慮なく静雄を狙った。

何度目かに、静雄も自分ばかりが狙われていることに気がついたらしい。

静雄は、俺を睨みつけた。かなりむかついていることは、その表情ですぐにわかった。けれど、静雄はその後で笑った。なんて言うか、ほう？　そう来るか。という感じの不敵な笑みだった。そっちがその気なら、こっちもやってやる。静雄の心の声が聞こえてくるようだった。

そこから、俺たちにとっては、まさに予想外の激闘を繰り広げることになった。

静雄は、足を痛めていることなど忘れたように、いつも以上にいい動きを見せた。その気迫につられたように、静雄のパートナーの高田も、驚くほどしぶとく球にくらいついてくる。

格下だから、そういうことで相手をなめていたわけじゃない。親友だから、と甘えを持ったり気を緩めていたつもりもない。でも、俺にも榊にも、静雄が足を痛めているということで、どこかに油断があったのかもしれない。

少しずつ俺たちのショットは精度を欠き、ローテーションではちぐはぐな動きが多くなり、途中からは、静雄を狙うどころか、俺たちが静雄たちに自分たちのぎこちなさという穴を狙われ続けた。

ファーストゲーム、19－21。

接戦とはいえ、ファーストゲームをとられてしまった。

惨めだった。情けなかった。ゲームをとられたことが悔しかったわけじゃない。自分自身の甘さが恥ずかしく、どんな状況であっても全力を尽くせなかったことが、全力以上の力でぶつかってきている静雄に対して恥ずかしかった。

「反対側を狙え」

海老原先生は、一ゲーム目の俺たちの不甲斐なさには一言も触れない。お前たちが一番よくわかっているはずだ、と先生の目は語っていた。

セカンドゲーム、ラブオール、プレー。

もう一ゲームも落とせない。俺たちには後がない。

「集中」

榊の声は、いつも以上に大きかった。絶対に取り返すのだと、榊の気迫が俺にも伝わってくる。

俺と榊は、阿吽の呼吸で、海老原先生のアドバイス通り高田を狙った。

一ゲーム目で俺たちに狙われ、自分の足の痛みを無視するように戦い続けていた静雄には、いつものように高田をカバーする力はないはずだ。

こちらがびっくりするほど、あっさりと、スマッシュ、ドライブ、プッシュが次々と決まっていった。

だけど、俺も榊も、一瞬たりとも気を抜くことはなかった。全力で、最後の1点をもぎとるまで、相手を見据え、球を追い続けた。

21－12。二ゲーム目を取り返した。

絶対に負けない。

勝って、ずっと強くなった自分を見せることでしか、痛みをこらえ全身全霊で俺たちに立ち向かってきている静雄に、返せるものがない。短いインターバルの間に、俺と榊の視線は同じ想いを分かち合い、闘志を与え合った。

けれど、こちらが思うほど、静雄はあっさりとゲームを手放してはくれなかった。

静雄は最後まで、点差のことなど全く気にしていないように、点差などないように試合を続けた。どんな小さな隙でも見せてしまえばやられる、そんな怖さが相手コートの静雄にはあった。

同じチームで助け合っていた、地元のコートで一緒に練習で打ち合っている静雄の姿はそこにない。静雄は、強力なライバルとして俺の前に立っていた。

俺は、何にもわかっていなかった。コートで戦うことの凄みをなめていた。

甘かった自分たちに対して、俺も榊も何度も気合の声をあげ、視線でプレーで互いを鼓舞し続けた。

ファイナルゲーム、20－13までできた。それでも静雄たちは粘りに粘って、こちらのわずかな判断ミスにつけこみ、ネットにからみそうなヘアピンを繰り出し、その1点をきっかけに4点を連取してきた。

静雄は、最後まで、一本、もう一本と、あきらめずに先輩である高田に声をかけている。あと1点がもぎとれずいらいらしたのは、むしろこっちだった。

最後の1点は、結局、榊の気迫に押された高田の苦し紛れのクリアーがアウトになったことで、やっとこちらの手に入った。

勝った瞬間、榊の大きな安堵のため息を、俺は背中で聞いた。

もし、これがシングルスの試合だったら、まっすぐで諦めない榊がいなかったら、負けていたかもしれない。心の底からそう思った。

試合が終わった後、静雄は無表情だった。俺は、笑って握手を交わしてくれるとは思っていなかったけど、ここまで無表情にされるとも思っていなかった。

足を痛めた静雄を狙ったせいなのか、俺の不甲斐ない試合内容に対する怒りなのかはわからない。けれど、いつだって俺よりはずっと大人っぽい静雄からは想像できないその態度に、正直、俺は少しへこんだ。

「大丈夫か？」

榊が心配そうに、背中から声をかけてくれる。

「まあね」

俺は頼りなく頷く。

「たぶん、ツインズと松田が決めてくれるから、お前のここでのシングルスの出番はないだろうけど、今日は、もういっこ勝って、ベスト8まで決めないと駄目だから」

榊はそう言いながら、今ははっきりと足を引きずりながらコートを離れていく静雄の後ろ姿を、俺と一緒に見送った。

仲間を応援することで、俺は、胸の中のしこりや痛みを振り払うことにした。次の試合に持ち越しちゃだめだ。こんなことは、これから何度でも起こりえることだ。自分にそう言い聞かせながら。

仲間のいつもどおりの気迫あふれるプレーを応援することで、それなりに気持ちの切り替えもでき、恵那山もストレートで下し、三回戦も、問題なく勝ちをもぎとった。

着替えを終えて、会場校の体育館を後にした。校門のあたりには、恵那山高校のメンバーが固まっていて、中には静雄や博人の姿も見えた。

互いのチームメイトの目もあるので、今日のところは静かに通り過ぎようとしたら、

「亮、シカトはないだろ」と、意外にもにこやかな表情で、静雄が声をかけてきた。

「いや、あの、後でＬＩＮＥするよ」

静雄の試合直後の様子とはうって変わった態度に、俺は戸惑ってそう言った。

「今、目の前にいるのに、なんで、後でＬＩＮＥなんだよ」

そう言って、静雄が一歩前に出てきた。

「今日は、悪かった。卑怯なやり方だった」

俺は、静雄にそう言ってまず頭を下げる。

「卑怯？　ごく当たり前の戦法だったけど」

静雄は、なんでもないようにそう言った。

「えっ」

「俺だってああするし、今までにも何度もしてきた。俺なら、もし相手のケガや不調の原因が自分にあったとしても、やるね」

静雄はそう言ってから、ニッと笑う。

「静雄は、もっと容赦ないよ」

博人も笑いながら割り込んでくる。

「マジかよ」

「亮、強くなったな。たった半年でこんなに力をつけるなんて凄いよ。けど、静雄だって本当はもっと強いんだ」

博人は俺と静雄の顔を交互に見ながらそう言う。俺はわかってるよ、と博人に頷く。

「いや、マジ、亮は凄いよ。俺、本気のお前とやるの、めっちゃ楽しみだったし、やってる間、ずっと楽しかった。ただ、心残りなのは、本当なら万全の態勢でお前とやりたかったっていうこと。前の試合で、ちょっとてこずって、足がつっちゃって、あんな不甲斐ない展開になったこと、こっちこそ悪かったと思ってるよ」

「静雄、けど」

「もしかして、怒ってるって、思ってた？」

俺は、頷く。

「試合終わりに、お前、無表情すぎなんだよ」

博人が俺の代わりにそう言ってくれた。

「ごめん。痛みが半端じゃなかったんだよ。試合が終わったとたんに、気が抜けてもう限界で、笑う余裕なんてなかった。っていうか、あのあたりのことは、よく覚えてないんだ」

俺は、事情がわかって安心した。むしろ、そんなことぐらい察することができず、勝手にへこんでいた自分が恥ずかしかった。

そこへ、ゆったりとした歩調で海老原先生が近づいてきた。

「中野くんだったね。足の具合はどうですか？」

静雄は海老原先生にそう話しかけられて、石像のように体を固める。

「だ、大丈夫です。ちょっと、つっただけですから」

「そうか、良かった。君はとてもいい選手だ。もっともっと強くなれる。だけど、今のままではケガのリスクも高い。この子にはみっちりしこんであるから、ストレッチや体幹を鍛えるトレーニングのやり方を習うといいですよ」

海老原先生は、そう言って俺の肩をポンとたたいた。

「はい、ありがとうございます」

静雄があんまり深々と長い時間頭を下げていたので、顔を上げた時には、海老原先生の背中はかなり遠ざかっていた。

その姿を博人がにやにやしながら眺めていた。

先生が行ってしまったのを見計らったように、「あの、俺、水嶋の新しい親友の榊翔平」と、榊が突然後ろから俺と静雄の間に割り込んでくる。

「親友の親友は、親友ってことで、よろしくね」

俺は静雄たちに目配せをして、榊を無視する。了解した静雄や博人も知らん振りをしてくれた。

それでも、榊は、構ってもらえないことにめげることもなく、さらに深く暑苦しい体を入れてくる。仕方ないので、構ってやることにした。

「親友って、誰のこと?」

「親友、なめるんじゃねえ」

榊は、俺と静雄の息の合った言葉に口を「えっ」の字に開いたまま絶句し、あたふたと体を引き抜いた。

それを見て、静雄と博人が我慢できずに爆笑した。それで榊も、やっとからかわれていることがわかったらしく、照れくさそうに笑う。

「こいつ、俺の相棒で榊翔平、で、こっちが俺の親友で中野静雄と門田博人」

改めて俺は三人を紹介した。

「ねえ、水嶋、俺もこいつみたいに、お前のこと、亮って呼んでいい？」

榊は、静雄の肩を馴れ馴れしく抱いて言う。

「ダメに決まってるだろ」

静雄が、その手を振り払うように、俺の代わりに答える。

「なんでだよ」

「この世で、こいつを亮って呼んでもいいのは、俺と里佳さんだけなんだよ」

静雄のどこか偉そうな言葉に、榊は目を丸くする。

「そうだよ。俺だって遠慮してるんだから」

自分だって亮と呼んでいるくせに、博人が適当な嘘を付け足す。

「里佳さんって誰？　お前彼女いるの？　いないって言ってたよな」

いるともいないとも言ってない。お前が勝手にいないって決めつけていただけだ。まあ、いないけど、里佳は姉貴だし。

「美人だぞ、その辺のモデルや女優よりオーラあるから」

静雄、それはさすがに言いすぎだろ？

「マジ？　どこ校？」

「東大生」

静雄が誇らしげに答える。それも、ちょっと意味わかんないけど。

「東大？　それって年上ってこと？　水嶋、お前って、なんか静かに潜行して、突然派手に花火打ち上げるタイプだな」

姉貴だってば。俺が小さくつぶやいているのに榊はまったく耳に入らない様子で、駅までの道のり、ずっと「彼女か、いいなあ。やっぱ、青春は女子で始まり、女子で終わんなきゃな」などと、意味不明の戯言を連発していた。


静雄と戦った一週間後には、ベスト8に残ったチームで、新人戦の団体優勝への戦いが繰り広げられた。

最後の決勝戦で、俺たちは、ライバルの法城高校を破り優勝を決めた。

とはいえ、圧勝したツインズの第一ダブルス以外は、どの試合もファイナルにもつれこむ接戦で、二勝二敗、互いに譲らず第三シングルスの俺に全てが託された。

団体戦で勝たなければ、個人戦の活躍など無意味だ。試合前に遊佐さんから届いたLINEに、俺はなんとしても応えたかった。

けれど、俺も対戦相手の天城も、準々決勝、準決勝をこなし、決勝でも二ダブで死闘を繰り広げた後だった。体力に余裕はなく、コートに入った時点で、勝敗はもはや気力勝負というありさまだった。その状態でファイナルにもつれこんだので、最後は28点まで粘ったというか粘られたというのか、応援の声も途切れがちになるほどのグダグダぶりだった。

なんとか優勝は勝ち取ったけれど、遊佐さんと横川さんの確実な一勝のありがたみを、しみじみと感じた大会でもあった。

新人戦での頑張りへのご褒美というわけでもないだろうが、その直後、横浜湊高校バドミントン部に、初の女子マネージャーが、それもとびきりキュートな女子マネージャーが誕生した。

これは、男所帯のバドミントン部に小さくない波紋を広げた。

横浜湊高校は、つい三年前まで男子校だったせいか、女子生徒の人数が少なく、女子運動部も限られている。バドミントン部も、今はまだ男子部しかない。

女子マネージャーの櫻井花は、中学でバドミントンをやっていたらしい。中三の夏にアキレス腱断裂という大きな故障で、引退間近の時期であったこともありそのまま部活はやめたそうだ。

ところが、たまたま誘われて先日の新人戦の試合を観戦して、バドミントンへの情熱がまた甦ったらしい。競技はもうできないけれど、バドミントンが大好きなのでぜひマネージャーをやらせて欲しい、と海老原先生に直談判したそうだ。ちなみに彼女は、松田に言われて気づいたが俺たちのクラスメイトでもある。いや、それまで気づいていなかった俺への あの松田の白い眼ときたら。

先生は、女子に免疫のなさそうな俺たちのことが不安だったらしいが、櫻井の熱意に押され、輝とも相談した結果、彼女をマネージャーとして迎え入れた。

初日から、一部のメンバーは櫻井を「ハ〜ナちゃん」と馴れ馴れしく呼び、「可愛いね」を連発し、どう好意的に見ても、櫻井からは避けられていた。

正直言って俺は、なんか面倒だな、と最初は思っていた。

練習途中、今まで平気で体育館で汗まみれのシャツを着替えていたのに、櫻井がこっちを見ているわけでもないのに、なんだか気恥ずかしいというか、申し訳ないような気分になる。

真冬が近づき、夏にはサウナ状態だった体育館も、ずいぶん冷え込むようになってきた。

そんな中、ストップウォッチを持って寒そうに立っている姿を見れば、かわいそうだと思う反面、なにかと用事を作って櫻井の元に走る先輩も含めた部員にいらついたりもした。

限られた短い練習時間を大事にしたかった。本当に足がつったのか？　今コートを離れて平気なのか？　俺は何度かそう口にしかけたけれど、我慢した。俺ごときが何か言えば、冗談ではすまない気がした。部活内の雰囲気が悪くなるのは嫌だった。

しばらくすると、横川さんが、一枚の手書きポスターを部室に貼った。

「部活内恋愛モード禁止」

榊はそれを見て、やっぱりね、とつぶやいた。ちょっと舞い上がりすぎたな、と反省している先輩もいた。

そうなると、俺も彼らの気持ちがわからなくもない。

練習を休んだのはお盆と年末年始だけ。好きなブランドはヨネックスです、みたいな青春で満足なわけ？　正直そこまで部活に必死なのも引くわ、と部活をしていないクラスメイトにからかわれたこともある。

野球部やバレー部、それにバスケット部と、全国でも有名な部活のレギュラー陣はみな、ツインズや榊のように、揃ってスポーツコースにいる。進学コースにいる松田や俺は少し異質に感じられるのかもしれない。それでも松田は成績も優秀で女子の人気も高いリア充だからあまり気にならないようだが、俺に関してはなんでここにいるの？　という違和感を覚えるクラスメイトが多いようだ。

俺自身でさえ、中学時代からそのストイックともいえるバドミントン漬けの日々を切なく感じることもなくはない。

たとえ好きな女子ができたとしても、土曜も日曜も練習か試合でつぶれてしまう。デートの時間なんて、どうやりくりしてもとれない。アルバイトもできないし、おまけにバドミントンは、結構費用がかさむ。ガットはしょっちゅう切れるし、ラケットが折れたら、日頃遠征や大会で迷惑かけている親に、ちょっと言いだしにくい程度の金額が必要になる。

だから、なけなしのこづかいも、できるだけ大事に残しておく。そんなありさまじゃ、たとえデートにこぎつけたって、ジュース一杯おごるのがせいぜいだ。

そうやって俺自身も、中学時代、きっぱり振られた。

夢の国の遊園地に一緒に行けないからというのが理由だったと後で知って、しばらく落ち込んだ。静雄も同じようなことがあったし、きっと他にも似たような苦い思い出がある人もいるだろう。

あんな可愛い女子マネが健気に世話を焼いてくれたら、ちょっと浮かれてしまうのも無理はないのかもしれない。

「水嶋は余裕だね。里佳さんがいるから」

榊は、恨めしそうに俺を見る。だから姉貴だって。俺は小さなため息をつく。

「めげるな」

節約のため、ガット張り名人の筒井さんの指導の下、練習中に切れたガットを部室で張っていた松田が、なぐさめるように榊の肩をたたく。

「はあ」

榊は、ため息交じりの声を出す。

「お前の水嶋への愛は確かに部活内恋愛だけど、片想いだってみんな知ってるから、大目に見てくれるって」

「またそれかよ。なら、そこの双子は相思相愛じゃん。禁止だ、禁止」

榊の意味不明の反論に、「八つ当たりするなよ」と太一が、榊のお尻をシャトルケースで軽くたたく。

仲間の軽口の応酬を聞いていた俺は、気づけば、こんな言葉を吐いていた。

「俺さあ、けど今、結構、上等な時間を送れてると思ってるよ」

他のみんなも、まあそれはそうだなと頷いていたくせに、すぐに、「カッコつけてんじゃないよ」と息の合ったつっこみが、筒井さんも含めいっせいに飛んできた。


翌日からも相変わらず、「ハ～ナちゃん」と馴れ馴れしく呼びかけている者はいたけれど、誰も不必要にマネージャーに頼ることはなくなった。

櫻井も、部室にあんなポスターが貼られたことを知っているのかどうかわからないけど、毎日まじめに自分の仕事に取り組み、徐々に、そこにいることが当たり前になってきた。

だから、部活終わりに、俺は心底驚いた。

「水嶋くんが好き」だなんて、櫻井に、突然ストレートに告られて。

いつものように仲間と一緒に駅に着いたら、どういうわけか定期が見つからなくて、慌てて部室まで走って戻った。自分のラケットバッグを置いていたあたりを捜していると、櫻井がやって来て、俺の定期入れをヒラヒラさせて「これ、捜してる？」と尋ねた。

櫻井が部室に顔を出すことはほとんどない。というか、以前よりはましになったとはいえ、消臭剤でも消えないほどの汗とカビの匂いがいつも漂っているし、上半身裸の男子がうようよいるので、来させるわけにはいかないっていうのが実情だ。だから、突然現れた櫻井に、俺は幽霊に出会ったように飛び上がって驚く。

　その上、首をひねりながら定期を受け取って駅までまた一気に走って戻ろうとしたら、スッと横に並ばれ、仕方なく歩調を合わせると、グラウンドの向こうを走りすぎていく赤と白の電車の姿が視界から消えぬ間に告られた。

「えっ？　何か言った？」

　俺は、とっさにどう反応していいかわからず、聞こえなかったふりをする。

「水嶋くんに憧れて、私、バドミントン部のマネージャーになったの」

　櫻井は、もう一度自分の想いを口にして、照れたのか少しうつむき加減になる。

　二度も同じことを言わせてしまって、申し訳ない気持ちになった。それと同時に、遊佐さんじゃなくて俺に憧れるなんて、蓼(たで)食う虫も好き好きとはよく言ったもんだと、他人事のように感心もした。

「でも、バドが大好きっていうのは本当。バドをやってる水嶋くんが好きっていうか。教室の水嶋くんって地味だけど、ラケットを持つと、スイッチが入ったみたいに活き活きとして、なのにどこかクールで。私、新人戦の水嶋くんを見て、一目ぼれしたの」

　嬉しいのかこれは？　教室の水嶋くんって地味だけど、その言葉だけが、どういうわけか耳にこだましている。

「新人戦、来てたの？」

「うん。団体戦を見にね。中学の部活仲間や先輩が結構出ていたから、色々と応援で」

「そうなんだ」

「ケガで部活やめてから、よけいに落ち込むから、バドのことは考えないようにしてたの。でも、久しぶりに試合を見て、やっぱりバドミントンっていいなあって改めて思った」

　そう言ってから、櫻井は俺を見上げるように見つめた。

「その上、めちゃくちゃ格好いいプレーをしてる水嶋くんを見つけて、同じクラスのあの水嶋くんだってわかって、本当にびっくりした。バド部っていつもインターハイに行ってるから、スポーツコースにみんないるもんだって、勝手に思ってたから」

　ありがとうと、言うべきか？　けどそう言うと、ＯＫしたことになる？

「松田だって、同じクラスだよ」

　思っていることと別の言葉を口にするのは、里佳とのやりとりで慣れていた。

「そうなんだけど、私、水嶋くんの準々決勝の試合の後、友達の試合を見に行っちゃって、マネージャーになってから、松田くんもバド部にいるって気がついたの」

　すまない、松田。なぜだか俺は、心の中で松田に謝った。

「水嶋くん、私と付き合ってもらえないかな？」

　今日のというか、今の櫻井は、練習中はたいていポニーテールにしている髪をストレートにおろしていて、前髪を可愛らしいピンで留めていた。首には、学校指定のエンジ色のマフラーを巻いていて、その色は櫻井にとても似合っていた。いつも体育館で汗にまみれているから気がつかなかったけれど、そういえば、昨日からもう十二月だった。風もずいぶん冷たくなってきた。だけど、それにしては櫻井のスカート丈はいつもより短めな気もした。ちょっと寒そうだったけれど、長くてスラッとした足がより強調されている。

制服よりジャージ姿の方を最近は見慣れていたので、俺は、櫻井のいつもよりかなり女子度の高いその姿にドギマギする。

ただでも女子とのコミュニケーションは苦手で、こんな状況でこうもストレートに告白されたら、思わず流れのままに、よろしくお願いします、と頭を下げそうになり慌てる。

「今日、髪型、いつもと違うね」

とりあえず、ワンクッションおいてみる。

「似合わないかな?」

「いや」

似合ってるよ。とっても。

それで? という感じの目で櫻井は、また俺を見上げた。ワンクッションの意味はほとんどなかった。仕方ない。ここは正面突破だな。

「うちの部、部活内恋愛禁止だろ?」

「それは、たぶん、建前だと思うけど」

「そ、そうかな?」

「張り紙にだって、恋愛モードって書いてあるし。部活でベタベタしなきゃ大丈夫って、部長もそう言ってたから」

　部長も言ってた？

「私が水嶋くんを想っていることを部長は知ってる、というか視線とかでばれちゃって、相談にのってもらったりもしたから。水嶋くんへの想いとマネージャー業のバランスをどうとればいいのかとかね」

　そういうことか。横川さん、さすがに鋭いな。だとすると、恋愛ではなく恋愛モードという言葉のチョイスは、もしかしたら、櫻井のための横川さんの思いやりなのかもしれない。

　こういうことは、すぐに返事をするものなのか、それともよく考えるために先延ばしにするものなのか、俺にはよくわからない。櫻井の告白があまりにも突然だったので、俺はいったいたい自分がどうしたいのかもわからない。

　黙りこんだ俺を見て、櫻井が苦笑いをする。

「やっぱり、他に好きな人がいるの？　榊くんは、水嶋には年上の彼女がいるって言ってたけど」

　榊のおしゃべり。しかも情報、間違ってるし。

「いや、そういうのはない。榊は俺の姉貴を彼女と誤解してるんだ。面倒くさいから、そのままにしてるだけ」

「そうなんだ」

櫻井は、ホッとしたような笑みを浮かべる。けれど、すぐにまた不安そうな表情になった。

「でも、それならなんでそんなに困った顔しているの?」

しっかりしろ。ここはちゃんと対処しなきゃ、明日からの部活に多大な影響を及ぼす。俺一人の問題じゃない。他のみんなにとっても、櫻井は大切なマネージャーなんだ。俺の不用意な一言で、退部なんてことになったら非常にまずい。かといって、気まずいまま居残られても、やっぱり困る。

俺は、今の俺の、櫻井に対するというより、バドミントンに対する想いを正直に話すことにした。

「俺、もっともっと強くなりたいんだ。ここへ来てから、毎日それればっかり考えている」

「うん」

「だから、女子のことは、今はいいかなって思うんだ。彼女がいた方が励みになるって奴もいると思う。バドだけ頑張ってるのって、ちょっとダサイのかもって心配になることもある。けど、やっぱり、バドが好きだから、何より好きだから、今はバドに集中したいんだ」

櫻井は、黙ったまま頷く。

「それに、バカだって思うかもしんないけど、なんか怖いんだ」

「怖いって何が?」

そんな潤んだ瞳で見上げられたら、余計にドキドキしちゃうな。俺は、邪な想いを吐き出すように、一度深呼吸をしてから、こう言った。

「あれもこれも欲しいっていうのが、かな。他の全てを犠牲にしなきゃっていうほど大げさなことじゃないし、犠牲にしたからって手に入る保証もないんだけど、それでも、もうこれ以上はできないって思うほど、バドを頑張りぬきたいんだ。バドに賭けたいんだ。それで、できるなら、今よりもっと高いところに上がっていきたい」

そう、もっと上に行きたい。今よりずっと、レベルの高い、より過酷で厳しい場所で戦いたい。

夏の合宿を乗り越えた。そして、秋の新人戦でその成果を実感し、自信がついた。

今までそこにあることさえ気づいていなかった上昇気流に、あと少しで飛び乗れるかもしれない。いや、絶対に飛び乗ってやる、そんな気持ちが自分の中に芽生えていたことに、こんな状況で気がついた。

櫻井は、俺の要領の悪い話を、一生懸命に聞いてくれた。そして、こう言ってくれた。

「わかった。バドミントンを一生懸命やってる水嶋くんが大好きだから、今までどおり、私は、マネージャーとして、水嶋くんや他のみんなを支える」

「ありがとう」

「でも、少しだけ、水嶋くんのことを多めに応援しちゃうかも」

それくらいはいいでしょう？　というように、櫻井は俺を見上げてにっこり笑う。

「ごめんな。俺がもう少し器用だったら、もっと楽しくやれたかもしんないのに」

「謝らないでよ。それじゃあ、よけいに悲しくなっちゃう」

「ごめん」

それでもまた頭を下げた俺に、櫻井は、もう一度柔らかく笑ってくれた。

翌日、部活にいつもと同じように参加した櫻井は、昨日のことなんかなかったように、俺にも他のみんなにも、自然に振る舞っていた。

むしろ、俺の方がぎこちなくモヤモヤとした状態のままそれからの数日間を過ごした。

部活の時間はそれでもまだ良かった。いつも以上に練習に励むことで、よりバドミントンに集中できたからだ。だけど、教室では自分でもたじろぐほど、気持ちが揺れた。櫻井の背中を斜め前の席に見るたびに、胸がざわつく。

お前、変だぞ。何かあっただろう？　そういうことに関して異様に勘のいい松田は、教室で何度も俺にそう尋ねた。そのたびに、いや別に何もなかった、と俺は自分に言い聞かせて、松田には首を横に振った。

しばらくして冬休みが始まったおかげで、櫻井の姿を見るのは体育館だけになった。そのことにホッとし同じ分量さびしさを感じた自分自身を、俺はとりあえずシカトした。

冬休みの間、部活は、年末年始の五日間が休みだった。

横浜湊に入ってから、定期試験期と個人的な体調不良以外で、こんなに長い休みはなかった。試験の時は、それでも、地元でコートを借りてシャトルを打つことはできるけれど、いつもコートを借りている地元の施設も、さすがに年末年始は休館だった。

「元日だけ休み、それぐらいで十分だよな」

「ああ。体も心もなまっちゃいそうだよな」

「ランニングと素振りぐらいしか、できないもんな」

休みに入る前日、どうやって体を調整するかで悩みながら、タメでそうぼやいていたら、それを耳にした横川さんがこう言った。

「海老原先生にも家族がいるんだぞ」

言われてハッとする。

土日も、夏休みも、俺たちにほとんど休みがないということは、先生にも休みがないということだ。一年に一度、ここだけが、先生の家族団欒の時間なんだ。

「海老原先生に感謝して、よく考えて、自分たちで自分たちをケアしろ」

俺たちは揃って頷く。

とはいえ、休み明けのしょっぱなの練習で、夏合宿以来の激しい筋肉痛に見舞われた。できる限り走り込みトレーニングに励んだけれど、やっぱり自分で自分をケアするのは難しい。厳しくも温かい、海老原先生の指導に改めて感謝した。

正月休みを終えると、三月の末に開催される全国高校選抜に向けて、基礎トレーニングの強化を中心に練習の密度はどんどん高くなっていった。

学年末の定期試験や実力テストもあり、勉強に励まなければならない時間も増える。成績を維持するのにも必死な俺は、睡眠時間を削り、その分体調管理にはより気を配ることで、なんとか両親にも納得してもらえる結果を手にした。二年もこのまま進学コースでいけるよ、と担任に言われた時は、本当にホッとした。

ただし海老原先生には、まだ上を目指せるはずだ、勉学ももうひと頑張りするようにと言われたけれど。

全国高校選抜は、夏のインターハイの次に大きな大会だ。

しかし、開催地が埼玉だったという相手の地元の利を言い訳にするのもむなしいけれど、またも埼玉ふたば学園の壁を破れず、俺たちは、決勝で王者に敗れまたしても悔しい思いを味わった。

直後に行われた、卒業していく三年生を送るための記念ゲームが終了した後で、元部長の本郷さんは、俺たちにこう言った。

「新しい戦いの年がもうすぐまた始まる。次のインターハイでは、横川と遊佐を中心に、チーム一丸となって、悲願の団体優勝をもぎ取って欲しい。それができるチームだと信じている。この横浜湊で三年間プレーできたことを、ここにいる卒業生全員が誇りに思っている、と代表して最後に伝えたい」

榊は、本郷さん渋すぎると言って、涙目になっていた。

横浜湊を、今の優勝を狙えるチームに作り上げてきたのは、自分たちでもある。直接言葉にはしなかったけれど、俺は本郷さんの凜とした表情に、そんな自負を感じた。

三年間、真剣にバドミントンに向き合ってきた先輩たちの姿は、俺たちに言葉よりも大切なことをたくさん教えてくれた。

先輩たちから渡されたバトンを、俺たちは確かに受け取った。

第六章　インターハイへの道

インターハイ、団体優勝。

託されたバトンを引き継ぎ次につないでいくための新しい戦いは、一年前の俺たちと同じように、海老原先生が勧誘し昨年の秋口から練習に参加していた、前年の中学県大会優勝、全国でもベスト16に食い込んだ春日智和と県三位の桝田直樹をはじめ、カリスマ遊佐賢人の活躍もあり、勧誘せずとも自ら望んでうちに来てくれた他の三人の頼もしい後輩たちが仲間になり、総勢十六人で始まった。

　ちなみにその中には、遊佐さんに憧れ、受験で進学コースに入ってきた菊池悠太と小坂陸がいて、松田は、「遊佐さんは凄い、だけど、だからこそコート外の遊佐さんは見ない方がいい、知らん顔をしておけ」と、俺は、「勉強で悩んだら内田か松田に相談しろ。俺もそうしてる」とアドバイスしておいた。もう一人の新一年生は、輝と同じ特別進学コースの川野翔太だ。榊が以前俺に言われたからなのか、「お前の親、バドの経験者？　名前に翔がついてるし。小学生からの経験者だよな？」と言って、「いえ、両親はどちらもバドミントンの経験はないです。僕は、小学生の時にたまたま目にした中学生の遊佐さんのプレーに憧れてバドミントンを始めたんです」という答えに、なぜかひどく落ち込んでいた。

インターハイ予選は、ランキング戦で選ばれた一ダブ遊佐・横川、二ダブ東山ツインズ、トップシン水嶋、二シン田村、三シン遊佐で、基本的には臨むことになった。

新しいレギュラーになったのは、俺と三年の田村さんだ。榊もシングルスで四位に入り、五位の小林さんといっしょに団体メンバーには選ばれている。ダブルスでも俺たちは、三位につけていたので、場合によっては、そちらでの出場機会があるかもしれない。

冬から春にかけて、海老原先生の指示で、ウエイトトレーニングや持久力強化にいっそう力を入れた。それとともに、海老原先生の政治力で、バドミントン強豪大学の学生との実戦練習も、かなりの回数を組んでもらうことができた。

うちに来なさい、経験が積めます。海老原先生はあの日俺にそう言った。その言葉には嘘がなかったわけだ。

横浜湊では、カリスマ選手の遊佐さんと、毎日のように打てる。それだけでも夢のようなのに、強いだけでなく、プレースタイルも様々なたくさんの選手と対戦することで、俺の経験値は、驚異的に跳ね上がった。それを自分でも実感できたのが、シングルスでのランキング戦だった。

俺が負けたのは、遊佐さんただ一人。それもファイナルゲームにまで持ち込み、試合が終わった時には、遊佐さんに、「めっちゃムカつく」と言わせることができた。

もちろん、これは、遊佐さんが本番モードではないということも関係しているし、輝という優秀な参謀が常に俺についているからということもある。櫻井がマネージャーになってから、輝はマネージャーというよりは、俺たちタメのアドバイザーという側面が強くなっている。

とはいえ、松田は何でも自分で組み立てるのが好きだし、榊とツインズは、戦術を理解するより体で覚えていく方がいいから、と輝が作ってくれる様々なレポートを全部俺に投げ出してしまう。いいのがあったら、かいつまんで教えてくれればいいから、そんな感じだ。そうなると、輝だって、一番素直で熱心な俺に肩入れするのは自然な流れだった。

俺は、インターハイ、シングルス優勝の遊佐さんを怒らせることができて、大満足だった。その代わり、ダブルスでは相当にいたぶられた。

横川さんもリベンジに積極的に加担して、徹底的に俺に狙いを定めてきた。ファーストゲームをとられた後、セカンドゲームは榊の驚異的なスタミナと献身的なカバーで、15オールまでは、点差のつかない競ったゲームだったが、そこから先、集中攻撃に足がもつれだした俺がまったく使い物にならず、榊のスタミナもさすがに限界にきて、あっさりと振り切られてしまった。榊には本当に申し訳ない試合内容だった。

それでも榊は、先輩たちが帰った後、部室で頭を下げる俺を責めなかった。その上、俺のシングルスでのレギュラー入りを快く祝ってくれた。

「これも長い目で見れば、作戦の一つになる」

「なんで?」

「世間は、俺という存在を知らないまま、お前をポスト遊佐って見るだろ？　すると俺たちの対戦相手は俺に狙いをつける。そして、度肝を抜かれることになる」

そう上手くいくかな？　ある程度の目があれば、基礎打ちの段階で、榊の実力が俺とさほど差がないことはばれてしまうと思うけど。

もっとレベルの高い選手たちの中には、作戦として、基礎打ちでわざと得意のショットを隠したり、不調の振りをすることはあるらしい。けれど、高校生でそんな姑息な作戦を練るなんて聞いたことはない。それより、会場の風向きや光の加減を確かめ、シャトルの飛び方見え方を確認し、心身を臨戦態勢に仕上げていくという本来の目的に専念した方が、よほど勝利への近道になるはずだ。

「榊って、インハイ三冠王が目標じゃなかったっけ？　シングルスはもういいわけ？」

榊は、なぜかふくれっつらを見せる。

「さすがに俺だって、お前が想像以上に、とんでもなく伸び率の高い凄い奴だってわかったさ。それに、松田にも勝てねえ。俺、最近はあいつに勝ったことないんだぜ。お前にはたまに勝つのに。なんでだろ？」

相性ってあるのかな？　俺は目で輝に尋ねる。

輝が答えた。

「それは、松田くんが、人の弱みをつくことがとても上手いからです」

「そんなことはわかってるよ。けど、水嶋は、松田に負けなくなった」

「理由は二つあります。まず、水嶋くんは、たぶん、松田くんのくせや今までのショットをほとんど覚えているから、コースやスピード感を読むことができるということ。同じチームのメリットですよ」

榊がそれを鼻で笑う。

「ほとんど覚えてるって？」

「だって囲碁をやっている時も、みんなの打った手をちゃんと覚えていて、後でここをこうした方がいいよと、よく教えてくれるじゃないですか」

「そういえばそうだな。けど、それにしたって、バドでそんなことできるわけないだろう？　覚える要素が多すぎる」

榊が、ありえないというように首を横に振る。

輝がその様子を見て、スコアブックを持ってきた。今年のではなく、去年の二度目のランキング戦、シングルス戦のものだ。

松田との対戦ページを開き、俺には見えないように輝は榊とそれを覗き込んだ。

「ファイナルゲーム、最初に2点先取して1点を返されました。次の展開は？」

俺は、少しの間、映像を巻き戻すように記憶を辿る。

「サービスレシーブはクロスへのロブ、それを松田が十分な体勢で打ち返すことができなかったせいで時間稼ぎに出した高めの球を、俺がジャンプスマッシュ。気持ち良く1点をもらった。けど、次をサービスミスして、いきなりたたかれて、チャラって感じだったな」

　ほらね、という感じで輝が榊を見る。榊もようやく頷く。

「マジかよ。点の行ったり来たりだけでも、覚えてたら凄いのに。それじゃあ、最強じゃん」

「そうでもないんだ。さっきの松田との一戦も、ジャンプスマッシュで決めたことは覚えているけど、その時、きっと俺は気持ち良かったんだろうなって想像して話すけど、本当は感情までは覚えていないんだ。そんな淡々とした記憶に意味があるのか、自分でもよくわからない。それより、榊は、俺と初めて対戦した時、興奮したことや感動したこと、悔しかったことなんかも、昨日のことのように何度も熱く話すだろう？　俺にはそれがうらやましい」

「全てを淡々と覚えていることより、心に残る一打を、対戦を、記憶というより心に留めたいということですね」

　俺は、輝の言葉に頷く。

　それに、松田のようにチームメイトなら、経験を積むことでデータは蓄積されていくけれど、勝ち抜いていくほど、初めての相手と、それもデータ外の球を厳しいコースに返してくる強豪ばかりと当たることになる。データはあくまでデータにすぎない。

「けれど、水嶋くんの本当の強みは、二つ目の理由の方で、僕らの見ていないもの、見ていても気がついていないことを見ることができるという能力だと、僕は思っています」

榊がまた、うーん、わかるようでわからないな、と首を傾げた。

「たとえば、太一くんと陽次くんの区別が、水嶋くんには簡単にできます。僕らも水嶋くんに二人の違いを説明してもらったけど、今でもよく間違って声をかけてしまうでしょう?」

「まあね」

「水嶋くんに見えているものが僕らより多いから、水嶋くんは、太一くんと陽次くんの区別がちゃんとできる。そういうことだと僕は思っています。バドミントンは一瞬で、状況が変わっていくスポーツだから、対戦相手のわずかなくせや揺れを、瞬時に見抜くことができれば、相手の隙を作りやすくなります」

榊は、ハァと疲れたようなため息をつく。

「それでも、水嶋くんが遊佐さんに勝てないのは、やはり、積んできたトレーニングの絶対量と経験値が違うからです。強みがあっても、それをちゃんと使いこなすことは、そう簡単なことじゃないです」

そのとおりだ。残念ながら、俺にはまだたくさんの課題がある。頭の中で、いくらシミュレーションが完璧にできたって、それに対処できる技術力、体力、パワーがなければ、結果にはつながらない。とっさの判断も、たくさんの経験があってこそ正しくできる。

「榊、あきらめるのはまだ早い。俺たちは、横川さんみたいに、頑張り抜いてもいないし、考え抜いてもいない。俺はまだまだ強くなるよ。そのためにできることはなんだってやる。

なのに、お前はあきらめるのか？　そんなんじゃ俺、お前とダブルス続けられる気がしない」

「そうか。まだ早いか」

「お前さあ、面倒がらずに輝のアドバイスをよく聞いて、弱点克服のためのトレーニング、やってみれば？　俺だって、輝のアドバイスがなかったら、ここまで順調に上がってくることなんてできなかった。ただ努力するより、何のためにどういう努力が必要かってわかってる方が、ずっとラクだしやりがいもあるんだ。実践した俺が言うんだから間違いないって」

榊は素直に頷く。けれど思い出したように、最後にこうつぶやいた。

「確かこれって、水嶋のダブルスでの不甲斐なさについて語り合う会じゃなかったっけ？」

俺たちは顔を見合わせて笑い合う。

いつもどおりの落としどころで、そろそろ帰るかとラケットバッグを担ぐと、松田が、静かに部室に入ってきた。

今回のランキング戦、松田はどこかおかしかった。

もちろんうちに弱い先輩なんて一人もいない。レギュラーに選ばれた田村さんも、それにふさわしい選手だ。けれど、松田は榊にはストレートであっさりと勝ち、一年の春日もまったく寄せ付けなかった。俺とは落としたとはいえ接戦だったのに、レギュラーを争う先輩たちとの対戦には、ことごとく、それもあっさり負けていた。どう見ても、本来の松田ではなかった。

　そして、結果が出てからは、俺たちと距離をおいていた。昼も一人で食べて、部室にもほとんど顔を見せなかった。

「何があった？」

　俺は、ストレートに松田を問い詰めた。

「別に」

「なわけないだろう？　お前がランキング戦で、六位ってどういうこと？」

　松田はプイと横を向いた。

「先輩に何か言われたんですか？」

　輝の言葉に、松田の肩がピクッと震えた。俺は驚いて、輝と松田の両方を交互に見つめる。

「何も、直接、言われたわけじゃない」

　俺は頷く。

　レギュラーを後輩と争っている先輩たちが不平不満を抱えていることは想像できる。でも、彼らが先輩だからという理由でその負の感情を直接俺たちにぶつけてくることは考えられない。そんな先輩は一人もいないと思っている。

「ただ、偶然、聞いちゃったんだ。先輩たちが愚痴ってるのを。二年ばっか、レギュラーメンバーじゃ、やってられないなって。来年もある奴は、来年頑張ればいい。俺たちだけでも関東だってインハイだって行けるはずだって」

なるほど。それならあるかもしれない。ちょっとした愚痴をタメでこぼし合うことは俺たちだってある。

遊佐さんと横川さんは、三年なので文句は出ない。東山ツインズは、中学からの実績が華々しいのであきらめもつく。それにこの四人がいれば、他が誰でもある程度までは上がっていけると考えてしまうかもしれない。

松田はどんなに上手くても、上海育ちで実績がよくわからないので、先輩たちにはその凄さがピンとこない。まして俺や榊は、全国区の成績もなく帰国子女でもないわけだから、なおさら納得がいかない対象だろう。だけど。

「そういう不満がないように、ランキング戦、やってるんだろう？」

「そうだけど、それでも割り切れないところがあるのは、わかるだろう？」

「だからって、わざと負けちゃっていいと思ってるの？」

問題はそこだ。

だからといって、先輩に後輩が手加減していいわけがない。全力でぶつかり合ってこそのランキング戦で、その結果がチームを作り上げていく。

「わざとじゃない。そういう先輩の気持ちを知って、自分が自分に負けてしまったんだ。自分の気持ちが弱かったってことだ」

そう言って唇をかみしめる松田に、輝はこんな話をした。

「今の三年の先輩たちで、海老原先生が連れてきたのは横川さんだけらしいですよ。他にも海老原先生が見込んだ有力選手はいたけれど、残念ながら、みな県外の強豪校に進学したそうです」

「けど、そこへ救世主のように遊佐さんがやってきたじゃん」

榊の言葉に、輝は、一度、大きく頷く。

「そのおかげで、一見、横浜湊は黄金期に突入したように見えますが、実は、海老原先生の構想より、選手層の薄さは否めないんです」

だから、俺たちの学年では、海老原先生は早くから丁寧に中学生の試合を見てまわったそうだ。遊佐さんのおかげで、推薦枠も増えたからだ。

「そして、東山くんたちのようなトップ選手だけでなく、短時間でグンと伸びる可能性のある、榊くんや水嶋くんを誘ったんです」

そう言ってから、輝は、松田をまっすぐに見据えた。

「松田くんのことも、お父さんに頼まれたからではなく、上海での試合の様子を映したビデオを見た海老原先生から、ぜひ横浜湊にと君のお父さんに頼み込んだのだと、先生は僕に話してくれましたよ」

「本当に?」

松田は、少し疑うような目で輝を見た。だけど、輝は動じず、きっぱりとこう言う。

「つまり、みんなは、遊佐さんが卒業した後を担うのではなく、遊佐さんや横川さんと、今を担うべく、ここにいるんです」

誰より、公式戦に出ることができない先輩たちの気持ちがよくわかる輝の言葉だから、松田も、今度は素直に頷き、ようやくスッキリした顔になる。

「でも、やっぱり結果は結果です。松田くんは、自分で言ったとおり自分自身に負けたんです。だから、次は、本来の自分に戻って勝負して下さい。それを堂々と受けて立つ人たちばかりですよ、ここにいるのは」

俺は、もうすっかり海老原先生の腹心となっている輝のコーチング力に、ただただ感心して、輝の顔を眺めていた。

「俺も、今、本気出すって、こいつらに約束したばかりだし」

榊がそう言って松田の肩をたたく。

「榊は、いっつも本気だろうが。本気でやって俺に負けてる奴に言われてもなあ」

松田は、そう言いながらいつもどおりのシニカルな笑みを浮かべる。他のみんなは爆笑した。

結局、俺たちの話は、どう寄り道しても、榊の落ちで完結するらしい。

俺にとっては初めての、レギュラーとしての、インターハイへの戦いが始まった。

それまでだって、試合の前には興奮して、期待と不安で胸がいっぱいになったことは何度もある。

けれど、インターハイに直接続く戦いには、自分でも驚くほどのテンションの高さを感じた。一方、インターハイへの同じ想い、いやそれ以上の強い想いを抱えているはずの遊佐さんがクールに試合に臨む姿を見て、そのメンタルの強さに驚きもした。

県予選、個人戦のシングルス優勝は、当然といえば当然だが、その遊佐さんだった。

俺は準決勝で、法城高校のエース岡崎と当たった。実力から言えば、勝てる可能性は低かった。ひたすら我慢のプレーを続け、粘りに粘って、なんとかファイナルにまで持ちこんだ。最後は岡崎の絶妙なプッシュを手首だけでクロスに跳ね返すという、俺的にはミラクルな一打で、24－22でその戦いを制した。

めずらしく海老原先生にまで「よくやった」と褒められた。それでちょっと気が緩んだわけでもないけれど、決勝では、遊佐さんに、十四本、十六本と、わずか二十五分で簡単にやられてしまった。

同校同士の決勝で、応援も控えめで、静かな雰囲気の中試合は行われた。

けれどその静けさは、どちらを応援すればいいのかという気まずさより、あまりにもあっけなく俺がやられてしまったことへの失望感が原因だったかもしれない。

痛すぎて応援のしようもなかった、と同じ進学コースのよしみで俺を応援しようと思っていたらしい後輩の菊池や小坂にも、後でそう言われた。

いつも中立を守って何も言わない海老原先生も、最後には、「水嶋、集中しろ」と俺のコートに向かって声をあげていたほどだ。おまけに、試合が終わった直後、「決勝が水嶋でラクできたね」などと、遊佐さんに言われる始末だった。

ダブルスも、遊佐・横川と東山ツインズの同校同士の決勝になった。

準決勝で、遊佐さんたちは法城高校のエースペアをストレートで下し、ツインズは川崎照葉ペア相手にファイナルにもつれこむ死闘を勝ち抜いた後だった。いつもなら、体力に不安のあるツインズの圧倒的不利が予想されたが、太一と陽次も冬の間の基礎トレーニングのおかげなのか、かなり健闘した。なんと、ファーストゲームを、もぎとったのだ。

ただ、それからの遊佐さんと横川さんの巻き返しぶりが半端じゃなかった。

ギアが三段階ほど上がったように、横川さんは拾いまくり、遊佐さんは打ちまくった。

本当の強さというのは、圧倒的な力の差を見せつけるということではなく、どんな不利な状況からでも巻き返し、勝つというより負けないということなのかもしれない。

二人の戦いぶりを見て、俺はそんな感想を持った。

俺自身の不甲斐ない決勝戦は反省すべきだが、とにかく、個人戦、シングルス・ダブルスともに、横浜湊は、インターハイへの切符を二枚ずつ手に入れることができた。

そして、個人戦の結果を武器に、県大会、団体戦に臨んだ。

地区予選では、ダブルス二つを落とすことは考えられないので、後々の強豪校に備え、トップシンを俺と田村さんで交互に戦っていった。

海老原先生の指示で、県大会もベスト8までは同じ体制で臨み、俺たちは、トーナメントを順調にかけ上がっていく。

そして、ベスト8が出揃った。常連校の一角を崩し、ノーシードから恵那山高校が上がってきていた。

ベスト8までは試合会場が違っていたので、直接話をする機会はなかった。他の会場での試合結果の情報が入った時点で、静雄に「おめでとう」とLINEを送ったら、「やっと、恩返しの、はじめの一歩だな」とすぐに返信が戻ってきた。

中学の時と同じで、ろくな指導者もいない恵那山高校でバドミントンを続けていた静雄たちに手を差し伸べたのは、実は、海老原先生だった。

あの新人戦の後、海老原先生は、静雄たちの学校に、顧問を通じ信頼できるコーチとして横浜湊のOBを紹介した。

冬から春にかけて、何度も横浜湊での練習や練習試合に招待し、基本的な練習方法も惜しげもなく伝授し、経験を積ませることで、恵那山高校の後押しをした。

横浜湊のレベルアップにはマイナスにしかならないはずだが、海老原先生は、県のレベルをそうやって少しずつ上げて切磋琢磨していくことが、結局は横浜湊の強さにつながるのだ、と恐縮する静雄たちにそう話したそうだ。

ベスト8以上で優勝を決める戦いの朝、俺は、静雄と地元の最寄り駅で待ち合わせをして、一緒に会場へと向かうことにした。静雄から、「一緒に行かないか?」と連絡があったからだ。

　いつもは一人で会場に向かうのに、静雄と一緒だと、中学の頃を思い出して懐かしく心強くもある。

　もちろん、ともに同じ会場で戦える喜びもあった。

「恵那山は、川崎照葉か。あそこは、一ダブが強いよね」

「とりあえず、一つはとりたいから、俺は二ダブに回るかも。向こうは格下の俺たち相手に、オーダーを変えたりはしないだろうから。横浜湊は、決勝までは楽勝だろう？　最初はどこ？」

「湘南岬。次は、恵那山かも」

「なんとか一つ勝って、横浜湊とやりたいなあ。遊佐・横川ペアとやれたら、1点返しただけでも、感動するよな」と静雄は少し興奮気味に話す。

「俺も、あの二人から初めて1点をもぎ取った時は、腹の底から大声で叫んだよ」

「だよな。俺も吼えまくるかも。気合入れすぎて、声嗄れちゃうかもね」

「そしたら、こっそり、静雄たちを応援するよ」

「こっそりかよ。ありがたくないなあ」

　遊佐さんたちからもぎ取る1点のありがたさは、俺にもよくわかる。

　静雄はわざとらしく顔をしかめて笑う。

「そういえば、博人は？」

「あいつも、後で応援に来るよ」

「博人は、まだ、レギュラーとれそうにないのか？」

静雄は、少しの間黙り込んだ。それから、一度深呼吸をしてから、こう言った。

「実は、その博人のことを話したくて、今日、一緒に行こうって連絡したんだ」

静雄の声のトーンが低くなる。

「何かあった？」

「博人は、春休みが終わる前に、学校を中退したんだ。少し自分なりに結果が出るまで、お前には内緒にしておいて欲しいって言われてたから。今まで黙ってて、ゴメン」

「どういうこと？」

俺は、寝耳に水な知らせに驚いて、少し大きな声になる。

最近、博人とは少しご無沙汰だったのは確かだ。アルバイトを始めたことは聞いていたので、そっちが忙しいのかなと勝手に思い込んでいた。まさかそんなことになっているなんて、思ってもいなかった。

「色々理由はあるけど、一番の理由は、留年は免れないってことになったから」

俺も油断していたら他人事じゃない話なので、ウーンと小さくうなり声を上げ、冷や汗を流す。留年まではしなくても同じ進学コースで次に行けるかどうかいつも微妙な成績だから。

「けど、俺、止めなかったんだ」

「なんでだよ」

「博人、恵那山はやめるけど、何もあきらめないって言ったんだ。通信制の高校に変わって一から勉強をやりなおすつもりだし、バドも、そこで続けるつもりだって言ったんだ」

「そうか」

「また一緒にダブルス組めたばかりだったから残念だったけど、今度のことは、博人が自分で考え抜いて決めたことだから、応援しようと思った」

「ああ」

理解はできたけれど、残念に思う気持ちも大きかったせいか、俺の声は沈んでいく。すると、静雄がいたずらそうな目で俺を見て笑う。

まさか嘘をついた？　いや、静雄はそういう悪ふざけは絶対にしない。

「どうした？」

「博人、春から、東京に本校がある通信制の高校に変わったんだけど、そこのバド部ですぐにエースになって、今のところ、公式戦では全勝らしい」

「すごいじゃん」

「ああ。東京都の通信制高校の大会でも優勝して、このまま上手くいけば、全国大会に行けるらしいよ。監督の話だと、全国制覇も夢じゃないらしいんだ。俺もお前も、先越されちゃうかもっていうか、もう越されてる？」

「マジかよ」

俺は、話の展開の速さに驚きながらも、やっと安堵の笑みを浮かべた。

環境が変わっても、博人がバドミントンを続け、それを励みにしていることが嬉しかったからだ。

会場に到着すると、「じゃあ、お互い頑張ろう」とだけ言い合って、俺たちは、すぐにそれぞれのチームの集合場所に向かう。

俺たちは湘南岬高校を相手に、ストレートで次に進んだ。しかし、恵那山は、静雄のエースダブルスが一勝をもぎとったけれど、後を落とし、準決勝には進むことができなかった。

「今は、ここまでだけど、次はもっと上に行きます。そして、いつか、俺たちの後輩が、横浜湊を倒して全国に出て行く。その一歩にはなりました」

静雄たちは、合同練習で顔見知りになっている遊佐さんと横川さんに、そう言って頭を下げた。

横川さんは、「横浜湊は、まだまだ進化するよ。もっと強くなって、その上で恵那山との対戦を楽しみに待っている」と言い、遊佐さんは「とりあえず、今日は恵那山のリベンジを俺たちが果たすから」と言って、静雄の肩をたたいた。

憧れの二人にエールを送られ、横浜湊の応援に回った恵那山のメンバーのテンションは高く、横浜湊の応援席よりずっと大きな声で、コートにいる俺たちを盛り上げてくれた。

おかげで、横浜湊は、恵那山を破った川崎照葉に圧勝した。どのゲームもストレートで相手を撃破し、反撃の機会を与えなかった。遊佐・横川ペア、ツインズに続いて、最後の一勝を決めた俺は、勝者サインを済ませコートを離れた後で、応援席を振り返り静雄に大きく右手の拳を上げた。静雄は嬉しそうに同じテンションで拳を上げてくれた。

そして、時間をほとんどおかずに決勝を迎えた。

決勝の相手は、やはり、県での宿命のライバル、法城高校だった。

先に、ダブルス二つの試合が、同時に二面で行われる。

遊佐・横川ペアは、華麗とも言える試合運びで、早々に一勝をもぎとった。けれど、最近は粘り強くなって負ける姿を見ることはほとんどなかったツインズが、今回は、二ダブに回った法城のエースダブルスを相手に、健闘はしたけれど負けてしまった。

俺たちだけが苦しい練習に耐え、弱点を克服し、より上を目指しているわけではない。法城のメンバーも、同じように頑張り続けているのだと、改めて実感する。

いよいよ次は俺のシングルスだ。

俺の戦いが、横浜湊高校の県大会連覇の鍵を握っていることは、誰よりも自分が一番よくわかっていた。

対戦相手の橘（たちばな）とは初顔合わせだった。俺とタメの二年生で、静岡出身、県大会優勝経験ありのサウスポーだった。輝のデータによれば、どちらかといえば守備的なバドミントンをするらしい。

海老原先生は、ある程度はこうなることを予想していて、俺に、横浜湊にも一人いるサウスポーの小林さんとの試合形式の練習を何度も組んでくれた。文句の一つも言わずそれに付き合ってくれた先輩にもとても感謝している。

サウスポーが相手だとやりにくいことは確かだ。でも、十分な準備はできている。それに相手にとっては、俺もやりにくいはずだ。たいした実績もなく、ポッと出てきた俺のデータは十分ではないはずだから。

「いつもどおりにやれ。そうすれば勝てる」

榊との基礎打ちの後、海老原先生の短い言葉に送り出されて、俺はコートに立った。

応援席には、横浜湊の仲間に交じって、会場に居残っている静雄と後からやって来た博人の顔も見えた。静雄から話を聞いた後だったからなのか、ずいぶん雰囲気が大人っぽくなった気がする。俺に向かって掲げたVサインは、「試合、頑張れよ」という俺への激励だったのだろうけれど、自分はもう大丈夫だというサインにも見えた。

静雄も博人も、どういうわけか、横浜湊の校名入りTシャツをちゃっかり着ている。うちの誰かと交換したのか借りたのかだろうけど、そういうとこ、あいつらは本当に抜け目ない。そして静雄は、一番大きな声で「亮、集中」と叫んでいた。

俺は、小さく頷いて、ラケットを構える。

ゲームは静かに進行していった。お互いに、初めての、データの少ない相手なので、慎重になりすぎていたのかもしれない。特に目立つラリーもなく点差の開きもなく、11－10で俺がインターバルをとった。

海老原先生が「つかめたか？」と俺に尋ね、俺は、ハイと頷く。サウスポーの選手から受ける違和感にも徐々に慣れ、相手のスピードにも十分反応できる自信があった。前後に揺さぶれば、打ち込むスペースが、なんとか見つけられそうだった。

「なら、行け」

先生のアドバイスは短く、絶対的だった。

インターバルが終わった後、俺は、橘を揺さぶり始めた。球に緩急をつけるだけでなく、自分のリズムを作るため、声を出し、活発に足を動かす。

ファーストゲームを21－18でものにし、少し高揚した気分でいた俺に、海老原先生は、「悪いくせが出てるぞ。強い球を打つ時には、もっと思い切りよくやれ。次の局面ばかりを考えて、そのせいで曖昧なショットになっては意味がない」と厳しい言葉をかけてくれた。

俺はどうしても、次、次の次、と展開を予想しながらゲームを進めていってしまう。自分では気がつかないのだが、そのせいで、チャンスの一打に、「返せるものなら返してみろ」という気迫が感じられないらしい。

海老原先生にも輝にも再三注意されているのに、初めての対戦相手に、ちょっとリードできたぐらいで悪いくせが出てしまうなんて。

もう一度気を引き締めるために、自分で自分に気合の声を入れる。その背中に、今度は榊が「集中」と声をかけてくれる。

セカンドゲーム、海老原先生のアドバイスを受け、チャンスには、渾身の一打を打ち込んでいく。

もちろん、そう簡単には決まらない。それがスパスパ決まるような相手は、ここまで上がってこない。けれど、俺の気迫が徐々に橘の気力に勝っていくのを感じられるようになってきた。

橘のホームポジションへの戻りが少しずつ遅くなり、こちらのペースで球をコントロールできる回数が増えてきた。

ゲームが終盤に入った。後は、ミスをしないこと。これにつきる。

どれほどいいプレーで1点をもぎとっても、自分のミスで1点を献上しては、単に点数の問題ではなく、メンタルがやられてくる。俺は点差も、今が何点なのかも気にしないで、とにかく、目の前の一打に集中した。

21−17。セカンドゲーム、最後のショットが決まった瞬間、応援席にいた静雄と博人が声を合わせて、「ナイスショット」と叫び、それから他の仲間たちがいっせいに声をあげた。

ほぼ同時に、少し後から隣のコートで試合を始めた遊佐さんが、鉄壁のシングルスで圧倒的な三勝目をあげ、横浜湊の県大会優勝を決めた。横浜湊は、一番欲しかった、団体でのインターハイへの切符を手に入れた。

けれど、それに浮かれている暇はなかった。インターハイへの貴重な試金石にもなる関東大会が間近に迫っていたからだ。

俺たちは、海老原先生の労いと叱咤激励を受け、改めて気持ちを引き締める。そして、翌日からは、また厳しい練習に励んだ。


今回、関東大会は俺たちの地元、神奈川で開催される。ホームで臨める利点を活かし、優勝を目指したい。

大会の三日前に、海老原先生から、関東大会でのレギュラーメンバーが発表された。

ダブルスはいつもどおりの二組が、シングルスには、インターハイ県予選の実績をかわれ、団体メンバーの中から、俺が選ばれた。

一日目のベスト8決めまでは、東山ツインズがダブルスに出る時は遊佐さんがシングルスに、遊佐・横川のエースダブルスが出る時はシングルスは俺が出るというパターンで、進んでいった。そして、俺たちは全てを、一ゲームも落とすことなく勝ち進んだ。

ベスト8が出揃った二日目は、全て基本のオーダーで臨むことになった。

昨年の順位でシードが組まれているので、順調に行けば、決勝で埼玉ふたば学園と当たることになる。それまでの山場は、準決勝だろう。どこが上がってきても、簡単にはいかないはずだ。

海老原先生が、「お前のシングルスが読めないせいで、うちも苦労するけど、よそも苦労するぞ」と笑う。確かにそうだ。俺自身も、勝てるという自信もなければ、負けるという不安もなかった。

準決勝の相手は、埼玉ふたば学園の埼玉での宿命のライバル、松原西(まつばらにし)高校だった。埼玉ふたばと同じ県のせいで、ここ数年はインターハイには出てこないけれど、選抜にはいつも出てきている強豪校だ。

それでも、遊佐・横川の、横浜湊のエースダブルスは圧倒的な強さを見せた。ファーストゲームを簡単にとった後、セカンドゲームは、めずらしくミスを連発し、6－11で先にインターバルをとられたけれど、その後、6点を連取するという展開で、あっという間に追い抜き、そこからは安定した試合運びで、終わってみれば、21－16という結果だった。

いよいよ俺の出番がきた。相手の結城(ゆうき)は、中学の時から全国区の、トップレベルの選手だった。それほど身長は高くないけれど、がっしりとした体格で、向き合うと実際よりずっと大きく見える。何度か対戦経験のある横川さんからは、最初にリズムに乗せると逃げ切るタイプだから、守りに入らず攻撃的なバドミントンに徹することが、勝利への鍵だとアドバイスをもらう。

俺がコートに行く前に、太一が「まあ、僕たちが勝つからいいんだけど、次が次だから、体力温存させて欲しいな」と言った。

実際、準決勝から決勝までの間に休憩をとる時間はほとんどなく、試合を長引かせれば、それだけ、体力的にもメンタル的にも、負担が大きい。

技術でも体格でも明らかに格上の相手であっても、絶対に決めてやる。口にはしなかったけれど、俺はそう決心していた。

例によって、静雄が横浜湊の応援席にいた。開催地が地元だからと、練習をやりくりして、昨日も今日も静雄は応援に来てくれている。

静雄は、今日は横浜湊のTシャツではなく、関東大会の記念Tシャツを着ている。

驚いたのは、その後方に親父とお袋の姿を見たことだ。二人とも、今までただの一度も、俺の試合を見に来たことはなかった。新人戦で優勝した時も、「ほうそうか」「あら、良かったわね」とそれぞれに言ってくれたけど、それだけだった。

そういえば昨夜、今日の交通費をもらいに行った時、会場にはどうやって行くのか、どこで乗り換えるのかとやけに詳しく聞いていた。いつもなら「で、だいたい、いくらぐらいかかるの？」と聞くだけなのに。

なんで、今日来るかなあ。どうしてこんな場面で、親が来ていることに、気がついちゃうかなあ。

急に緊張してきた。

基礎打ちを終えてベンチに戻る時、榊が俺に声をかけてくる。

「どうかした？」

「あそこに親父とお袋が来てるんだ」

俺は視線を応援席に送る。

「なんだ、そんなことか。地元開催だからって、ツインズのとこも輝のところも、今日は揃って応援に来てるじゃん」

「そうだけど」

「だからこそ、勝つんだよ。俺だって出番あるなら、お袋を呼んだよ。いや、店がなきゃ、出番がなくたって来てもらうよ。その方が力になるから」

榊の両親の店は相変わらず大繁盛で、ちっとも休みがとれないらしい。試合を見に来ることはなかなかできないけれど、手作りのおにぎりやスポーツドリンクなどの差し入れはしょっちゅう届けてくれている。

「店を休んででも来てよって言えるくらい、強くなりたいっていつも思っているよ。試合に出られて、親に来てもらって、文句言ってるんじゃないよ」

そうだった。今、ベンチに座っている団体メンバーも、応援席の仲間も、みんな俺を信じてここへ送り出してくれたんだ。両親の応援も含めて、その信頼を力に変えなくてどうする。

俺は自分自身を叱咤激励する。

「雰囲気に、のまれるなよ」

海老原先生の短い言葉に送り出されて、俺はホームポジションにつく。

静雄がタイミングよく、応援席から「集中」と声を飛ばしてくれた。ベンチから同じ言葉をかけてくれた榊の声と、不思議なほど、それはぴったりと重なった。

その重なりが心地よく、ラケットを握る手の力が上手い具合に抜け、全身がニュートラルになった。俺にとっては、それが、緊張がほどけてきた証だ。

ファーストゲーム、結城のサーブからゲームが始まった。最初のラリーから、接戦というより死闘になった。1点をとるために、長い、長いラリーが続く。やっと1点をもぎとっても、また次のラリー。

結城も俺も、頻繁にユニフォームで汗を拭い、気合の声を出し、相手の球にくらいついていった。

10−11、インターバルは結城にとられた。

「互角の戦いだな。ミスが命取りになる。集中しろ」

海老原先生の言葉に、俺は水分を補給しながら、「はい」と頷き、早々にコートに戻る。ホームポジションで軽くジャンプをしてみる。大丈夫、体は軽い。まだまだ行ける。集中、集中。俺は、自分に気合の声を入れる。

また、長いラリーが始まった。

拭っても、拭っても、汗がしたたり落ちてくる。ラリーが途切れるたびにシャトルの交換を要求したいほど、激しい応酬が続く。

20点オールからも、あと1点がとれず、結局、24−26までもつれ込み、しかも相手にゲームをとられてしまった。

次のゲームまでのインターバルの間、輝が懸命にアイシングをしながら、団扇で風を送ってくれる。

海老原先生のアドバイスは、「相手の方が疲れている。十分な体勢で打てる時は、躊躇せずライン際を狙え。追いすがるより見送るはずだ。お前のコントロールなら大丈夫だ」というものだった。

意外なことに、悔しい負け方でファーストゲームをとられた割には、ダメージは少ない。フットワークの軽さがそれを教えてくれている。

「水嶋くん、ファイト～」

櫻井の声が飛んでくる。榊がそれに慌てたように、「集中」と、いつもの言葉をかけてきた。

おかげで、さらに、体も心も軽くなった。

セカンドゲームは、海老原先生のアドバイスどおりの、思い切りのいいショットがライン際に何度も決まり、俺はセカンドゲームの11点のインターバルをものにした。

インターバルの後も、結城は何度か俺の球を見送り、インの判定に少し不満げな表情を見せていた。そして、少し度が過ぎるほど、頻繁にシャトルの交換を申し入れている。

疲労のせいでイラついている証拠だと感じた。

その上、結城が自らのサービスをフォルトにして1点を失ったり、隣のコートから球が飛び込んできて向こうにやや優勢だったラリーが途切れる、という場面が重なったり、運も俺に味方してくれているような場面が続いた。

向こうが立ち直ってくる前にたたいてしまおうと、俺は気力を振り絞る。

21－19、なんとか手にしたこのゲームを無駄にはしない。俺はそう決心して、ファイナルゲームに臨む。

「最後は集中力の差で、勝敗が決まる。相手の集中力を切らすために必要なことは、ただひたすら、意地悪な球を打つこと。水嶋、お前、得意だろ？」

海老原先生は、不敵な笑顔と嫌みな言葉で、俺をコートに送り出してくれた。

僅差で先にインターバルをとったけれど、その直後、結城の動きがまた良くなってきた。ライン際のきわどい球にも反応してくるようになった。

ネットの向こうで、俺を睨みつけるように立つ結城からは、このままでは終わらない、終われないいんだ、そんな気迫が伝わってくる。３点あった点差をつめられ、17オールになった。

あと少し、なんとしても踏ん張らないと。集中するんだ、そう思ったところまでは覚えている。

ただ、この後の記憶が曖昧だった。

がむしゃらにシャトルを追いかけていたこと、絶対に勝つんだという必死の想い、最後の最後に、「あと一本だ。行け、水嶋」という榊の声がしたことは覚えている。

だけど、ラリーがどんなふうに始まり終わったのか、どんなサーブを打ったのか、どんなショットで決めたのか、そういう、いつもなら映像として残っているはずの記憶がない。

　後で、輝にスコアブックを見せられながら、残りの４点を俺が全てのラリーを制して連取したこと、その一つ一つが長く激しいラリーだったこと、追い込まれても、まるでアクロバットダンサーのようにコートを走り回り、粘りに粘って結城の打つ場所と気力を奪い主導権を取り戻していたことなど、その詳細を教えてもらった。

　ほとんどのゲームを細部にわたるまで記憶している俺にとって、これは初めての体験だった。促されるように向かった勝者サインの手が震えて、上手く名前が書けなかった。こんなことも初めてだった。

　おぼろげな意識の中で、沸き上がってくる高揚感。

　風をつかんだ。風をつかんで上昇気流に飛び乗った。この上昇気流に乗って、俺はもっと上を目指す。

　里佳が俺の中に言葉で蒔（ま）いてくれた志の種が、海老原先生や仲間の支えによって俺の中で芽吹いた瞬間を、俺はそんなふうに感じていた。

「お前、マジ、凄い」

「バドミントンっていうより、雑技団の演技を見てるみたいだった」

「あんな根性、いつもどこに隠してんだよ」

「突き抜けちゃったね」

　仲間や先輩からのどんな言葉もピンと来なかった。ただ、みんなの笑顔を見て、勝てて良かった、そう実感した。

見上げた応援席で、お袋が泣いていた。親父がちょっと困ったような顔でお袋に何か声をかけながら、それでも俺に向かって拍手をしてくれていた。おまけに、今日は応援席の一番前に陣取っていた櫻井まで、タオルで涙を拭っている。

それを見て、不覚にも涙がこぼれそうになった。けれど、泣くわけにはいかない。すぐに次が始まる。埼玉ふたば学園は早々に、決勝進出を決めていた。

決勝は、遊佐・横川のダブルスと、俺のシングルスが二面同時に始まった。

準決勝と同じような試合展開だった。一ゲームずつをとった後、ファイナルゲーム、1点を争う攻防が続いた。正直言って限界だった。準決勝の試合では、集中しすぎて記憶がとんだようだが、今度は、経験したことのない極限状態で記憶がとびそうになった。

相手の神崎（かんざき）も同じように、ついさっき、準決勝を終えたばかりだ。だけど、点数は競っていても、試合運びには、俺よりずっと余裕がある。

これが、今の俺と王者の一員の差だと痛感した。あきらめたわけじゃない。けれど、冷静に力の差を実感していた。それでも、次に続く試合をしなければ意味がない。次にこの人に当たる時、同じ俺であるわけにはいかない。

心に残る一打を、鮮明なシーンを記憶に残すように、相手を、相手の球を見すえ、最後まで俺は球を追った。

17－21、最後は、神崎のライン際へのスマッシュに足がもつれて追いつくことができなかった。

遊佐・横川のエースダブルスは、きっちり一勝をもぎとっていたので、後は太一と陽次、東山ツインズに、優勝は託された。

ツインズは、今日初めての試合だった。が、向こうは、エースダブルスと交互に試合をこなしていた。そして、全てを2－0のストレートで勝ちあがってきていた。それほど、エースダブルスとの力量の差が少ないということだ。

静かに試合が始まった。けれど、それは、あっけなく意外な結末を迎えた。

ファーストゲームの後半、相手の強烈なスマッシュが陽次のボディをかすめ、その瞬間球に反応した陽次の足がスリップし、やはり球を追っていた太一のラケットがその顔面を直撃した。心配そうに話しかける太一に、陽次が二、三度頭を振ってから、大丈夫だという素振りを見せた。出血もなく、本人が大丈夫だと審判にもベンチにも合図を送ったので、ガットの切れた太一のラケットを交換しただけで、ゲームは続行された。

二人の区別がつかない者には、いつもどおり、二人は以心伝心、互いの位置を確認しながらローテーションしているように見えるかもしれない。けれど、俺の目にはあきらかに太一が陽次を庇うようにプレーしているように見えた。陽次に何か問題があるのではと感じた。

これは無理かもしれない。いや無理だ、やめさせないと、そう思った俺は海老原先生に進言しようと先生に歩み寄る。けれど、それより一瞬早く、先生が審判に試合の棄権を告げた。

海老原先生にも陽次の異常がわかったようだ。

太一は少しホッとしたように見えるが、陽次はまだできる、やりたいと先生に必死で食い下がっている。けれど先生は断固として頭を振った。

「私は、君たちの親御さんから、信頼をいただいて君たちとここにいる。その信頼を裏切るわけにはいかない。勝つことより大切なこともある。私は、全力で君たちの未来を守らないといけない」

うなだれる陽次を太一が慰めるように、何度もその背中をさすっている。

一方、埼玉ふたば学園も、流れの中で起こったアクシデントに戸惑っているようだった。向こうに何か非があるわけではない。だからといって、大喜びで優勝を確認するというテンションにはならないようだ。

王者ゆえに、最後まで戦いぬいてその上で勝利をつかみたかった、という思いもあるだろう。プライドとライバルへの尊敬の念をきちんと持ち合わせているからこそ、彼らは王者であり続けているのかもしれない。

閉会式の後、閉会式には出ずに病院に行った陽次を気にしながら会場を出たばかりの俺たちに、静雄が歩み寄ってきた。

「いい試合だった。胸が熱くなった」

そう言ってから、静雄は俺に紙袋を手渡した。

「何、これ？」

「お前の親父さんから、記念Tシャツを預かった。お前は余分な金を持ってないはずだからって、買ってくれたみたいだよ。俺のもプレゼントしてくれた」

静雄は、自分の着込んでいるTシャツの胸をつまんだ。

俺は紙袋を覗き込んでから、「けど、なんで三枚も？」と尋ねた。

静雄が、ひとしきり笑ってから、こう言った。

「何色がいいかなって聞かれて、俺が、黒が格好いいけど亮は水色が好きですよ。けど赤も強そうですよねなんて迷いながら言ったら、じゃあって、全部買っちゃったんだ。余ったのは、家内と私で着ればいいからって言ってさ」

親子で揃いの大会記念Tシャツとか、マジ、ありえないし。

「親にいいとこ見せられて、良かったな」

「結局、最後は負けたけどね」

「お前なあ、埼玉ふたばのあのエースシングルスに勝とうなんて、十年早いんだよ」

「いや、インターハイまであと一ヶ月半だから、それまでにはなんとか追いつかないと」

静雄は俺の言葉に、笑みを浮かべる。でもそれは茶化すような笑顔ではなく、そうか、なら死に物狂いで頑張れ、というようなそれだった。

「水嶋くん、お邪魔していいかな？」

お前かよっという目で、静雄がまたしても割り込んできた榊を見た。

「なんか用事？」

「用事は、陽次くんの件です。なんてね」

俺も静雄も、榊の親父ギャグに無反応だったので、榊は、黙って自分のスマホの画面を俺に見せる。

「問題ないって。目の上部に強い衝撃を受けての一時的な視力低下だけで、時間はちょっとかかるかもだけどちゃんと治るって（^.^）」と太一からの連絡が来ていた。

俺たちは、揃って安堵のため息をつく。

その時、俺のスマホにも、櫻井から「陽次くんは大丈夫そうです。安心して下さい。私、今日、我慢できずに泣いちゃったよ。とてもいい試合だった♥」というメッセージが届いた。

榊が、何？　誰？　とうるさいので、姉貴から、帰りに牛乳買ってきてだってさ、と適当な嘘をつく。

もちろん火照った顔の俺をにやにやしながら見ていた静雄には、里佳からのメールじゃないってことはバレバレだろうけど、武士の情け？　でつっこまないでいてくれた。

家に戻ると、親父もお袋も、陽次の具合を尋ねた後、「いい試合だった」「今日は行って良かった」と短く感想を述べただけだったけれど、夕食は俺の好物の鶏のから揚げで、赤飯まで炊かれていた。

優勝したわけでもないのに、赤飯はどうなんだろう？　しかもから揚げに合う？　なんて思いながら、お袋の手料理に箸をつけようとしていると、めずらしく里佳が夕食時に戻ってきた。

「なんか、頑張ったんだってね。負けたけど」

いつも、一言多いんだよ。しかも、どっから情報、仕入れてるんだよ。遊佐さんのにやけた顔がちらついたけど、サッと振り払う。

「そうなのよ。凄かったのよ。あの遊佐くんって素敵よね。長身でハンサムだし、おまけにとっても強いし。もう一人の横川くん？　あの子も職人さんみたいな渋さがあるのよ」

お袋まで、そっちかよ。

「ああ、遊佐は、本当に凄い。インハイ、三冠だったら、デートしてもいいよって言ってあるんだけどね」

「去年、もう優勝したじゃん」

「全部勝たなきゃ、ダメに決まってるじゃん」

ナニサマだよ。インターハイ、なめるんじゃないよ。

「遊佐さんは、一回も負けてないよ。個人戦はダブルスもシングルスも、二つとも優勝した」

どんだけ凄いことかわかってんの？　という言葉は、飲み込んだ。

「自分以外のメンバーにも勝利を味わわせてこそ、ヒーローなの。自分だけじゃ、ただの目立ちたがり屋よ」

厳しすぎだよ。

「それに、誰より、団体で優勝したいって思ってるのは、遊佐だと思うよ」

それは、そうかもしれない。けど、遊佐って呼び捨てにするな。

本音は全て隠したまま、一言、こう答えた。

「頑張るよ、俺も」

「頑張ったって、結果が出なきゃ意味ないけどね」

これだよ。

「いや、結果が出なくても、立派で正しいことはある。今日の亮たちの試合を見ていて、私は心からそう思った」

里佳の相変わらずの皮肉たっぷりな言葉に、めずらしく親父が俺を庇ってくれる。

里佳は、へえっという顔で親父を見る。

「ただ、目の前の球を必死で追っているこの子たちも、それを試合には出られないのに、懸命に応援している仲間たちも、正しい青春を送っている」

青春って？ それも正しい青春ときたか。

「そうなんだ」

里佳も、正しい青春にはたじろいだのか、上手い皮肉の一つも出てこないようだった。

「また見に行きたいわねえ」

「今度はどこなんだ？」

両親の言葉に、俺は、ドキドキしながらこう答えた。

「せっかくだけど、沖縄なんだ」

「沖縄か、それはまた遠いな」

親父は、残念そうな顔でそう言った。俺はホッとして、最後の俺の取り分のから揚げを口に放り込んでから、残念そうな振りをして頷く。

親が見に来るのが嫌なわけじゃない。けど、やっぱり照れくさい。

この間みたいに不意ならそれはそれで仕方ないんだけど、計画的に来られたら、なんとなく会場で探してしまうだろうし、見つけたら見つけたで多少は動揺する。

本当は、保護者の応援ツアーも毎年組まれているらしいが、それには触れず、いや、むしろもみ消して、しらばくれるつもりだった。

「けど、満期になる定期がちょうどあるから、行けるかも。沖縄なら、旅行がてらにちょうどいいんじゃない？」

予想外の能天気なお袋の言葉に、俺はのどをつまらせかけ、慌てて、麦茶を流し込む。

「いや、定期はちゃんとおいておかないと。この先、亮の進路のこともある。もし競技を続けたいって言ったら、親としてできる限りのことをしてやりたい」

親父の言葉に、お袋も、それはそうねと頷いてくれた。

俺は、沖縄行きをあきらめてくれたことと、ありがたい親心の両方に、心の中で感謝した。

「お土産、買ってくるよ。沖縄の名物って何？」

「私は、紅芋タルトがいいな。けど、お母さんは、健康食品大好きだから、黒砂糖かな」

里佳の言葉に、お袋は首を横に振った。そして、こう言った。

「Tシャツでいいわよ。インターハイも記念のやつあるんでしょう？　今日、三枚も買ってあげたのに、全部、亮が着るって言うのよ。一枚くらいくれたっていいじゃないねえ」

だから、大会記念のTシャツを、しかも、ラケットも握ったことがない親とお揃いで着てどうするんだよ。おかしいだろ。

第七章　インターハイ

俺たちがずっと目標にしてきたインターハイ決戦の地、沖縄には、開会式の三日前に入った。

初めての飛行機の窓から見たエメラルドグリーンの海の風景は、夏の強い日差しを浴びて、言葉も出ないほど美しかった。けれど、勝ち続ける予定の俺たちが、その海を眺めたり、そこで泳いだりする機会はないはずだ。宿舎に入ったら、後は会場になる体育館と宿舎の往復になると聞いている。

まあそういうのは、十月に予定されている沖縄への修学旅行で満喫すればいい。

到着した直後から、海老原先生があらかじめ組んでくれていた練習試合を、本番を想定しながらこなしていく。

毎年、真夏に行われるインターハイの一番の敵は、暑さだと言われている。メイン会場になっている体育館以外は、空調設備もほぼない。今年は、記録的な猛暑で暑さが半端じゃなかったので、とにかく水分補給とアイシングをまめにするよう、海老原先生からはくどいほど注意があった。

個人戦の単複にも出場する遊佐さんの疲労を考え、団体戦は、できる限り、遊佐さん温存で進めるのが理想だった。

新たなランキング戦で選ばれた団体メンバーの中から、一ダブ東山ツインズ、二ダブ榊・水嶋、トップシン松田、これで三勝が見込めるカードは乗り切ることになった。もちろん、もしものために、三シンには遊佐さんが控えている。

横浜湊は二回戦からの登場になった。相手は、一回戦をストレートで勝ちあがってきた鳥取栄高校。

最初にコートに出た大舞台に慣れているツインズは、とてもリラックスしていて、風格さえ感じられた。

ベンチから改めて見た二人の後ろ姿は、普段ずっと一緒にいるので意識することは少なかったけれど、ずいぶん逞しくなっていた。もはやそれが当然なので不思議とも思わないが、それほど身長は伸びてはいないのに、腕や下半身にはしっかり筋肉がつき、醸し出される雰囲気が最初に出会った時より、一回りどころか二回りは、逞しくなっている。しかし、草食動物のような可愛らしい顔と敏捷さは相変わらずで、フットワークは軽やかだ。ローテーションのスムーズさは、遊佐・横川ペアよりも上だろう。

試合が緊迫してくると、太一が後ろでゲームをコントロールし、陽次が前でチャンスをものにするというパターンが増えてくるけれど、今は、ダンスのステップを踏むように軽やかにローテーションを繰り返し、二人とも気持ちよさそうに、得意のショットを決めていた。

十四本、十二本。ツインズは、大舞台での初戦を圧勝で飾った。

次は、俺と榊のダブルスだった。

「あれ、榊、なんか緊張してる?」

基礎打ちの球のぎこちなさが気になって、俺はそう声をかける。

「こんな大きな大会、初めてだから」

俺は頷く。

「俺だって初めてだ。それにお前は応援だけでも、この舞台、京都で経験してるじゃん」

「そうだけど」

俺は応援席に視線を送った。櫻井の姿がいつもどおり、『勇往邁進』と書かれた横浜湊の応援幕を守るように、応援席の一番前に見える。タイミングよく視線が合ったので、榊の背中を指差し、応援の声をかけるように手振りで知らせてみた。

「榊く〜ん、頑張って」

聡(さと)い櫻井は、絶妙のタイミングで、榊に声をかけた。

「おっしゃあ」

一気にテンションの上がった榊の気合の声で、本人はもちろん、俺にもたっぷり気合が入った。

ファーストゲーム、その気合のまま、十五本でもぎとった。

セカンドゲーム、やはり、さすがにインターハイに出てくる相手に、気合だけでそう簡単には勝たせてもらえない。

お互いに相手に慣れたこともあって、拮抗した試合内容になる。

5オールから、俺のクリアーがアウトになって、1点差になる。けれどすぐに、短いラリーの後、榊が気合のスマッシュで1点を返してくれた。

それなのに、俺は、せっかくのサービスを甘く浮かせてしまって、相手にすかさずプッシュを打ち込まれる。なんとかしのいで返したけれど、相手がエーススマッシュを打つのにちょうどいい具合に球が上がってしまった。榊のミラクルレシーブがなければ、完全にやられていた。

そうやってせっかく1点差をつけて、今から波に乗るぞという時に、相手にスマッシュできれいにセンターを抜かれ、二人でお見合いをしてしまった。これが結構、ダメージが大きい。ローテーションや互いの位置取りがまだまだだということは、自分たちが一番よくわかっていた。互いの個人的な力でなんとかしのぎながらここまでやってきたけれど、こんな最高の舞台での試合で、相手にそこをつかれたら、信じてこのコートに送り出してくれた仲間に合わせる顔もない。

「ドンマイ。声、出していこう」

榊が、冷静に声をかけてくれる。

試合前に緊張していたのは榊だったはずなのに、試合が始まってからは榊に世話になりっぱなしだ。俺は、榊の声に応えるように何度も気合の声をあげる。しかし、不甲斐なく、リズムを取り戻すことができないまま、7－11でインターバルを迎えた。

海老原先生は、苦笑交じりにこう言った。

「水嶋は、ダブルスになったとたんに球が浮くなあ。まあ、けれど、あと少し離されないようにしながらこのままでいけ。もう少ししたら、やりやすくなるから。そうしたら、一気に最後までつっ走れ」

先生の言葉の意味は、すぐにわかった。そこから相手も、これは俺を狙うに限ると思ったのか、徹底的に俺をマークしてきたからだ。

拾っても、拾っても、俺めがけて次々とシャトルが飛んでくる。

しかし、結局、それが吉と出る。狙われているのがわかったら、対処はしやすいからだ。もともと俺と榊は、プレーのスタイルが違うだけで、力の差はほとんどない。比較的スタミナがある俺が狙われた方が、こっちとしてはありがたいぐらいだ。

相手の意図に反して、俺は、向こうのエーススマッシュや切れのいいドライブを何度も跳ね返す。ネット際へのヘアピンも、たたかれにくいよう、コースを考えながら丁寧に相手コートに返す。ローテーションを気にするというより、いつも海老原先生に言われているように、互いの得意な位置で得意なショットを打てるよう、声をかけ合った。

リズムに乗ってくると、俺の球も低めのいい軌跡を描くようになった。榊のパワープレーもいっそう冴えてきた。

一方、相手は俺を狙うために、やや強引すぎるショットも打ったので、ミスも多くなってきた。さすがにまずいと思ったのか、途中で俺を狙う作戦はやめたようだ。

ミスを挽回しようと、こまめにシャトルの交換を要求したり、ポイントをとられるたびお互いに声をかけて励まし合ったりしていたが、波に乗った俺たちの気合の方が相手の気力を上回った。

21－18。

セカンドゲームの終了とともに、「榊く～ん、ナイスファイト」と、櫻井は、最後の締めもおこたらず、しっかり声をかけてくれた。

俺も、ラケットで榊のお尻をそっとたたきながら、「マジ、ありがとう」と礼を言う。榊がいなかったら手に入れられなかった勝利だ。

「何、言ってんだ。俺たち、相棒だろ」

ベンチで、試合中は大きな声で何度も声をかけてくれていた遊佐さんが、そんな俺たちを見ながら、「バーカ」と声を出さずに笑っている。

一方、トップシンの松田は、まったく不安のかけらもない試合運びであっさりストレートで三勝目をもぎ取り、遊佐さんは、「バカばっかりじゃなくて安心したよ」と松田を労った。

三回戦までは、順調に進んだ。

榊の期待以上の頑張りも凄かったけれど、レギュラーに返り咲いた松田の安定感がひときわ目立っていた。どの試合も、相手に十四本以上与えず、二十分そこそこで終わらせていた。

初めてのインターハイだとは思えないほどの、落ち着きと強さだった。

しかし、翌日の準々決勝からはそう簡単にはいかない。

最初の相手は、関西の古豪、比良山高校。

ここのシングルスには、中学時代、俺が一度も勝てなかったばかりか、最後の公式戦でも引導を渡された、俺たちの代の神奈川県のシングルス優勝者、岬省吾がいる。

もっとも、向こうは、俺と何度か対戦したことさえ覚えてはいないかもしれない。

岬省吾は、六歳でバドミントンを始め、幼い頃からその才能を認められていたそうだ。一つ上の学年に遊佐賢人さえいなければもっと注目されたはずだというのが、輝の弁。実際、遊佐さんが中学を卒業してから岬は一度も負けたことがなく、圧倒的な強さで何度も県の優勝を手にしていた。

岬以外のメンバーも、いつも個人戦で上位に上がってくる猛者揃いだ。

海老原先生は、岬が来ると予想されるトップシンに、俺を指名してくれた。一ダブに遊佐・横川、二ダブに東山ツインズ、二シンに松田、三シン遊佐。横浜湊の必勝パターンだ。けれど、それほどの強豪相手でも、遊佐さんのシングルスまで回すな、というのが海老原先生からの指示であり、俺たちの合言葉だった。

こっちに来てから初めての公式戦になるけれど、大きな試合に慣れている一ダブの遊佐さんたちは、危なげなく十七本、十五本と、相手のエースダブルスに仕事をさせることなく勝利を手にした。

ニダブのツインズも、ファーストゲームを落としながらも、遊佐さんたちから、ずっと近くで学んできた、強さとは負けないこと、を実践した試合運びで勝利をもぎとった。

いよいよ俺の出番だ。

基礎打ちで隣に並んだ岬は、俺の顔を見て、「なつかしい顔に会ったな」と、ひとり言のようにつぶやく。

なつかしいのはお互い様だ。しかし意外だ。俺を覚えてるのか？　なら、好都合かもしれない。そのままのイメージで向き合ってくれ。もう二年前の俺じゃないということは、ゆっくり気づいてくれればいい。

「楽しみだよ。ここまで来るってことは、強くなったんだよね」

などと、今度は上から目線のセリフを、はっきりと聞かせてもくれた。星的に、せっぱつまっているのは自分のチームの方なのに、岬は俺をなめきっているようだ。

「よろしく」

俺は、短くそう返事をする。

岬は俺の言葉が聞こえなかったのか、わざと無視をしたのかわからないけれど、頷くことさえしなかった。自分の方から先に声をかけてきたくせに。

すでに駆け引きが始まっているのかもしれない。

だけど、そんな揺さぶりには動じない。それだけの経験が今の俺にはあるから。

「よく言うだろう？　強い者が勝つんじゃない、勝った者が強いのだと。水嶋、今日は、お前がうちに来て培ってきた強さを見せてやれ」

試合前の海老原先生の言葉は、まさに、今の俺の心境そのものだった。

絶対に負けない。勝って、今の俺の強さを、岬に、いや誰より自分自身に証明してみせたい。

シャトルの見えやすい中央よりのコートを、先に選ぶ。上から目線の岬を、しょっぱなからたたいて、勢いに乗りたかったからだ。

俺がホームポジションに立つと、ひときわ大きな声で、榊が俺の背中に、「集中」と声をかけてくれた。榊も中学時代、この岬には何度も苦い経験をさせられている。だからこその気迫の声なのかもしれない。

岬は、二年前より体格もよくなりさらにパワフルになっている。彼も、比良山でそうとう厳しいトレーニングを積んできたのだろう。けれど、試合運びやショットを打つ時のちょっとしたくせは、俺の記憶とそう変わらない。

遊佐さんと頻繁にやり合っている今の俺が、ついていけないレベルではなかった。

11－9で、俺が先にインターバルをとった時、岬は明らかに戸惑っていた。

本当なら、楽しんでくれてる？　と嫌みの一つも言ってやりたいとこだけど、もちろんそんな余裕はこっちにもない。

「向こうは進化したお前が想像以上だったのか多少戸惑っているように見えたが、そろそろ慣れただろうし、モードも切り替わってくるはずだ。慌てないで粘れ。けれど、ただ粘ってもダメだぞ。考えて粘れ。何度も言うが、考えない人間は絶対に強くなれない」

「はい」

「それから、向こうのエースショットをもっとしっかり止めろ。遊佐のよりは簡単だぞ。相手に勢いをつけさせるな」

何本かきれいに決められたし、返しが中途半端だったものも確かにあった。

「はい」

俺はしっかり頷く。

再び向き合ったネットの向こうの、岬の目の色が変わっていた。岬は岬で、監督に、これほど闘志を滾らせるアドバイスを受けたのだろう。

以前の対戦では、たとえこっちがリードしていても、岬は余裕たっぷりの表情でうっすらと笑みを浮かべていたことさえあった。しかし、今の岬の表情には余裕のかけらもない。あるのは、熱いが、それでいて静かな闘志だけだ。

ここからが、本当の勝負になった。少しでも隙を見せたらつけこまれ、ちょっとした判断ミスで点を重ねられてしまう。

前後左右に揺さぶりをかけても、すぐにホームポジションに戻られ、打つべきコースがなかなか見つけられない。むしろ自分がリズムを崩して隙をつくらないようにすることで必死になった。

頭と体をフル稼働しながら、つけこむ隙を必死で探す。

岬はまだ、自分が勝って当たり前だと思っているはずだ。どれほど競っても、結局は自分が勝つに決まっているという、かつての経験からくるそのプライドが、岬の弱点になるかもしれない。

海老原先生の「エースショットをもっとしっかり止めろ」という言葉の本当の意味を、その瞬間、俺は理解する。それが、岬のプライドをへし折るためには、一番有効なんだ。

俺は粘ってチャンスを待ち、岬の渾身のショットをしっかりと受けとめる。それだけじゃない。岬は、決まったと思い込んでいて次の動作へのタイミングがわずかに遅れる。俺はリターンを、そのせいでポッカリ空いた相手コートの隙間に、素早く押しこむ。

そのショックを引きずりリズムを崩した岬から、畳み掛けるように俺は点を連取した。

21－19で、このゲームをもぎとった。

セカンドゲーム、ラブオール、プレー。

岬は、短いインターバルの間に、気持ちを切り替えたようだ。ネットの向こうでラケットを構える岬は、わずかに微笑んでいた。

「やるじゃん」

そんな言葉を口にしたらぴったりの表情だった。せっかく削ったメンタルが元に戻っていることを、俺はその笑みで理解する。

技術はもちろん、こういうメンタルのしなやかさが、強い選手の本領なのかもしれない。

今度は、先に11点のインターバルをとられた。

「ラリーが続いたな。どうだ?」

負けているのに、海老原先生の目は穏やかだ。俺のことを信頼してくれているのだと思った。

「大丈夫です。おかげであいつとのスピード感にも慣れてきました。相手のコースも見えてます」

海老原先生は大きく頷く。そしてこう言った。

「ここからが、お前の本領発揮だ。今仕入れたばかりのネタを、早速料理して見せてやれ」

「はい」

コートに戻る前にチラッとベンチに視線をやると、ベンチにゆったりと腰掛けていた遊佐さんの口が、声もなく勝てと動くのが見えた。

俺は遊佐さんに小さく頷く。

あれはただ勝て、と言ってるんじゃない。さっさとこのゲームで決めろ、という意味だと思った。

遊佐さんにとっては、岬でさえ、ライバルにもなれない格下の選手だ。

こんなところで何をもたもたしているのだと、俺の試合内容に少しイラついているのかもしれない。

だけど、天才でもカリスマでもない俺にとっては、この展開が精一杯だ。

向こうが油断している間に、勢いにのってなんとか一ゲームをとる。相手が本気を出してきたら、大きく引き離されないよう注意しながら相手のデータを蓄積する。データがしっかり頭に入ってくれば、コースは読み易くなる。この段階まできてやっと、チャンスを演出するショットを繰り出すことが可能になる。

俺は、インターバルの後、15－13とゲームをひっくり返し、2点のリードができた時点でさらにギアをあげる。ここで引き離すべきだと判断したからだ。

様子見のラリーはせず、早めに攻撃に出る。相手のミスに乗じるのではなく、自らの力で点をとりに出た。

もちろん、そう簡単には俺の思い通りにさせてもらえない。けれど、粘り続けていると、ジリジリと点差は開いてきた。

19点目のエースショットが、相手コート奥に決まった時、勝てると確信した。それまでは、なんとか反応してきた岬が、まったくついてこられず、これを見送ったからだ。

あと2点。あと1点。

負けないことが強さだと、自分に言い聞かせながら球にくらいつく。

21－18。

岬は、俺のショットが最後に決まった場所を、何度も確かめるように見つめた。

初めて岬省吾に勝った。けれど、勝ったという喜びはそれほどなかった。終わったという安堵の方が大きかった。

ストレートで勝利を手にした俺たちは、ネット前で整列し、相手チームと挨拶を交わしコートを出た。

コートを出てからすぐ、岬が俺に声をかけてきた。

「今度はもっと楽しめるように、強くなってくるよ」

どんな言葉を返せばいいのか、とっさに言葉が頭に浮かばず黙っていた。

岬は、そんな俺の戸惑いを、フッと笑った。

「水嶋が、横浜湊に行くって聞いた時、ヤバイかもって思った」

岬が俺の動向を知っていたことさえ、俺には信じられないことだった。

「遊佐賢人のそばにいられるお前がうらやましかったし、正直、怖かった」

うらやましかったのはわかるけど、怖かった？　何で？

「俺が中学時代勝てなかったのは、遊佐さんだけだ。あの人が卒業してからは俺にはライバルさえいなかった」

俺はやっと頷く。

岬、お前は本当に、憎たらしいほど強かった。俺にもその記憶は鮮明だ。遊佐さんが中学の頂点にいた頃は、俺はその対戦相手になれるような位置にはいなかった。やっとなんとか県大会の上位に食い込んだ時、そのてっぺんに君臨していたのは岬省吾だった。

「けど、一度だけ、苛々して冷や汗を流した試合があった。それがお前と最後に当たった試合だ」

「俺はストレートで負けたよ」

確かに負けた感は小さかったけれど。負けは負けだ。

「勝ち負けは関係ない。負けるかもしれないと、一瞬でも思ったことが屈辱だった」

そういえば、負けた俺は、一度も負けるかもしれないと思わなかった。

「今日戦って改めて感じたけれど、お前のバドミントンは、本当に嫌なバドミントンだ」

よく言われるけど。

「どういう意味だよ」

「……教えてやんない。今度は勝ちたいから」

そう言って笑うと、岬は、自分のチームに小走りで戻っていった。

俺も、あわててチームの背中を追いかける。

俺が追いつくと、遊佐さんが俺の髪をくしゃくしゃにしながら、「岬、なんだって」と尋ねた。

「俺のバドは嫌なバドだって。けど、次は負けないって言ってました」

「確かに、お前のバドはいやらしい」

「どういう意味ですか？」

「それまで積み上げてきた大事なもの、ごっそり持っていかれそうってことだろ」

横川さんはさすがだね。ちゃんと答えてくれる。

「そうそう。ゲーム中にいっぱい盗まれちゃうからね」

「だから、こいつは、強い奴とやる時ほど強くなる。そうでもない奴にはコロッと負けるくせにね」

「まあ、だけど、次も水嶋が勝つよな」

「もう、岬からは結構盗んじゃったからね」

遊佐さんと横川さんは、楽しそうに俺をネタにじゃれ合っている。けれど、岬がそう簡単な相手じゃないことは、成長して向き合ったからこそ実感している。

「ところで、里佳さんへの土産、何がいいと思う？」

遊佐さんが急に話題を変える。

「紅芋タルトが好きらしいです」などという答えを期待しているわけじゃないということは、その目の真剣さですぐにわかった。

「そりゃ、三冠でしょうね」

「だな」

遊佐さんは、満足そうに頷く。

「つまり、もっとちゃんとやってくれないと困るんだよ、水嶋亮くん」

「頑張ります」

「死ぬ気でな。今の百倍は頑張ってもらわないと」

「はい」

団体での優勝、それこそが遊佐さんの悲願だ。

今回が、遊佐さんにとって、それを叶える最後のチャンスになる。練習試合も含め、遊佐さんはこの二年、シングルスでもダブルスでも一度も負けていない。

その遊佐さんが何より望んでいるのは、実は自分の個人戦での連覇ではなく、団体での初優勝だということを、横浜湊の全員が知っている。

遊佐さんは、自分が横浜湊にいる間に、新しい礎を築きたいと思っている。

インターハイは出るものではなく勝つものだと、埼玉ふたば学園が実践し、そうすることで持ち続けている矜持を、俺たちに持たせたいと思っているのだ。

その想いと期待に応えるため、俺たちは、海老原先生の指導の下、遊佐さんの胸を借り、背中にくらいついてここまで来た。


全員が同じ決意で、旭川商大付属との準決勝に臨んだ。

遊佐・横川のエースダブルスは、早々に一勝を手に入れた。大きな舞台になればなるほど、この二人は安定した試合運びをする。途中で先行されていても、負けるなんて少しも感じさせない。そんな二人に、ずっと引っ張られ、競い合ってここまできた太一と陽次が、次にコートに立った。

ずっとフル出場のツインズは、それなりに疲労も大きいはずだ。

けれど、いつもより声も出ている。フットワークも軽い。ここであげる一勝が、とても意味のある、次の決勝への近道になることをちゃんとわかっていてそれを実践できている試合運びだ。

無理をせず、丁寧に。けれど、チャンスは逃さず思い切りよく。

毎日積み重ねてきた練習そのままを見せるように、二人は、互いをカバーしながら点を重ねていく。

太一と陽次が、ハモるように声を出すたび、俺も、松田も榊も、そして輝もかけ声を返していた。

正しい青春、と親父の言葉が頭をよぎった。正しいかどうかはわからないけど、必死で健気な青春がここにはある。ツインズだけでなく応援している俺たちにも、相手コートにも。

セットカウント、2―0。ツインズは、無傷で一勝をもぎとった。あと一勝。

「お前の出番は、決勝だな」

俺にそう言ってから、松田がコートに出ていく。榊が基礎打ちの相手をするため、すぐ後に続く。

「松田は、勝つな」

ベンチに戻ってきた榊が、俺にそう言った。

「だろうね」

松田は、皮肉は言っても大口をたたかない。あいつがああ言ったからには、絶対に自分で決める。勝てるという自信があるということだ。

「球は切れていて速いし、それに、あいつ今日、スカしてない」

「応援に専念するか」

「いや、でも、アップだけはしとけよ」

わかってるよ、俺は、榊のひざをポンとたたく。どんなゲームにも絶対はない。あるのは仲間への確かな信頼だけ。

松田は、大学に行ったらバドミントンは趣味にすると公言している。将来は、得意な英語と中国語を活かして外交官になるのが夢らしい。

だけど、だからこそ、松田は今必死で戦っている。

「体と心で懸命に刻んだ記憶は、生涯消えることがない。どんな時も、それは君たちを支える。君たちの今の頑張りは、君たち自身だけでなく、それを見つめている仲間の、家族の、一生の支えになる」

先生は、宿舎を出る時、俺たち全員にそんな言葉をかけた。

「今を、中途半端にしないってことだな」

松田は、その後、誰にともなくそうつぶやいていた。

だからというわけじゃないかもしれない。でも、今日の松田はいつも以上にがむしゃらに見える。

1点もやらない。松田の全身からそういう気迫が伝わってくる。リードを広げていても、相手が1点を返すたび、何度も自らに気合を入れていた。リズムを刻むステップは軽やかで、しかも力強い。

　言葉どおり、松田は、十七本、十六本と危なげなくストレートで勝利を手にし、俺の出番どころか、アップの時間さえほとんどなかった。


　決勝の相手は、俺たちの願いどおり、埼玉ふたば学園だった。

　王者も、ここまで順調に駆け上がってきている。

　何度も何度も挑み、そのたびに跳ね返された、俺たちの前にいつも立ちはだかる高く強固な壁。

　選手が代替わりしても、ケガや病気で入れ替わっても、そのたびに新たな強靱な壁を作り続ける選手層の厚さと、代々受け継がれてきた、勝利へのプレッシャーに打ち勝つためのしなやかな精神力。

　頂点に立ち続ける王者の姿が、俺たちの目の前に立ちはだかる。

　だけど、今度こそ勝つ。

　俺たちも、絶対に負けないチームを、しのぎ合い支え合う絆を作り上げてきた。

　団体メンバー全員で、コートで円陣を組む。

「勇往邁進、勝利に向かってまっすぐ進むぞ！　絶対勝つぞ、横浜湊!!」

　横川さんの力強い言葉に、俺たちは、声と心を合わせた。

最後に海老原先生が、「君たちを信頼している。力いっぱい戦って、そして勝利を自らの手でつかんでこい」と、いつもと変わらない調子で俺たちに声をかけてくれた。

決勝は、三面で、ほぼ同時に試合が始まった。

一ダブ、遊佐・横川。二ダブ、東山ツインズ。そして、トップシン、水嶋。

俺の相手は、関東大会と同じ、埼玉ふたばのエースシングルス、神崎だった。あの時、俺はこの人に勝つことができなかった。けれど、今日は、負けない。負けるわけにはいかない。

この一戦のために、関東大会からの一ヶ月半、俺は、海老原先生の指導の下、輝の力を借りメニューを作り直し、基礎トレの質と量を変えるとともに、遊佐さんやOBの力も借りて、より強い人との試合形式の練習を繰り返してきた。

自分一人で頑張ってきたわけじゃない。たくさんの人の力に支えられてここまでたどり着いたんだ。

今、コートに立っているのは俺だけど、俺だけの力がここにあるんじゃない。

横浜湊に入ってから、言葉ではなく体と心で教えられてきたことは、バドミントンはシングルスであっても決して個人競技じゃないということ。今ほどそれを感じて、コートに立ったことはない。

「集中」

聞き慣れた榊の声が、しっかりと耳に飛び込んでくる。

ファーストゲーム、ラブオール、プレー。

一打目から想像していた以上のパワープレーと揺さぶりの連続で、激しくかつ長いラリーのやりとりが続く。1点をとることが、これほど困難で遠かった試合は、それまで経験したことがなかった。

早々にくじけたわけではない。けれど、パワーではやや劣勢の俺は、8オールから、少しずつ自分のペースを相手に明け渡しつつあった。

「一瞬たりとも守りに入るな。ラクをしようとしたら、絶対に勝てない。どんなに苦しい体勢からでも攻撃に出て行かなければ、このままズルズルたたかれてしまうぞ」

インターバルを9－11でとられた直後、海老原先生に活を入れられた俺は、自分のペースを作ろうと、自分のリズムで足を動かし続け攻撃のチャンスを狙い続ける。

そして普通なら、ロブを上げて自分の体勢を立て直すべき神崎の決めのプッシュを、逆方向へクロスレシーブする。攻めの意識を持ち続けていたからこその一打だった。

これで一気に攻守が逆転した。このラリーを制した俺は、相手のミスにも助けられ、続けざまに6点を連取した。

15－11。ここからが、このゲームの正念場だ。絶対に気を緩めるな、自分に言い聞かせる。

フォア側へのカット、バック側へのスマッシュ、ボディへのスマッシュ、立て続けにコースを変えて連打する。これは遊佐さんが絶好調時のプレーのあからさまな模倣だ。

ボディへの一打が決まった瞬間、神崎は、少し怪訝な表情を見せる。

関東大会では、常にゲームの主導権を握り危なげなく勝利したはずの格下の俺に、ここまで好き勝手に打たれていることが信じられなかったのかもしれない。もしくは、あまりに俺のプレースタイルが一度も勝てていない遊佐さんにそっくりだから、ちょっとしたパニックになっているのかもしれない。絶対に負けない男、遊佐賢人のイメージは偉大だ。

けれど冷静に見れば、俺の技術力やパワーが遊佐さんほど巧みではなく、俺の攻撃への意識がほんの少しだけ神崎より勝っていた、それゆえの展開だとわかったはずだ。

その判断もできないほど、連戦の神崎は疲れていたのかもしれない。拭っても拭いきれない汗と、酸素不足なのか、あえぐ姿がやけに目につく。まだファーストゲームの半ばなのに。

同じことは、俺にも言えたはずだ。ただ、自分の無様な姿は自分では見えない。ありがたいことだ。

21－17、ファーストゲーム先取。

「水嶋、次も行くぞ。次がファイナルだと思って必死で行け。私が、このベンチに座っている意味を考えろ」

海老原先生の言葉に、俺は、水分の補給をしながら大きく頷く。

埼玉ふたばは、エースダブルスを東山ツインズにぶつけてきている。

つまり、前年の個人戦、単複優勝者であり、それから一度も負けたことのない遊佐さんとの直接対決を避けたということだ。

一ダブの一勝をあきらめ、他をとることで、最後の遊佐さんのシングルスには回さず、3−1で優勝をもぎとる作戦だ。

うちとしても、ある程度は予想していた展開だ。オーダー表の交換が終わった時点で、太一と陽次には申し訳ない言い方だが、俺以外のコートの一勝一敗は決まっているようなもので、ここの一勝が後の全ての流れを決める。

少なくとも海老原先生は、そう判断して、このコートについているはずだった。

セカンドゲーム、ラブオール、プレー。

もし観客としてこの試合を見ていたのなら、息をのむ緊迫したラリーからポイントがどちらかに決まるたび、歓声と拍手を送っていたかもしれない。

ファーストゲームよりもさらに長く苦しい、体力と気力の競り合い。少しでも甘い球を返せば、容赦なくたたかれる。強打とカットを組み合わせ、リスクも覚悟で、ギリギリのコースに配球する。それにともなうメンタルの緊張感を体に馴染ませながら。

俺は前の試合、松田のおかげで体力を温存できた。一方神崎はストレートで勝ってはいるが、十八本、十九本と、接戦を繰り広げた後のこの一戦だ。見るからに疲労が蓄積しているのに、神崎も決して守りに入ることはない。

俺は戦いながら、敵とはいえ、神崎の戦いへの気迫と勝利への執念に尊敬の念すら覚えていた。しかし、だからといって負けるわけにはいかない。自らを、気合の声とステップを踏むリズムで叱咤激励し続ける。

　互いのわずかなタイミングの遅れで、攻守は目まぐるしく交代する。

「足はお前の方が動いている。いけるぞ」

　海老原先生の短いエールに、相手をより冷静に見る目ができたからなのか、11－10からインターバルをはさんで、俺が3ポイントを連取した。1点がこちらに入るたびに、榊の、ナイスショットという声が飛んでくる。

　その後2ポイント差のまま、18－16まできた。

　次のラリー、神崎のなんでもないバックハンドのリターンがネットにかかり3点差になる。直後から神崎の踏み込みが少しずつ遅れるようになり、リターンのコースが甘くなる。粘りながらラリーをコントロールし、思い描いていたチャンスに一気に前に出る。そして、角度のあるスマッシュを、体のバネを全開にして、神崎のボディ、バック側に打ち込んだ。スパンッと小気味のいい音をたてて、シャトルはまっすぐに狙いどおりの場所に飛んでいく。神崎は、一歩も動かずそれを見つめていた。

　その直後、遊佐さんたちが戦うコートから大きな歓声があがる。横浜湊の応援席は、ガッツポーズで溢れ総立ちになっていた。

　すぐに、遊佐さんと横川さんが勝利をもぎ取ったことがわかる。俺も続くんだ。新たな力が、爪先から頭のてっぺんにまで、シュッと駆け上がってくる。

　反対に、王国の自負と勝る経験でもちこたえていた神崎のメンタルが、この瞬間、完全に折れてしまったのかもしれない。

最後の一本は、ほとんどラリーにもならず、甘いコースで浮き上がってきた球を、俺はジャンプスマッシュで左クロスへたたき込み、勝負が決まった。

場内からは、さらに大きなどよめきが起こる。

絶対王者が、瀬戸際に追い込まれたからだ。

勝者サインを終えてからすぐにツインズの応援に回る。エースダブルス相手の太一と陽次も健闘していた。一ゲームずつを分け合い、ゲームはファイナルに突入している。

これも、埼玉ふたばには予想外の展開だったはずだ。この後、エースダブルスの一人、武田は、遊佐さんとのシングルスの戦いも想定しているはずだ。いや、その前にここを落とせば、ストレートで、長年守り続けてきた王者の座を明け渡すことになる。

けれど、さすがに王者の底力は凄く、ファイナルは、18－21で埼玉ふたばがものにし、横浜湊の悲願の優勝へのバトンは、松田に託されることになった。

松田の相手は、昨年のインターハイ、個人戦シングルス、ベスト8の高橋元樹。

高橋はここまでほとんど出番もなく、体力は十分だ。もちろん瀬戸際に追い込まれているせいで、気迫にも溢れていた。

基礎打ちを終えた榊に、ちょっと不安になって「松田、どう？」と聞くと、「あいつ、今日、負ける気なんかこれっぽっちもないな」と、安心できるコメントが返ってくる。

海老原先生の松田への言葉は短かった。

「遊佐まで回すな」

明日からの個人戦を考えれば、それはそうかもしれないけど、王者相手に、いくらなんでもそれは、と俺も榊も顔を見合わせて小さく息を吸い込む。

けれど、松田だけは、至極当然の指示のように「はい」と深く頷く。

ファーストゲームは29−30、高橋がとった。今回の対戦の中で、一番のロングゲームになった。

接戦を持っていかれた精神的打撃は大きい。しかも、どれほど長く厳しい戦いの後でも、ゲーム間のインターバルは二分以内。

セカンドゲームが早々に始まる。

コートを目いっぱい使い、クリアーとドロップ、ヘアピンとロブを使い分け、互いに相手を前後に大きく動かし、さらにスタミナを奪い合っていく。

連戦の影響もある。ファーストゲームのダメージもある。心身ともに疲労度は松田の方が高いだろう。しかし、松田の戦いぶりは見事だった。一度も受けに回ることなく、足を動かし頭を使い、21−18でセカンドゲームをとり返した。

しかも松田は、速いスピードでコートの奥に打ち込む、いわゆるピンサーブでセカンドゲームの最後の1点をもぎとった。いつもの松田のプレースタイルからは想像もできない豪胆さだった。

次の二分のインターバルは、いっそう短く感じられた。体中の水分が全部出てしまったのではと思うほど、松田も高橋も汗にまみれ、肩で大きく呼吸を繰り返している。インターバルの間に着替えたはずのユニフォームも、すぐに汗で色が変わっていった。

ファイナルゲーム、ラブオール、プレー。

短いラリーの後、松田のクロスカットが、スッと音をたてて相手コートに落ちた。最近の俺の十八番といってもいい、バックからの高い打点のクロスカットだ。

「お前が打ってるみたいだな」

榊がつぶやく。

俺も、まるで松田の中に自分が入り込んで試合をしている気分になる。松田が次に打つ球が、目を閉じていてもわかるほどに、俺の意識は松田と一緒にコートに立っていた。

ここで粘れ、次もストレートにくる。

いけ、今だ、前に出ろ。

よし、一本。

お返しのクロスカットが飛んでくるぞ。次で相手は前に出てくるはず。

ネット際でもあきらめるな。のけぞりながらのヘアピンだ。

松田に俺の心の声が聞こえるわけでもないのに、ゲームはほぼ俺の予想どおりに進んでいく。

10－11。インターバルは高橋がとった。

「なんか泣けてくる。あの松田が、こんな泥臭い根性見せるなんて」

榊の言葉に、「まるでお前みたいだな」と、さっきの榊の言葉をそのまま返す。

松田のバドミントンの特徴でもあるスマートさは、今日は影をひそめていた。

いつもなら松田は、体力を消耗する榊のような強引ともいえる粘りは見せず、また俺のように相手を惑わすためのトリッキーなプレーは好まず、理に適ったプレーを組み合わせてポイントを重ねていく。あまりに教科書どおりなので、海老原先生も、下級生のお手本にはよく松田のプレーを引用している。

けれど、自分よりずっと強い相手にそんな試合運びでは勝てない、と思ったのかどうかはわからないけど、松田は今日、自分のスタイルをかなぐり捨て、俺や榊のプレーも自らにとりこんでいた。しかも、しゃくなことに俺たち以上に上手くプレーしている。

巧みなラケット捌きで、相手の裏の裏をかくようなネット際でのプレーを見せたかと思うと、あきれるほどのしぶとさで、相手のエーススマッシュにくらいついていく。転倒しても、バネ仕掛けのように瞬時に立ち上がって、高橋の気迫を迎え撃っていた。

18オールから、その松田の気迫に気後れしたような高橋のサーブミスで19－18。

埼玉ふたばの応援席からは、高橋を鼓舞するように大きな声援が飛ぶ。

横浜湊の応援席からも、同じぐらい大きな声援が、必死の視線が、松田に集まっている。

「集中、もう一本」

絶妙のタイミングで、榊が松田の背中に声をかける。かすかに、松田が頷く。正面から見ていた櫻井によれば、その時、確かに、松田は微笑んだらしい。

長いラリーが始まった。

「松田、マジ、神が降りてるな」

「今のこいつと戦って、勝てる気がしないな」

「仲間で良かったよ」

僅差の試合なのに、俺たちは、松田が負けるとは一度も思わなかった。このラリーも絶対に、最後は松田が決める。そう信じていた。

セカンドゲームが始まってからアップを始めていた遊佐さんも、同じ想いだったようだ。

俺の背中から、誰にともなく「出番はなさそうだな」と小さくつぶやく。

松田の優美かつ鋭いロブが、高橋のラケットをすり抜け、相手コートのライン際に落ちた。判定はイン。

「あと、一本」

俺と榊のかけ声がひとつになって、コートに響く。

最後の一本だ。

松田のロングサービスは、理想的な弾道でコート奥に飛んだ。が、高橋はそれを後ろにジャンプしながらスマッシュで返す。松田は慌てず、きっちりクロスに返し、そこからはまるでダブルスの試合のように、ドライブの応酬になった。

いくらドライブが得意な松田でも、少しのミスも許されない状態で、しかも互いにカウンターを狙っているわけだから、チャンスとピンチは紙一重の状態だ。

今は、どちらの応援席も静まり返っている。息をつめ、祈るように手を合わせ、視線は全て二つのコートを行き交うシャトルに注がれている。二人のステップを踏む音だけが、まるで原始音楽のように、独特のリズムを刻んでいた。

最後は、松田の渾身のエーススマッシュが、高橋のボディを直撃し、勝敗は決した。

21－18。

会場は、悲鳴にも似たどよめきと歓声、素晴らしい試合を見せてくれた二人を称える拍手で溢れた。

松田は小さなガッツポーズの一つも出さず、淡々と高橋と握手を交わし、勝者サインに向かった。それとは対照的に、横浜湊の応援席は、初めての優勝を喜ぶ笑顔と感激の涙が混じり合い、ちょっとしたお祭り騒ぎになっていた。けれど、海老原先生が視線をそちらに向けたせいか、静かな喜びに変化していく。

もちろん、俺たちも抱き合って大声で喜び合いたい。けれど、ベンチで仲間と握手は交わしても、試合後の挨拶も済まさないで、それ以上の大騒ぎが許される場面ではなかった。

団体のメンバーがネットをはさんで横一列に整列し、一方は喜びをかみしめ、一方は悔しさを押し隠し、互いの健闘を称え合うように挨拶を交わした。

その直後、松田が崩れるように倒れこむ。

隣に立っていた榊が驚くべき敏捷（びんしょう）さでそれを支えた。反対側の隣にいた俺も、すぐに手を貸す。

悲願の優勝を喜ぶどころじゃなかった。俺たちは松田を抱え、すぐになるべく涼しい場所に移動し、海老原先生は医者の手配に走った。

輝と櫻井が、必死で松田の体を冷やし、名前を呼びかけ、なんとか水分を補給させようと努力していた。

「ご迷惑をおかけして申し訳ありません」

沖縄まで応援に来ていた松田のお父さんも、応援席から駆けつけてきた。

幸いなことに、朦朧としていた松田の意識はすぐに回復して、お父さんの顔を見ると、一言、「せっかく来てくれたのに、ごめん」とつぶやいた。

「なんで謝る？　本当にいい試合だった。勝ったから言うんじゃない。負けたとしても、今日ほど父さんは、お前を誇りに思ったことはないぞ」

お父さんの言葉に、遊佐さんもこう続ける。

「優勝したんだぞ。松田、お前が決めたんだ。横浜湊の団体初優勝を」

松田は、自分が勝ったことも、横浜湊が悲願の団体優勝を遂げたこともよくわかっていなかったようだ。試合の途中で倒れ、ここに運ばれていると思ったようだ。脱水症状で、記憶が混乱したらしい。

似たような経験のある俺には、松田の戸惑ったような表情がよく理解できた。

「けど、こんな迷惑かけて」

「真夏の沖縄で、あんな死闘を繰り広げたら、誰だってこうなりますよ」

櫻井が、自分も汗だくになりながらそう言う。

決勝戦が行われたメイン会場は、空調が多少は利いていた。とはいえ、風を極力シャットアウトした体育館で、見ているだけの人たちも汗がにじんでくる程度の暑さの中、相当なプレッシャーを受けながら激しい体力の消耗戦を行ったことになる。

サウナの中で、何度も緊迫した試合を繰り返していると想像してみるのが、一番わかりやすいかもしれない。

試合中は不思議なことに、暑さも酸素不足もそれほど感じない。たぶんややこしい名前のホルモンが、脳を騙しているのだろう。

いくら普段から鍛えていても、想定以上の長く激しい試合では、気力勝負になることも多々ある。松田は気力を振り絞った。そして勝った。瞬間、糸が切れてしまったのだろう。

「もういい。黙って飲め」

横川さんが、輝が塩分と糖分を調整した特製ドリンクを松田の口元に当て、櫻井がタオルを当てる。

俺と榊は、ただもう必死で、両手に持った団扇で松田の全身をあおいでいた。

ほどなく到着した救急車に、嫌がる松田を無理やり押し込み、松田のお父さんが付き添った。

別の車で海老原先生と輝が向かおうとしたけれど、松田のお父さんが、それをおしとどめてこう言った。

「大丈夫だ。航輝には私がついている。海老原はもちろん、内田くんもここに残って欲しい」

「でも、僕はマネージャーですから」

きまじめな輝は、マネージャーとしての務めをあくまでも果たそうとする。

「何かあれば、真っ先に飛んできてくれる君に、航輝はとても感謝している。こんな場面でなんだけど、いつもありがとう」

輝は本当に嬉しそうな顔をした。俺は、松田以上に輝に世話になっているくせに、お礼の言葉も態度も示せない自分を恥じる。

せめてもの感謝の印に、その夜、風呂上がりに缶ジュースをご馳走したけれど、輝は、ありがとうと言いながら、さかんに首をひねっていた。面と向かって礼が言えないのが思春期の男子だ。許せ、輝。

松田は、結局、熱疲労という診断だった。輝と櫻井の処置も早く適切だったので、それほど重篤にはならず、入院の必要もないということで、夜には宿舎に戻ってくることができた。

戻ってきた松田は、同室の俺に、少し踏み込んだ自分の話をしてくれた。

松田の家は、中国での暮らしが肌に合わなかった母親が家を出る形で、両親が三年前に離婚したそうだ。

父親は日本に戻ってからも海外出張が多く、父親と不仲なわけではないが、父と息子で一緒に過ごす時間はそう多くはなかったらしい。

「息子さんは、先輩が思っている以上に立派で素晴らしい青年に育ちつつあります。彼はとても自立していますが、孤独ではありません。素晴らしい仲間に恵まれ、人を思いやり、尊敬することも知っています。親として、今の彼のその姿を見ないでいたら一生後悔することになりますよ。一度、彼の戦う姿を見てやって下さい」

松田のお父さんは、大学時代の後輩でもある海老原先生の強い勧めで、今回、仕事をやりくりして沖縄まで応援に来たそうだ。

そして、あの松田の決勝戦での戦いぶりを、それを一つになって応援する横浜湊の仲間の姿を目にした。

自分も、競技は違っても、サッカー部で寝食をともにして戦い抜いた仲間がいたことを、そして、その仲間の支えは今もあることをお父さんは改めて思い出したそうだ。

病院の帰り道、親子で夕食を食べたそうだ。

「向かい合って食事を摂るのは久しぶりだった。あんなことの後だから、食欲もなかったんだけど、親父が俺の体を心配して頼んでくれた中華粥は、うまかった。本当にうまかったんだ」

松田は、照れたようにそう言った。

松田も交えて、夜のミーティング終わりに、俺たちは今日の団体戦優勝を祝って、ジュースで乾杯した。

けれど、翌日には、個人戦のダブルスとシングルスが始まるので、それほど浮かれ気分というわけにもいかない。

両方に出場する遊佐さんには、三冠もかかっている。ツインズはダブルスに、俺もシングルスに出場する。

翌朝、若干の興奮を残したまま、新たな戦いへ出発した。

今日は個人戦のダブルス、明日はシングルスのそれぞれベスト4までが決まる。そして勝ち抜いた者だけが、明後日の準決勝、決勝のコートに立てる。

個人戦ダブルス、ノーシードからの太一と陽次は、決勝にいくためには、五試合を勝ち抜かなければならない。第一シードの遊佐さんたちにも絶対はないけれど、俺と榊は、応援の声がより必要なツインズの応援に回る。一試合目は十一本、九本と、それほど競った場面もなく無難に勝利する。団体初優勝の高揚感もあり、ローテーションのリズムも良く、互いの声もよく耳に届いているようだった。

けれど、さすがにインターハイは強豪揃いで、二回戦で、早くもファイナルにもつれ込む大接戦になる。21－19で、なんとかファイナルを勝ち取ったけれど、終盤には、ツインズの動きはずいぶん重くなっていた。

「相当、足にきてるな」

俺と榊は、それほど長くもない次の試合までの間に、太一と陽次のマッサージに専念することにした。輝は、二人の水分やエネルギーのコントロールをしながら、次の対戦相手のデータを分析した結果を、疲労とマッサージのせいで眠っているようにも見える二人に、根気よく説明している。櫻井は、二人のラケットの手入れを受け持ってくれていた。

「次をしのげ。そうしたら次は、比良山の、昨日遊佐さんたちがたたいたペアが上がってくるはずだ。そこを勝って、やっと準々決勝だ」

榊の言葉に、眠っていたのかと思った太一が反応する。

「大阪柏工業か旭川商大付属。どっちが上がってきても厳しいなあ」

「おまけに、それに勝っても、準決勝では、また埼玉ふたばの武田・星川と再戦することになるし」

陽次も、情けなさそうにつぶやく。

「でもそれにも勝ったら、遊佐さんと横川さんの最強ペアと、最高の舞台で戦えるぞ」

俺の言葉に、太一が複雑な笑みを浮かべる。

「同校同士って盛り上がらないよね。応援もないし。海老原先生は、いっつも苦虫を嚙み潰したような顔してるし」

「まあ、どっちも可愛い生徒だからな」

榊がそう言うと、「どう見ても、僕たちの方が、可愛いよな」と、陽次が太一の顔を指でつつく。太一がクスッと笑う。

「いちゃいちゃすんなよ、双子」

榊が、マッサージの手を休めて太一のお尻を軽くぶつ。

「東山くんたちって、禁断の愛なの？」

「他の人には黙っててね。ハナちゃん」

　太一が真顔で答える。

「太一、いいかげんにしろよ。櫻井、信じちゃうぞ」と俺が言うと、そんなわけないじゃんねえって、櫻井が爆笑する。

「ありがとう。体も心も、ずいぶんほぐれたよ。な、陽次」

　太一が立ち上がって、俺たちに礼を言った。

「うん。とにかく、一段ずつ上がっていくよ。もしも、決勝にいったら、僕たちを応援してよ。タメのよしみってことで」

　陽次の言葉に、俺も榊も、しっかり頷く。そのつもりだったからだ。

　いつも応援席に、どちらかは顔を見せているツインズの両親は、今回、沖縄にはどちらも入っていない。お母さんの方は夏風邪をこじらせ、お父さんは仕事の都合がどうしてもつかなかったらしい。

　ツインズの両親は、小学生で野球をやっていた頃から、大きな大会の応援にはできる限り来ていたらしいから、太一も陽次も、お母さんの体調も気になるだろうし、なんとなく物足りなさを感じているようだった。

　昨日の松田とお父さんの姿を見れば、俺だって、やっぱり親を呼んでやれば良かったなと思ったほどだ。

だからこそ、俺たちでツインズを盛り上げようと、榊とは話し合っていた。

俺たちは、次の戦いに出て行く二人を見送った後、すばやく応援席に移動する。

三回戦は、十八本、十七本と、なんとかストレートで勝ち進んだ。

次は、リベンジに燃える比良山高校のエースペアとの対戦だ。

ファーストゲームをとられ、セカンドゲームをとり返す。

「接戦だね」

「この次が厳しいから、ファイナルも競るとしんどいね」

「太一、陽次、集中」

榊が、大声でツインズに向けて叫んだ。そして、「お前も応援しろ、それしかできないんだから」と俺にも怒鳴る。

「横浜湊、ファイト」

俺は、榊に負けないぐらい大声で叫んだ。

「湊、ファイト～」

櫻井も、声援を送ってくれる。

そして三人声を合わせて「勇・往・邁・進」と叫ぶ。

太一と陽次は、こちらに視線を向けて、二人同時に頷いた。

11−10でインターバルをとってから、ツインズは立て続けに6点を連取した。その後3点を返されたけれど、太一のクレバーな配球に陽次もよく反応し、ネット際の見事なラケット捌きで、最後まで相手にポイントは許さなかった。

21−13、疲労を最小限に留める、いい点差だった。

ツインズの次の相手は、まだ決まっていない。一つ向こうのコートで、まだ激闘を繰り広げていた。どちらも優勝候補に名前のあがっているペアだ。ここで負けるわけにはいかない、と必死で球を追いかけているはずだ。

25−23。長くて激しいファイナルゲームを制したのは、旭川商大付属の大原・間瀬だった。

体を休めている太一と陽次の元に、「旭川が勝った」と、榊と一緒に報告を入れに行く。

「大原さんと間瀬さんか」

「去年は、三回戦で当たって、完敗だった」

「今年はどこまで、粘れるかな」

太一と陽次の会話に、「何、言ってるんだ、勝て。できるだけ強い相手を蹴散らして、俺たちに楽をさせてくれ」と、試合を終えたばかりの遊佐さんが、割り込んできた。

「お疲れっす」

榊と俺が頭を下げると、「いいなあ、お前らは、海人Tシャツで、もはや観光気分か」と、遊佐さんが皮肉たっぷりに返してくる。

「まさか、応援、頑張ってますって」

「全然、声、届いてないんだけど。相手校の応援ばっかだよな、横川」

「切ないくらいにね」

横川さんが、目頭を押さえる振りをする。

そんなはずはない。先輩たちは遊佐さんと横川さんの応援に回っているはずだ。おそらく、あまりに圧勝ペースの展開なので、応援席も安定しているのだろう。

「太一たちに張り付いてたんで、すみません」

俺が下げた頭を、遊佐さんが、ぐりぐり押さえつける。

もちろん、からかわれていることはわかっている。少なくとも準決勝まで、負ける確率はほとんどない遊佐さんたちより、一戦一戦が崖っぷちの太一と陽次に、タメの俺たちがつきっきりなのは当然といえば当然だ。けれど、勝って当然と言われ、勝ち続けている遊佐さんたちのプレッシャーは、どれほどのものだろう。

「まあ、いいよ。水嶋には元気の素、もらったから」

遊佐さんの言葉に、横川さんだけがクスッと笑い、後のみんなはポカンとしている。

昨夜、里佳から俺にメールが届いた。

「団体優勝おめでとう。父さんや母さんも大喜びだったよ。私は、亮と愉快な仲間たちならやっちゃうと思ってたけどね。遊佐に、三冠待ってるからねって、伝言お願い」というものだった。

そして、どういう意図なのか、浴衣姿の里佳の写真が添付されていた。

俺は松田のこともあって、うっかりして、団体優勝の件は、まだ里佳にも誰にも知らせていなかった。里佳が知っているということは、遊佐さんが、報告したということだろう。

その返事をなぜ俺に？　しかも、姉の浴衣姿の写メなど俺が欲しいはずもない。俺は、たぶんそれが正しい判断だと思い、昨夜のうちに、写真ごと里佳のメールを遊佐さんに転送しておいた。


「水着姿だったら、もっと頑張れるのにな」

腑抜けた声で遊佐さんはつぶやく。

「伝えておきます」

「伝えたら、殺すよ？」

「忘れます」

榊が、そんな俺と遊佐さんのやりとりを怪訝な顔で見ていた。


太一と陽次は、準々決勝で散った。

最後まで互角の戦いを繰り広げたけれど、一歩及ばなかった。海老原先生は、「来年につながるいい試合だった」と言って、二人の健闘を称えてくれた。


いよいよシングルス戦が始まる。

昨夜、俺は遊佐さんの部屋に呼ばれた。

「水嶋、絶対に明日は負けるな。明後日の準決勝も勝って、決勝のコートには、お前と俺が立つんだ」

「はい」

とは言ったものの、全く自信はない。

岬を筆頭に結構な強敵が俺の山にもいる。というか、俺こそがこの舞台では新参者で、誰と当たっても簡単にはいかない。

「来年、俺はいない。けれど、横浜湊は連覇しなきゃいけないんだ。今年よりずっと苦しい戦いだぞ。他はみな、お前たちを目指して、お前たちをたたき潰すためにやってくる。俺がいないということは、メンタルでのアドバンテージがないということだ。相手は、今年の横浜湊なら潰せるって思ってやってくる」

そのとおりだ。

「だから、ここでお前は、決勝に上がってこなきゃダメなんだ。俺がいなくても水嶋がいる横浜湊は手強い。そう全国に印象付けられる最初で最後のチャンスなんだ」

「はい」

「水嶋は強くなったよ。伸び率でいったら、俺も完敗だ。それに、お前には、輝を筆頭に強い絆の仲間がいる。だから、お前は絶対勝ち上がってくる、俺はそう信じているよ」

レギュラーを決めるランキング戦は、ある意味残酷だ。いくら納得尽くでも、入学してから辛苦をともにした仲間でも、試合に出られない悔しさやあせりを完全に消すことはできない。遊佐さんたちの代では二人が突出していて、後から入ってきたツインズの実績と才能は華々しく、松田や俺、榊も短期間でグンと力を伸ばした。その煽りを受けて、遊佐さんたち以外の先輩たちはほとんど公式戦に出ることができなかった。実力がないならあきらめもつくが、その差は紙一重で他のチームならレギュラーは当たり前の人たちばかりだった。

そういう不平不満を誰も表面には出さない。けれど、完全には消せないしこりを遊佐さんや横川さんは、いつも感じていたのかもしれない。もちろん、後輩の俺たちも感じていた。だから繊細な松田は一時スランプに陥ったこともある。

けれど、俺たちの代は恵まれていると言えるだろう。

全て輝のおかげだ。輝のマネジメント力が、俺たちのメンタルをいつも良好に支えてくれている。そのおかげで、俺たちはひときわ強い団結力を実感していた。

試合に出ることがない輝を、他のメンバーがかわいそうだと思ったことは一度もない。なぜなら、いつも輝は俺たちとともに戦っているからだ。輝がいるから、勝てる。そんな信頼が俺たちの間には、確かにある。

一回戦、二回戦と、俺はストレートで勝ち上がった。遊佐さんまであと三つだ。

そして次の相手は、また、比良山高校の岬省吾。ライバルというのは、こういうふうに形作られていくのかもしれない。

基礎打ちの前に視線が交錯したけれど、お互いに声も笑顔も交わさない。

おそらく、岬も俺と同じように、これから始まる激闘に備え、自らのコンディションの調整に集中していたのだろう。

ラブオールプレー。

審判の声とともに、岬も俺も、お互いが創り出す熱気の中に、躊躇なく突入していく。

前回の対戦で得た岬のデータを頭で整理しながら、ラリーをコントロールしようとしたけれど、なかなか思うようにはいかない。岬も進化しているんだと、実感する。

当然のように、ファイナルにもつれこむ。お互いに、種も出尽くすほど技と気合の限りをつくした。

なんとか25－23で振り切って試合を終えたら、右足がけいれんしていた。

「こうなったら、決勝に行ってくれ。でなきゃ、俺の自尊心がもたない」

そんな岬の言葉に、俺は深く頷く。冗談めかしているけれど、俺に勝ち続けて欲しいと心から願っていることは、交わした握手の確かさでよく伝わってきた。

こうやって勝利への熱い想いはつながっていく。全力で戦ったからこその、バトンタッチだった。

あと一つ。とりあえず、あと一つで、明日につなげられる。

次の対戦に備えるため、チームメイトの元へ戻る。

俺は運にも恵まれているようだ。

俺の山の、次のライバルになるはずだった旭川商大付属の安住(あずみ)が、昨日の試合でふくらはぎを痛めたらしくシングルスを棄権したからだ。

予想ではシード選手の彼と対戦するはずだった俺は、不戦勝で上がってきた初顔合わせの京都洛風高校の藤崎との準々決勝をあっさりとストレートでものにすることができた。

俺は、欲しくてたまらなかった明日への切符を、運も実力のうちだよ、と榊に笑われながら手に入れることができた。


その日の夜、宿舎では、海老原先生のこんな言葉があった。

「明日は、ダブルス、シングルスの準決勝、決勝です。ダブルスでは全員一丸となって、遊佐くんと横川くんを応援しましょう。個人戦もチームで勝つんだ、とその気持ちを忘れないで下さい。シングルス戦は、準決勝では、遊佐くん、水嶋くん、それぞれの応援に励みましょう。決勝は、おそらく二人の試合になります」

海老原先生が、そう言い切ったところで、おおっという感嘆の声と拍手が湧く。

「仲間同士の試合ですから応援は難しいと思います。けれど、やはりチームで二人を後押ししましょう。今、彼らが持っている力以上のパワーを二人が晴れの舞台で発揮できるように。横浜湊が、これからも勝ち続ける勝利の礎がすでにここにあることを見せつけられる、そんな一日にしましょう」

もう一度、さらに大きな拍手が湧く。

海老原先生は、明日、遊佐さんのベンチに入る。俺のベンチには、輝とともに、団体戦の二日目から沖縄に入ってくれた、横浜湊のＯＢでもある柳田コーチが座ってくれることになっている。

柳田さんは、大きな大会や大会前の練習には予定の許す限り来てくれているが、インターハイ以外の試合では、同校同士の試合でも、あまりベンチに座ることはない。輝がマネージャーを兼任するようになってからということらしいので、海老原先生がそういう配慮をしているのだろう。

インターハイ前、柳田さんは予定をやりくりして、俺の専属コーチのように、つきっきりで練習を見てくれた。インカレの王者でもあった柳田さんに学ぶことは多かった。

練習試合とはいえ、遊佐さんでさえも、柳田さんには何度か土をつけられている。今の俺にとっては最高のアドバイザーだ。

風呂上がり、また遊佐さんに部屋に呼ばれた。

いつもはたいてい、ヘッドホンを耳に当て音楽を聴いたりしながら、それでも一緒にいることが多い遊佐さんと同室の横川さんは、今日は、俺と入れ違いに部屋を出て行った。

明日は二人の対決になるかもしれないので、気を利かせてくれたのかもしれない。

「水嶋、俺は、三冠狙ってるよ」

「はい」

湊に入学する前から知っています。

「一年待ったんだから」

去年のインターハイでは悔しい思いをしましたからね。

「これでやっと里佳さんとデートできる」

そっちですか。

「お前、俺に勝つ気だろ？」

もちろんそうだが、そこは曖昧な笑顔でしのぐ。

「まあ、全力でかかってこい。俺は負けない。お前が一年頑張った以上に、俺はやり抜いてきた。長いスランプも、ケガも、今となっては、全てが明日の勝利への糧となっている」

スランプ？　ケガ？　俺は首をひねる。

確かに調子の出ない試合は何度か目にしたけれど、負けたことがない遊佐さんに、そんな時期があった記憶はない。

「ケガは中学時代に痛めた右膝が何度もぶり返した。痛み止めとテーピングでしのぎながら、乗り越えた試合も多かった。けれどやはり無意識にひざを庇うせいで妙なくせがついて、それがスランプの原因になった」

「でも、負けたことないですよね？」

「負けたよ。お前らは知んないだろうけど。水嶋たちが新人戦を頑張ってる頃かな」

「それって世界が舞台の時ですよね？」

「俺は、世界相手だから負けたわけじゃない。自分に負けたんだ。心身を整えてその場に臨めなかっただけで、すでに負けていた。けど、いつも横川が支えて一緒に這い上がってくれた。乗り越えた時、もっと強くなった自分がいた。その時思ったよ。まだまだ強くなれる。そして、どこまで行っても、強さに終わりはない」

強さに終わりはない、か。遊佐さんにしか言えない言葉だな。だけど、俺の肝に銘じておく言葉でもある。

「全力で応援して、全力で戦います。俺も、まだまだ強くなりたいから」

うん、と頷いてから、最後に遊佐さんはこう締めた。

「明日は俺も全力で戦う。まず、ダブルスで横川と一等賞になる。それからお前に勝って、三冠を手に横浜に凱旋だ」

これで俺が準決勝で負けたら、許してもらえそうにないな。絶対勝つしかない。俺は、改めて自らに言い聞かせた。


試合会場に入って驚いた。今日は準決勝と決勝戦だけなのに、体育館のフロアーに設けられた応援席はもちろん、二階の観覧席も立ち見が出るほどの盛況ぶりだ。

普段の試合とは違って、学生とその保護者、いわゆる大会関係者の人だけではなく、幼い子どもたちや年配の人たちの姿も結構見られたので、地元の人たちの応援もあるのだろうと思う。もし、今日の試合がきっかけになって、そういう人たちがバドミントンを好きになってくれたらこんなに嬉しいことはないな、と自然に笑みがこぼれる。

「いい度胸してんな、決戦の場で何にやけてんの？」と遊佐さんに嫌みを言われたので、スッと真顔に戻したけれど。

しかし、それにもまして横浜湊の応援団の数が凄いな。

横浜湊は、他のスポーツも盛んだ。今回のインターハイのため沖縄に入っている部は一つや二つじゃない。

その中から、日程の調整のつくもの、すでに試合を消化したもの、それぞれの部に応援に来ていた保護者など、とにかく、できる限りの人たちが、応援に来てくれていると聞いている。他にも神奈川県民応援団的な人たちもいるのかもしれない。

俺はシングルスの試合を控えているので、ゆっくり応援席に座って、というわけにはいかなかったけれど、できる限り近くで応援に励んだ。

まず、ダブルスの準決勝、二試合が行われた。

ツインズを下した旭川商大付属の大原・間瀬だったが、埼玉ふたば学園の武田(たけだ)・星川(ほしかわ)の試合運びの上手さに、最後まで自分たちのペースを作れず、実力差以上の点差で、敗れてしまった。

一方、遊佐さんたちは、今度は俺たちの声援も含め、横浜湊の応援団の一致団結した声に後押しされ、武田と星川が決勝進出を決める前に、何度か対戦経験のあった作陽学院のエースダブルスをストレートで破り、決勝戦への切符を手に入れていた。

ダブルスの決勝戦が始まる。

埼玉ふたば学園にとっては、この個人戦ダブルスが最後の望みのはずだ。

武田・星川も、背水の陣で臨んでくるはずだ。大接戦になる、誰もがそう思っていた。

けれど、遊佐さんと横川さんは、相手にも観客にも圧倒的な力の差を見せつけた。

もちろん応援の力も凄かった。二人のポイントが入るたびに、われんばかりの拍手が送られ、少しでも相手に押されると、鼓舞する声が、矢継ぎ早に飛んでいく。ふだん、チームメイト、いわゆる身内だけの応援に慣れている俺たちは、驚くばかりだった。

しかしそれにもまして、二人の試合運びが素晴らしすぎた。

準決勝の武田・星川の試合を見ていた限りでは、「やっぱり上手いなあ」「なかなか手強いぞ」などと感想を持った俺たちだったけれど、実際に対戦してみると、この沖縄の決戦の地で、一試合ごとに調子を上げ、最高の状態で決勝に臨んだ遊佐・横川ペアの強さは、正直レベルが違った。

この二人には、インターハイといえど、高校生の大会レベルではもうもの足りないのでは、とそんな印象を受けたのは俺だけではないはずだ。

マッチワンバイ、遊佐・横川。

相手に反撃を許すことなく、ファーストゲームよりもさらに点差を開け、21－9で二人がセカンドゲームを終えたその瞬間、会場にはこの日一番の拍手と歓声があふれた。

シングルスの個人戦が始まった。

準決勝、俺の相手は関東大会や関東選抜でもお馴染みの関東山城のエースシングルス青木だ。青木は、準々決勝で優勝候補でもあった埼玉ふたばの高橋を破り、勝利の波に乗っている。

俺自身は、青木と対戦したことはない。けれど、遊佐さんや横川さんが何度か対戦した試合をきっちりと見ていた。おかげでゲームのイメージはできている。

相手の青木は、身長も高く、角度のあるスマッシュは破壊力もある。その分、足元やボディ周りは、やや苦手だというのが輝の見解だ。

俺は甘い球をあげないように、それだけはしっかり心がけながら、ライン際と相手のボディ周りに、メリハリをつけて、丁寧に何種類もの球を打ち込んでいく。あせってはだめだ。遊佐さんとの決戦の前の長丁場を気にしてもここを勝たなければ意味がない。

青木には並外れたパワーがあり、リターンするたびズシッとした重みが手首にくる。けれど、だからといって、厳しいコースをついてくるタイプではなかった。何本かラリーをこなせば、次の球の予想は比較的容易になってきた。

最初のうちは一進一退だったけれど、インターバルをはさんで、俺が4点を連取する。

青木が、俺のネットショットがネットを越えなかったのに、ラケットでネットに触れてしまい1点を失ったことがきっかけで、ミスを連発したからだ。

そのせいなのか、青木は何度か天井をまぶしそうに見つめたり、ほこりが気になるのか、何度もシューズの裏を掌でこする姿が目につくようになる。必要以上に神経質になってきていると感じた。

このまま相手が立ち直る前にたたいてしまおう、と球をためてロブで相手を惑わしたり、体の向きでフェイク、ラケットの面を微妙に変化させることでダブルフェイク、というように、海老原先生がいつも言う俺の得意な意地悪プレーに徹した。

21－18。ファーストゲームは、接戦ではあったが、終始こちらのペースで俺がもぎとる。

青木は、昨日のダブルスでもベスト8に残る健闘ぶりだった。そろそろ、心身ともに疲れが出てきていたのかもしれない。

いけるかもしれない。そう思ったことで油断したわけではないけれど、セカンドゲームは、俺のミスが重なる。

いいところでのサーブミスや、チャンスのショットをネットにひっかけることが重なっていく。そうなると、気持ちにゆとりがなくなり、相手コートの青木が今までよりずっと大きく見えてくる。

「集中！　自分に負けるな」

榊の声に気合を入れ直し、追いすがったけれど、19－21でセカンドゲームをとられてしまった。

ファイナルでは、気持ちを立て直し、青木の力強いショットをとにかく拾いまくり、隙があれば攻撃に転じることに徹する。

そのおかげで、序盤につけた4点のリードをずっと保ったまま、20点まできた。

最後のラリーは長かった。青木の、まだいける、まだやれる、そういう気迫がシャトルにのってどんどんと俺に迫ってくる。俺もつられるように気持ちをシャトルにのせる。絶対に勝つ。勝って、決勝のコートに立つ。

最後の最後、激しいラリーの終わりを告げたのは、ネットすれすれの柔らかなヘアピンだった。

最後の一打を打つ直前に、サイドベンチにいるはずの榊の気配を背中に感じ、「お前らしい、一本で決めろ」と声が頭に届く。

後で聞いてみたが、榊は心では思っていたがやはり声にはしていないという。不思議な話だが、俺にとってはまぎれもない事実だ。

バック側にドライブを打ち込むつもりで青木を見たら、すでに青木は迎え撃つ準備態勢に入っていた。とっさに手首を引いて球をため、ネット際に、そっと球をおくように返す。

青木はそれに反応できなかった。

「ナイスショット」

今度は、本物の榊のでかい声が応援席から俺の耳に届く。

俺が決勝を決めた時、ストレートで勝利を手にしていた遊佐さんは、すでに体を休めに行っていた。

遊佐さんは勝ち方を知っている。もちろん、試合で手を抜いているわけじゃない。海老原先生いわく、真摯な省エネプレーだ。

的確な判断力と高い技術力があってこその省エネだろうが、その省エネが生み出す心身の余裕が、連日休むことなく、団体、個人戦ダブルス、シングルスと、十を大きく超える試合をこなしていくための最大の武器となる。

次は、この負けを知らない最強の人と、マジ勝負だ。

俺のアドバンテージといえば、遊佐さんは、シングルス戦の前に横川さんと二人でダブルスの二試合を戦っているということぐらいだ。

けれど、絶対に勝つ。

みんなは笑うかもしれないけれど、俺は、準決勝を終えた時点で、そう決意していた。

いい勝負をした。それだけじゃ、明日からの横浜湊の力にはなれない。遊佐さんは、本当に高い壁だ。けれど、同じように高く険しい壁を、俺たちは団体で撃破してきた。

試合を終えてコートを出ると、榊が、すぐにそばにやって来る。

「次も頑張れ。勝てよ」

俺は、驚いて榊の顔を見る。

「勝つつもりなんだろう？　わかるよ、それぐらい。相棒だから」

何も言葉は返さなかった。ただ、拳を重ねた。

個人戦、シングルス決勝。

同校同士の決勝に、予想通り会場は静まり返っている。今日、大挙して来てくれた応援団も、今は戸惑いを隠せない様子だ。

県大会や、関東大会では何度もこんな経験をしている。この静けさを自分への勝利の応援だと、勝手に解釈して自分の力に変えていくしかない。

そんな中、「水嶋、ファイト～」「下克上魂、見せてやれ」と、大きな掛け声がかかる。太一と陽次だ。

下克上魂ってなんだよ、と俺は心で笑う。

もし決勝に残ったら、タメのよしみで僕たちを応援してくれ、とあいつらは言っていた。俺は頷いただけでその機会もなかったのに、恩返しのつもりか？　言葉のチョイスはともかく、鶴並みに義理堅いな。

ツインズの声がきっかけになったように、口々に、自分の応援したい方の名前を呼ぶ声が溢れる。

ほとんどは遊佐さんの応援だったが、ツインズはもちろん、体調が十分じゃない松田も櫻井も俺への応援を連呼してくれている。もちろん、基礎打ちの相手をしてくれている榊だって、俺の応援団の団長だ。

それに二人とも頑張れ、という声も聞こえてくる。

ありがたいと思う。

隣の遊佐さんは、ストレスのかけらもないように、しなやかに鍛えられた筋肉を動かし、横川さんとの息の合った基礎打ちで体と心を仕上げているようだ。

ここからすでに、もう勝負は始まっている。

俺がホームポジションにつくと、「集中」と、いつもどおり榊の声が俺の背中を押してくれた。

ファーストゲーム、ラブオール、プレー。

少しは様子見のラリーから始まるかと思ったけれど、俺のロングサービスを、遊佐さんは読んでいたのか、いきなりスマッシュでたたいてきた。なんとかリターンできたけど、かなり甘いコースに浮かせてしまう。それを待っていたように、今度は角度のあるスマッシュを打ち込まれる。わずかに踏み込みが遅れたけれど、なんとか球に届いた。

が、そこまでだった。見上げた俺のすぐ目の前を、返したばかりの球が突き抜けていく。

遊佐さんの口角がわずかに上がる。

しょっぱなから、こっちのイライラを増す作戦だろうが、そんな手はくわない。俺はすばやくホームポジションに戻って、同じようにかすかに口角を持ち上げてみせる。

遊佐さんのサーブは多彩だ。俺は、左右前後どこにでも移動可能なように、体の準備を整え球を待つ。とにかくできるだけ長いラリーに持ち込もう。それだけを決めて。

最初のスマッシュの感触で、遊佐さんが試合を急いで決めたがっていることだけはわかっていた。やはり、ダブルスでの準決勝、決勝の疲れが体に残っているのだろう。体の重さゆえに、急いた試合運びになることは、自分自身にもよくあることだった。

思ったとおり、サービスレシーブの次には、すぐに威力のあるドライブやスマッシュが返ってくる。けれど、勝手知ったる相手だ。ある程度コースは読める。おかげで、まずまずの体勢でシャトルを捕らえることができた。そして、それをネットすれすれの低い弾道で、なるべくコート奥に返す。

それからも、遊佐さんに前に出てくるチャンスを作らせないように心がけた。

その作戦が功を奏して、点差のないまま11－10でインターバルを先にとった。俺の記憶では、遊佐さんから先にインターバルをとったのは、わずかに二度だけ。

「どうだ？　いけそうか？」

インターバルで柳田さんが尋ねる。

「今のところは。遊佐さんは、ダブルスの疲労を引きずってますから」

「そうだな。だが、あいつは試合が進むにつれ、調子を取り戻す」

それは間違いない。あの人は追い込まれれば追い込まれるほど、苦しければ苦しいほど、平気な顔で調子を上げてくるんだ。

「いいか、遊佐に大きな弱点はない。が、なくもない」

「えっ」

遊佐さんと向き合っていつも感じることは、打ち込む場所が極端に少ないということだ。普通なら絶対にエースが決まる場所でも、球が返ってくる。しかも、返すだけが精一杯という球ではなく、攻守が逆転するような球が返ってくる。

横川さんが、あいつの弱点は俺だと言ったように、遊佐さん自身に弱点らしい弱点はないというのが、チームメイトでもある俺の実感だった。だからとにかく体力勝負に持ち込んで、少ないチャンスをものにするしかない、と俺は思っていた。

「あいつは爆弾を右ひざに抱えている。ケガも完治し、本人もその恐怖から抜け出したと信じているが、それでも、体力が厳しくなってくると、わずかに右への飛び出しが遅れるんだ」

ということは、あの遊佐さんが厳しいと感じるほど肉体的に追いつめることが先決か。だったら、俺の体力勝負はそれほど、的を外れた作戦ではないということになる。

「遊佐を苦しめろ。とことん追い込め。一秒たりとも楽をするな」

柳田さんの言葉に送られ、コートに戻る。

「水嶋、頑張れ」

太一の声が飛んだ。

「僕たちだけは、お前の味方だ」

陽次、そんな切ない声援、いらないよ。

「集中」

やっぱりお前の短い言葉が一番だよ。俺は榊の声に頷く。

ファーストゲーム後半、だんだん調子を上げてくる遊佐さんの、リズムを少しでも悪くするように、スマッシュ、カットと、コートいっぱいにあえて厳しいコースに打ち込んでいく。

アウトになったり、ネットにからむ危険性も大きいが、リスクを恐れていては、遊佐さんからゲームをとることは不可能だ。ファーストゲームで、できる限り粘り遊佐さんの体力を奪い、そしてできればものにする。俺の勝利の可能性があるとすれば、それしかなかった。

相手も苦しい。

ここから、ここから。

我慢、我慢。もう一本。

集中、集中、集中。

頭の中は、いつもの、仲間たちからの応援の言葉でいっぱいになっていく。

23－25。

一歩及ばなかった。けれど、思いのほか落胆は感じない。

いける。まだまだこれからだ。そんな気持ちが腹の底から湧いてくる。

俺は、もしかしたらこの状況を楽しんでいるのかもしれない。

今までにも、今と同じように苦しく厳しい試合は何度も経験したことがある。だけど、ただ苦しいだけじゃなく、これほどワクワクする試合は初めてだった。

このコートにいることを楽しみたい、できるだけ長くこの舞台にいたい。そんな想いが俺の心と体のギアを、一つ上に押し上げている気がした。

セカンドゲーム、ラブオール、プレー。

集中力は高い。榊の「集中」の声以外のコート外の音が消えたことでそう感じる。遊佐さんの足の動き、腕の動き、視線や手首の向き、一瞬の映像から、次の球、次の次の球を想定して、自分の体を操る。

ああ、間違いない。俺は、その全てを楽しんでいる。

得意のカットでネット前に誘いこみ、戻ってきた球を、会心のスマッシュでコート右奥にたたき込む。ほんのわずか遊佐さんの踏み込みが遅れる。遊佐さんの返球は、ネットを越えなかった。

13－15からのこの一本で、1点差。

今度はラリーの途中で、体勢は十分じゃなかったけれど、同じように右隅を狙う。わかっていたけれど、遊佐さんはこれを見送ってはくれない。けれど俺の打球がスピードにのっていたおかげでそのラケットはわずかに届かない。判定はイン。際どい勝負だった。

ホームポジションに戻る前に、チラッと柳田さんの苦笑いが視線を横切る。リスク背負いすぎなんだよ、という笑いかな。これで15オール。

ホームポジションに戻った遊佐さんはにやりと笑う。端整な顔立ちだけに、そういう表情には凄みがある。

虎の尾を踏んだか？　けれど、最後には真正面から虎と戦わなければならない。尾っぽでビビッてなんかいられない。これでますます遊佐さんの闘争心に火がついたとしても、弱みをたたき続けるしかない。

後で、あんなに正々堂々と弱みをついてどうする？　もっとクレバーなやり方もあっただろう、と柳田さんには深いため息をつかれたけれど。

当然、俺は遊佐さんの猛反撃を浴びる。どこにあんな力が残っているのかと思うほどのパワープレーで、一気に3点を連取される。あまりのスピードに、打ち慣れている俺でさえ球筋がよく見えないものもあった。

15−18。

なにもかもが終わった後で聞いた話だが、柳田さんはこの場面で、もう打つ手がなくなったと思ったそうだ。

だけど、俺がまったくあきらめた様子もなく果敢に球にくらいついていく姿を見て、まだいけるんだ、あきらめちゃいけない、と逆にお前に励まされている気がしてちょっと感動したよ、とも言ってくれた。

点差なんて気にならなかった。当然、あきらめる気なんて毛頭ない。勝利への執着心はたっぷりある。

まだまだ体力なら、こっちの方が勝っているはずだ。

俺は、粘りに粘って、正々堂々と遊佐さんの弱点を狙い続ける。根負けしたように、ほんのわずか、遊佐さんの動きが鈍くなってきた。

ここだ。そう思った瞬間、俺はスマッシュ、ドライブとお返しのようにパワー勝負に出る。

19オール。なんとか追いついた。

ここからが長かった。1ポイントを先取しても、すぐに追いつかれる。逆に先取されてもすぐに追いつく。セカンドゲームの終盤にきて、その繰り返しだ。

覚悟を決め、俺は、27点目、遊佐さんの右膝を直接狙う。これが決まって、28―26。

ファイナルゲームに勝敗は持ち越された。

「水嶋、やりすぎだろ。あれじゃあ、ファイナル、どんな目にあっても俺は知らんぞ。けど、よくやった」

柳田さんはあきれたように笑ってから、俺の肩をそっとたたく。そして、最後にこう一言付け加えながら。

「最後まで頑張れ、悪いが、もうそれしか言う言葉はない」

ファイナルゲーム、ラブオール、プレー。

俺には榊の、遊佐さんには横川さんの「集中」の声がかかる。コートの中では、ほぼ二人同時に短い気合の声が上がる。

遊佐さんは、セカンドゲームで見せたわずかな疲労などなかったように、軽快なフットワークを見せる。たった二分で、こうも極端に切り替えができることが、遊佐さんの凄さなのかもしれない。

　このゲームは、長いラリーが重なっても、主導権はほとんど向こうにあった。それでも、俺の集中力は最後まで切れなかった。わずかな隙を見逃さず、俺も反撃に出る。

　アウトかな、そう思っても拾う。見送ることで自分の気持ちが萎えることが嫌だった。

　遊佐さんに8－11でとられたインターバルの間には、「水分をちゃんと摂れ」、柳田さんのアドバイスはそれだけだった。後で聞いたら、遊佐さんも、海老原先生に同じ言葉だけを言われたらしい。

　団体戦での松田のように、決勝が終わって、二人で倒れこまれたらたまらない、指導者としてはどちらもそう思ったのかもしれない。それほどの激闘だったともいえる。

「あんな遊佐さん初めて見たよ」

「遊佐さんでも、死に物狂いになること、あるんだな」

「水嶋って、ほんと、勇気あるよ。僕だったら、遊佐さんにあんな仕打ちできないよ。なんか、脳の回線一本切れてるんじゃないか？」

　試合後の陽次のコメントだ。

「決勝戦にふさわしい、技術的にもメンタル的にも、とても質の高い試合でした。どちらの選手にも、ありがとうと、言いたいですね」

　テレビ中継をしていたアナウンサーの言葉だ。

　同じような言葉を、試合後、色んな人からかけられた。そのたびに、「応援ありがとうございました」と答えて頭を下げたけれど、俺の胸は、悔しさと後悔でいっぱいだった。

最後の一打は、生涯忘れることがないだろう、強烈な一打だった。

パワーでは勝ち目がないので、ネットプレーに持ち込み、遊佐さんにロブを上げさせ、そこから主導権を握るつもりだった。けれど、遊佐さんは、そんな俺をあざ笑うかのように、俺のミスを逃さず、少し甘めに浮いたネットショットが落下を始める前に、その球をたたいてきた。なんとか反応して返したけれど、そこまでだった。

俺が苦し紛れに上げた球に、遊佐さんは容赦がなかった。俺のボディ、右肩めがけ渾身のジャンプスマッシュを打ち込んできた。ふところをあけ、のけぞってラケットをなんとか当てたけれど、俺は床にぶざまに転がり、球はネットを越えることはなかった。

遊佐さんとは、何度も戦ってきた。

何度もその高校生離れした高速スマッシュを浴び、それを返してきた。でも、最後の一打は、今まで経験したことがないほどの速さと力強さを兼ね備えた、見事なショットだった。

俺よりずっと過酷なスケジュールで試合をこなしてきたにもかかわらず、最後の最後に、あれほどの瞬時の判断力とそれに反応できる体力を残していることが、驚きでもあった。

22－24。その点差以上の完敗だった。

勝者サインに向かう遊佐さんを、俺は悔し涙をユニフォームで拭いながら見つめていた。コートの中でなくても、物心ついた頃から涙をこぼした記憶はない。

全身に、もっとやれたはずだ。まだ勝てるチャンスはあった。そんな後悔だけが残っている。

勝ちたかった。勝って色々な人に恩返しがしたかった。

「水嶋、悔しいか？」

コートを出た俺に、そう言いながら海老原先生が歩み寄って来た。俺は、その瞬間だけは涙を堪え唇をかみしめ頷く。

「なら、これから、二度とこんな悔しい思いをするな。来年のこの舞台まで、そして、この舞台でも、お前は負けるな。今、この瞬間から、お前がうちのエースだ。お前が勝てばチームが勝つ。お前が負ければ、横浜湊の勝利は遠のく」

俺は、海老原先生の言葉の重みに驚いたけれど、ちゃんと受け止めて、そして頷いた。

翌日、閉会式を終え、羽田行きの飛行機に乗るための那覇空港では、少しだけど、自由時間があった。

みんな友人や家族のために、思い思いの土産を買っている。俺は静雄のためには大会記念Tシャツを、里佳のためにはインターハイ特製紅芋タルトをすでに買っていたので、両親のために海人Tシャツを買った。

榊と松田と一緒に、飲み物でも仕入れるかと、売店をまだうろうろしていたら、遊佐さんに背中から肩をつかまれた。

「なんすか？」

「これ見ろよ」

遊佐さんは、俺に自分のスマホを突き出す。

里佳とのＬＩＮＥだった。

へえ、俺経由でなくても直接つながったんだ、と俺はそこに感心する。遊佐さんは、本当に、なんに対しても粘り強いなと。


「決勝戦、テレビで観ました。三冠、おめでとう」

「ありがとうございます」

「でも、デートはしません」

「なぜですか？　約束したのに、俺、頑張って三冠達成したんですよ！」

「私の大事な弟をあんな目にあわせて、ひどすぎる。どうせ勝つなら、もっと圧倒的にきれいに勝ってよ」

「いや、それは無理ですって。水嶋が相手ですよ。きれいになんてやってたらこっちがやられますから」

「あんなふうに引っ張られて、おまけに一歩及ばずなんて、家族は心臓がつぶれる思いだったのよ」

「それはすみません。もっと精進して次は圧勝できるよう頑張りますから」

「じゃあ、デートはそれを見てからね。そういうことで、あしからず」

　これはひどいな。二年越しの約束を、こんな理不尽にきっぱり破るなんて。訴えてもいいかもしれん。


「で？」

「なんとかしろ」

「俺がですか？」

「お前が、だ」

「俺の言うこと、聞くような人じゃないですよ。知ってるでしょう？」

「なら、せめて、水着写真だな。頼むぞ」

　それだけ言うと、遊佐さんは、横川さんと連れ立って行ってしまった。心なしか、その背中はさびしそうだった。今から三冠を手に、横浜に凱旋だというのに。

「何？　何？　どういうこと？」

　俺は完全な八つ当たりで、そう言ってまとわりつく榊を邪険に振り払う。松田は、たぶん、状況をほとんど正確に察しているのだろう。ご愁傷様という顔で、冷えたお茶を持って先にレジに向かった。

　水着写真は無理だ。小学生じゃあるまいし、いい年頃の姉と弟でプールや海に繰り出すはずもない。

それに、戻ってからも、すぐに夏合宿がある。遊んでいる暇なんかない。

やれやれ、ここは、正面突破しかないな。飛行機の中で、色々思案したけれど、結局はそういう結論に達した。


家に戻って、紅芋タルトを里佳に手渡し、それから、土下座するように頭を下げる。

「一度でもいいから、どうか遊佐さんと、映画の一本でも観て下さい」

里佳は、「亮は悔しくないの?」と、上から目線で俺に尋ねる。

「悔しいよ。けど、自分に対しての悔しさで、遊佐さんに対してのものじゃないから。それに、ここまで俺を強くしてくれたのは、あの人でもあるわけだし」

俺の言葉に、里佳は、急に柔らかく微笑む。こういう顔をいつもしてくれると、俺も心穏やかに日常が送れるんだけどな。

「亮、大人になってきたね。強くなるっていうのは、こんなふうに気持ちも成長していくっていうことなんだね。なんか嬉しいよ。……わかった。じゃあ、亮を大人にしてくれた遊佐に恩返しも兼ねて、連絡しておくよ。観たい映画ある? って」

里佳はそう言いながら、インターハイ特製、と文字が印刷されているのに、その包装紙をバリバリ破り紅芋タルトを取り出す。そして紅芋タルトをそこから一つ取り出して俺にくれた。

そうなることを予想して、先に写メっていた自分を褒めてやりたい。

その後、二人がデートにこぎつけることができたのか、どんな映画を観たのか、俺は知らない。

ただ、遊佐さんから、水着写真を要求されることもなく、遊佐さんの待ち受けは、秋口を過ぎても、ずっと里佳の浴衣姿のままだった。

第八章　ラブオールプレー

「やっとここまで来られたね」

櫻井が感慨深げに言う。

「ああ」

「遠かったね」

本当に、遠かった。

想像していた以上に、長く険しい道だった。

あの沖縄の夏から一年、新生・横浜湊高校として、俺たちは部長の輝を中心に、県大会を戦い抜いてきた。次から次へとやってくるライバルをなぎ倒し、と言いたいところだが、数多くの接戦をなんとかものにし、時には絶体絶命の瀬戸際にまで追い込まれながら、それでも粘って、しのいで、やっと手にしたインターハイへの切符だった。

第一シード校として、団体戦を明日に控え、俺たちは岩手の宿舎にいた。

夕食の後、ミーティングまでの間に、じゃんけんで負けた俺が近くのコンビニに買い出しに向かっていると、後ろから櫻井が小走りで追いかけてきた。

櫻井にも三人のマネージャーの後輩ができたけれど、仕事がラクになったかといえば、インターハイに優勝したことで倍増した新入部員の世話に追われ、大忙しの毎日を送っている。しかも、なんと、横浜湊にも女子バドミントン部ができた。そちらにも専属のマネージャーはいるのだが、海老原先生が女子部の顧問も兼任しているので、先輩マネージャーとして何かと頼まれごとがあるらしい。

「水嶋くん、私も行くよ。買い足したいものがあるから」

櫻井は、右手にスマホを握り締めている。

櫻井のスマホには、ミニチュアの、シャトルのストラップが揺れている。バレンタインにもらったチョコレートのお返しに、櫻井に俺が贈ったものだ。

俺は櫻井に合わせるように歩調を緩める。ゆっくりと、見知らぬ町の見知らぬ道を、二人で歩く。

思い起こせば、あの告白の日以来、教室や体育館で言葉を交わすことはあっても、二人きりで歩くのは初めてかもしれない。夜風は涼しいのに俺の背中には変な汗が滲んでくる。

気の利いた言葉も浮かばず黙ったままの俺に、櫻井が言った一言が、「やっとここまで来られたね」だ。

「また新しい戦いが始まるんだね」

「ああ。けど、これが、俺の高校でのバドミントンの集大成だから、マジ、頑張るよ。だから、応援ヨロシク」

櫻井が俺を見上げるように、柔らかく笑う。

「いつも応援だけは頑張ってるよ。それしかできないから」

「そんなことないよ。練習でも試合でも、細かいところまで気を配ってくれて、みんな本当に助かってる。輝もいつも褒めているよ」

「ありがとう」

応援幕の後ろに櫻井の姿が見えるだけで、気持ちが落ち着くことがある。どれほどざわめきが大きくても、逆に集中力が高まって周囲の音が消えても、榊と櫻井の声はまっすぐに俺の耳に飛びこんでくる。この一年、ピンチになるたび、何度もその声に助けられた。

「私、ずっとみんなの戦いを見続けてきて、思ったことがある」

「うん?」

「好きって、それだけで楽しいことなんだなって。水嶋くんたちだって、何か見返りを求めてバドミントンやってるわけじゃない。バドが大好きで、楽しい、それだけだもの。私は、この先もずっと、バドに勇往邁進する水嶋くんを応援するよ」

櫻井の笑顔は健気で、本当に可愛かった。明日からの決戦を控え不謹慎だとは思ったけれど、試合前よりずっと胸が高鳴っていた。

でも、今の櫻井の言葉には戸惑いもある。この先もずっと、自分の気持ちへの応えはいらない、そんなふうにも聞こえたからだ。

だからどんな言葉を返せばいいのかわからなかった。

櫻井の好意に甘えっぱなしで、櫻井への俺の想いは、未だ俺の中でもやもやした形のない状態だ。それなのに、勝手に自分の中では、櫻井を勝利の女神的に祀りあげているという側面も否めない。俺は自分が不甲斐なかった。

松田なら、こんな時、スマートで優しい言葉を囁くのかもしれない。

榊なら、一緒にいられる喜びを体いっぱいで表現するだろう。言葉がなくても、想いはすぐに通じるはずだ。

ツインズは、すぐに片割れに応援を頼むかもしれない。そうしたら、見事な連携プレーでフォローが入り、想いは何倍にもなって伝わるかもしれない。

輝なら、輝はうつむいて終わりかもしれない。けれど、俺みたいに何を考えているのかわからない、なんて表情だけはしないだろう。

「ほら、あそこでしょう。着いたみたい」

黙ったままの俺の隣で、櫻井がコンビニの灯りを指差す。

それから、櫻井は、スマホのメモを見ながらいつもと同じようにテキパキと買い物を終え、領収書をしっかりもらった後で、コンビニの入り口で俺を待っていた。

俺は、動揺のせいかみんなの注文を何度も間違い、すっかり揃えるのに軽いランニング程度の汗を流した。

結局、その後で櫻井に伝えられた言葉は、ありがとう、それだけだった。

俺と榊に割り振られた部屋に、みんなは集まっていた。

「遅いよ」

「方向音痴かよ」

「アイス、溶けてない？」

いっせいにつっこみが飛んでくる。なぜか、それにホッとする。

「ごめん。櫻井も一緒だったから、ゆっくり歩いた」

とたんに、部屋の空気が変わる。

「告られた？」

陽次が単刀直入に聞いてくる。

「えっ、なんで？」

「だって、ハナちゃんずっと水嶋のこと好きだもんな。そろそろかなって」

なんでそう思うんだろう？

俺たちは、教室の中でさえそう親しげにしているわけじゃない。部活の中ではなおさら距離を開けていた。そのはずだった。

「わかるよねえ。ハナちゃん、水嶋のことしか見てないもんな」

「そうだよ。そのくせ、飲み物とか渡す時は、視線を微妙にずらしちゃって、可愛いんだよね。それに、バレンタインのチョコが水嶋だけ手作りって、あからさまだし」

ここでばらすのか松田。今の今まで黙ってくれていたことに感謝していたのに。

「いいなあ。水嶋、あんな可愛い子に惚れられて」

「けど、水嶋は、彼女がいるからその気ナシ」

榊がまた例の思い込みを口にする。

「マジ？　水嶋って彼女いるの？　聞いてないよ」

「美人なんだって」

榊、勘違いなんだから、適当な嘘の情報を流すな。

「そうか、ハナちゃん、片想いか。かわいそう」

「けど、片想いもいいよ。勝手に想ってる間って楽しいんだ。見返りがない分、けんかも別れもなくて、いくらでものめりこめるし」

陽次がうっとりとした声を出す。陽次の片想いは楽しく続行中らしい。

「コンビニまでおつかいに行って、そんなイベントあるわけないだろう。別に告っても告られてもいないから。それに、俺に、彼女はいない」

告られたことはあるが、それは今日ではない。とりあえず嘘は言わず、櫻井の名誉は守った。

「えっ、そうなの？　なんだ、つまんないの」

「水嶋、振られたのか」

榊が憐憫の目を俺に向ける。

振られちゃあいない。最初からいないんだから。でも、それを言い返すのもむなしすぎる。

「にしても、ここは聖地だ。今は女子どころじゃない」

榊が偉そうに言う。勝手に、それも一番盛り上がっていたくせに。

けれど、みんなはその言葉をきっかけに、アイスやジュース、夜食のおにぎりやパンを、コンビニの袋から物色しはじめた。

「いよいよ、明日からですね」

輝が話題を上手に切り替えてくれる。

「ここまでも険しかったけど、これからが本当に厳しい戦いだから」

「あれ、水嶋、弱気じゃん」

「勝つよ。絶対に勝ち続けて連覇するけど、想像以上に厳しい戦いになるってこと」

遊佐さんの穴は深く底が見えない。横川さんの穴は広く果てしない。

海老原先生は、沖縄で俺に、今からお前がエースだ。お前はここから一度も負けるなと言った。

俺は、ハイと頷いた。その覚悟もあった。けれど、俺は一度、その約束を守りきれなかった。関東大会で埼玉ふたば学園の太田に破れ、そのせいで横浜湊も準優勝に終わった。

あの時、改めて、一度も負けなかった遊佐さんの偉大さがわかった。

今度のインターハイは、そのリベンジでもある。第一シードは俺たちでも、実際は俺たちが挑戦者だ。

「けど、明日は、びびってちゃダメだ。俺とお前で一勝、ツインズが一勝、松田が一勝。この黄金パターンを一度も崩すことなく前に突き進むんだから」

榊の言葉に、輝は、そんなの当たり前です、そうでないと困るんですよ、とまじめな顔で応える。

ダブルスでは、俺たちとツインズはほぼ互角の実力になってきていた。ただし、後のシングルスに俺と榊は出る可能性があるので、二複三単の場合、一ダブは、俺たちがとることも多い。

「問題は、二日目だ」

「決勝は、間違いなく埼玉ふたば学園が上がってくる。こことは最後の最後までもつれこむだろう」

関東大会も同じ展開で、俺たちは優勝を逃している。

「水嶋、今度こそ、最後の最後、お前が太田を破って勝利をもぎ取れ。期待してるよ」

榊が俺の肩を抱く。

「その前に、榊、お前が飯田に勝てばいいんだよ」

「俺がヒーローになってもいいって？　優しいね」

「言ってろ」

榊が、決戦前の緊張をほぐすために、わざとふざけた口調で大口をたたいていることはみんなわかっていて、それにありがたくのっておいた。

団体戦、一日目、あっけないほど榊の大口どおりに、俺たちはトーナメントを駆け上がっていく。

二日目、今日で全てが決まる。埼玉ふたば学園も、もう一つの山を順調に勝ち進んでいる。このまま、決勝でぶつかるのは、メンバーの安定感からしてほぼ確実だった。

会場の体育館に到着する。

アップを始めて少し経った頃だった。

「リョウ～」

聞き慣れたよくとおる声が、俺の耳に届く。

振り向いて声の方向を見ると、そこに里佳がいた。俺が驚いて口をポカンと開けると、里佳は、満面の笑みで右手を大きく振ってきた。試合会場というより、リゾート地にいるようなノースリーブの花柄のワンピースを着ている。そういえば、今頃南国でバカンスのはずでは？

無視していると、何度も名前を呼んでくる。とりあえず他のメンバーの目もあるので、小さく頷く程度に挨拶する。すると、今度は里佳はピースサインをしてきた。

里佳が俺の試合を見に来たのは初めてだ。

今回、親父とお袋には、保護者会が主催している応援バスツアーのパンフレットを手渡し、ぜひ応援に来て欲しいと頭を下げた。

お袋は、いきなり涙目になった。

「なんだよ」

「だって、いつもは見に来るなって嫌がるし。行ったら行ったで、無視するのに」

「男の子は、そういうもんだよ。私だって同じようなものだった」

親父が笑う。

「今回のインターハイは、ずっと俺が目標にしてきた大会だから。わがままを言って心配をかけて、それでも横浜湊に行った成果を見せたいっていうか。でも、無理はしないでいいよ」と付け加えた。

するとお袋は、「もう勝手に大人になっちゃって、嫌ねえ」と今度は笑った。

そういうわけで、お袋は今日から二泊三日の予定で、親父は明日までは都合がついたので会場に足を運ぶと、連絡が来ていた。

だけど、里佳は確か、大学の友人とグアム旅行に行くから、試合を見には行けないと言っていたはずだ。

なんで、ここにいるんだ？　しかもあんな満面の笑みで。

「水嶋、いつのまにあんな美女と仲良くなってんだよ。まさか、アレが里佳さん？　よりを戻しに追いかけてきたのか？」

隣で、榊が俺の横っ腹を小突きながらそう尋ねる。

「まあ、あれは里佳だけど。この際はっきり言うけど、里佳は俺の姉貴だから」

「姉貴？」

榊は、目を丸くした。

「里佳って、お前の姉さんなの？　マジかよ」

「何度もそう言ったけど、お前がちゃんと聞かないだけだ」

「にしたって、遺伝の法則、完全に無視してんな」

よく言われるよ。

「ほっとけ」

「後で紹介しろよ」

「いいけど、遊佐さんに睨まれるぞ」

榊は仰け反る。

「お前の姉さん、遊佐さんと付き合ってんのかよ」

「いや、どっちかって言うと、遊佐さんの片想いって感じだけどな」

榊はさらに仰け反る。

「あのカリスマ、遊佐さんが片想いいねえ」

「不思議なんだよな。遊佐さんなら、いくらでも他にいい娘はいると思うんだけど」

「いや、お前は弟でわかんないかもしれないけど、あれ以上は、一般社会にはなかなかないよ。いいなあ、俺も片想いでもいいから、好きな子にめぐり会いたいよ」

俺は小さなため息をつく。

「ここは聖地だ。今は、女子どころじゃないとか、お前、言ってなかったっけ？」

「時と場合によるだろう。それは」

俺は、今度はわざとらしい大きなため息をついてみせる。

「絶対に、今は、その時じゃないってこと、わかってる？」

「えっ、そうだっけ」

俺は、小さく首を何度か横に振った。

「集合です」

二年の、新しい団体のレギュラーメンバー、春日が俺たちを呼びに来た。

「わかった」

俺たちは、揃って頷いた。榊の表情も一瞬で引き締まった。


さすがにベスト8になると強豪揃いだった。決勝戦まで、俺たちは、何度かファイナルにもつれこみながら、それでも仲間と一緒に勝ち上がっていった。

そして迎えた埼玉ふたば学園との決勝戦。

ちなみに、岬省吾率いる比良山は、準決勝で埼玉ふたばに敗れている。しかし、岬はきっちり一勝をもぎとっていた。

これが、団体戦、最後の戦いだ。自信も不安もなかった。あるのは、仲間への信頼だけ。

「榊、ありがとう。俺、お前と組めて本当に良かった。お前と一緒にこのコートに立てること、誇りに思うよ」

などと、普段は言えない感謝の言葉を試合の高揚感を借りて榊に伝えたかったけれど、やはり照れくさくて言えなかった。この気持ちはプレーを通して伝えるしかない。

榊は、何か言いかけた俺の口元をほんの数秒見つめていたけれど、フッと笑ってからこう言った。

「絶対勝つぞ」

「おう」

気合を入れてから、俺たちは、いつもの基礎打ちに入った。

俺は、遊佐さんから譲られた、去年沖縄で団体の優勝を決めた時に遊佐さんが着ていたユニフォームを、榊は横川さんのものを身につけている。

視線を横浜湊の応援席にめぐらせると、その遊佐さんや横川さんの姿も見える。遊佐さんの隣に、里佳がいた。遊佐さんがここまで里佳を連れてきてくれたのかもしれない。

何やら楽しそうに談笑している。あんなににやけた遊佐さんの顔は初めて見た。里佳もまんざらでもなさそうだ。

榊のお母さん、松田のお父さんの顔も応援席に見える。松田のお父さんの隣には、見たことがない女の人がいた。

「今度のインターハイ、岩手だろう？　母さんが、来てくれるかもしれないんだ」

松田は、インターハイの県予選を戦っている時に、そんなことを言っていた。

今は別々に暮らしている松田のお母さんは、故郷でもある北海道の函館にいるらしい。

函館からなら、岩手はそれほど遠くない、あの人が、松田のお母さんなのかもしれない。

ツインズと輝のところは、両親揃って応援に来ているようだ。もちろん、俺の親父とお袋の姿も見える。お袋は、もうすでに両手の指をしっかりと組んで、祈るような姿だ。応援幕の真後ろの定位置には、櫻井の笑顔が見える。視線が合うと、大きく手を振ってくれた。

決勝戦前の俺たちの興奮と高揚感が、応援席にも伝わっているようだった。

けれど、もうすぐみんな黙り込む。

俺たちが黙らせる。脳がしびれるほどの一打を、何度だって打ちまくってやる。呼吸も忘れるほどのラリーを何度でも見せてやる。

姉貴、俺、まだ今でも、世界なんて口がさけても言えない。

けど、俺は俺のやり方で、どこまで上がれるかわからないけど、一段ずつ階段を上がっていく。

そして、今はこの一段を上がりきる。仲間と一緒に次の高みに上るんだ。

この一年、ケガに泣き、スランプにもがき、それでも俺たちは必死でここまでやってきた。一人じゃ無理だった。仲間と競い合って、仲間だけでなくたくさんの人たちの支えでここまで来た。

特に遊佐さんと横川さんには本当に世話になった。二人は、忙しい中、何度も湊の練習に参加してくれた。関東大会で負けてへこみ、変わろうと思うのにどう変わればいいのかわからずもがいていた俺に遊佐さんが言ってくれた言葉が、今も俺の胸に熱く鎮座している。

『風をつかめ』、遊佐さんは、体育館の勇往邁進の応援旗を見つめながら俺にそう言った。風の影響を受けないように工夫されたバドミントンのコートで風をつかめというのはどういう意味なんだ？　と首をひねる俺を遊佐さんは笑い、それからこう続けた。

「コートには稀に、ものすごく強い風が生まれる瞬間があるんだ。生み出すのは俺やお前、つまりコートに立つ者だ。その風に勇気を持って立ち向かい、恐れず上昇気流に乗った者だけが次の高みに上れる」

そう告げた遊佐さんのまなざしは、いつになく真摯だった。

もちろん俺も、『風をつかめ』の意味を改めて考えながら、同じように応援旗を見つめ、その言葉をかみしめた。

同じコートには、榊が。

隣のコートには、太一と陽次。

その隣には松田。

そして、俺たちのベンチには、輝がいる。

みんな同じ気持ちのはずだ。同じ緊張と喜びの中、ここにいる。

なんで、一年365日、朝から晩までバドミントンなのか？　なんのためにバドミントンをやっているのか？

誰に、何度問われても、俺たちは、あの日の輝と同じ言葉を返すだろう。

バドミントンが、大好きだから。

俺たちは、それぞれのホームポジションにつく。

「集中」

榊が俺の背中にいつもと同じ声をかけてくれる。俺は力強くそれに応じる。

次の瞬間、

「ファーストゲーム、ラブオール、プレー」

主審の声がコートに響いた。

本書は二〇一一年四月にポプラ文庫ピュアフルより刊行された作品に加筆・修正を加えた新装版です。

本書の刊行にあたり横浜高等学校バドミントン部の皆さんに取材にご協力いただきました。

バドミントン部監督の海老名優先生、選手の皆さんに心から感謝申し上げます。

新装版 ラブオールプレー

小瀬木麻美

2021年8月25日初版発行
2022年2月25日第3刷

発行者……千葉 均
発行所……株式会社ポプラ社
〒102-8519 東京都千代田区麹町4-2-6

フォーマットデザイン 荻窪裕司(design clopper)
組版・校閲 株式会社鷗来堂
印刷・製本 中央精版印刷株式会社

ポプラ文庫ピュアフル

ホームページ www.poplar.co.jp

N.D.C.913/362p/15cm
ISBN978-4-591-17125-7
P8111318

きらめく青春ハンドボール小説!!

小瀬木麻美『あざみ野高校女子送球部!』

装画：田中寛崇

中学時代の苦い経験から、もう二度とチーム競技はやらないと心に誓っていた凜。しかし高校入学後、つい本気で臨んだ新体力テストで遠投の学年記録を叩き出してしまい、凜はハンドボール部顧問の成瀬から熱い勧誘を受けて……。ハンドボールの面白さを青春のきらめきとともに描き出すさわやかな青春小説。

華麗な謎解きが心地よい、
香りにまつわる物語。

小瀬木麻美
『調香師レオナール・ヴェイユの香彩ノート』

装画：yoco

天才調香師レオナール・ヴェイユは、若くして世界的大ヒットとなる香水を開発した一流調香師。香りに色が見えるという共感覚を持ち、誰にも作れない斬新な香水を生み出してきたレオナール。世界的なヒットを飛ばしたあと、依頼者だけのための香りを生み出すプライベート調香師となった謎多き彼に、主人公・月見里瑞希は依頼状を出すことに――。

天才調香師レオナール、依頼主のために京都へ。

小瀬木麻美『調香師レオナール・ヴェイユの優雅な日常』

装画：yoco

天才調香師レオナール・ヴェイユは、若くして世界的大ヒットとなる香水を開発した一流調香師。独特の感覚を持ち、誰にも作れない斬新な香水を生み出してきた。世界的なヒットを飛ばしたあと、依頼者のためだけの香りを生み出すプライベート調香師となった謎多き彼になぜか気に入られた月見里瑞希はレオナールのアシスタントのような存在となり……。

アルバイト先は妖怪の古道具屋さん!?
取り扱うのは不思議議なモノばかり――。

峰守ひろかず
『金沢古妖具屋くらがり堂』

装画：鳥羽雨

金沢に転校してきた高校一年生の葛城汀一。街を散策しているときに古道具屋の店先にあった壺を壊してしまい、そこでアルバイトをすることに。……実はこの店は、妖怪たちの道具〝妖具〟を扱う店だった！　主をはじめ、そこで働くクラスメートの時雨も妖怪で、人間たちにまじって暮らしているという。様々な妖怪や妖具と接するうちに、最初は汀一を邪険に扱っていた時雨とも次第に打ち解けていくが……。お人好し転校生×クールな美形妖怪コンビが古都を舞台に大活躍！